華語趣味成語

Easy to Learn Chinese

你好

楊琇惠——編著

成語是老祖宗的智慧結晶，蘊含著人生的大道理。
以最有效的方法幫助外國人學習成語，是我們編寫這本《華語趣味成語》的主要宗旨。
我們希望能運用簡潔的文字，搭配例文及30幅活潑的情境插畫，來增進學生的學習成效。

序

　　感謝台北科技大學教學卓越計劃持續的援助，使本團隊得以不間斷地研發華語教學相關教材。

　　以往本團隊所編撰的華語教材可以說多著重於聽、說能力的提升，鮮少設計關於讀、寫方面的訓練。有鑑於此，本團隊便開始思索：當如何才能提升學生的讀、寫能力，尤其是那些已經說得不錯、已能溝通自如的學生，應該要以什麼樣的方法來協助他們，才能讓他們的華語程度更上一層樓？在反覆討論過後，發現要提升學生的寫作能力，還得要讓學生多閱讀才行，因為，一旦好文章讀多了，單字量累積夠了，自然能下筆成章。

　　然而，要編撰哪一類的文章，才能吸引學生來閱讀呢？對此，本團隊幾經琢磨後，最後決定編一本充滿趣味的成語故事集。之所以會下如此的決定，乃是因為學生不但能從中學習到成語的意涵及其用法，還能藉由故事的鋪陳來學習文章的起承轉合；此外，於字裏行間的閱讀下，學生定能自然習得正確的語法結構和恰當的用辭技巧，可謂一舉數得。

　　決定後，本團隊立即力邀文風幽默詼諧的林惠美老師、資深的華語教師鄒蕙安老師以及學識豐富的Brian Greene先生加入編撰，歷經一年的努力，終於完成此書。

　　此書的編輯方式，乃是依成語的內容來作分類，書中共分成四大類：數字、動物、自然及文化。如此分類不但能讓學生易學易記，還能讓學生舉一反三，前後對照，增進學習成效。

　　最後，敬祝與此書有緣的學生，個個都能從中體驗到學習華語的樂趣，進而培養出流暢的文筆。

楊琇惠

北科大通識中心

民國一〇〇年六月九日

Content

序

二 數字篇

三 自然篇

四 文化篇

動物篇

①【膽小[1] 如鼠[2]】[3]
dǎn xiǎo rú shǔ

Part of Speech	Connotation	Example
SV (adj.)	-	他是個膽小如鼠的人

解釋[4]：jiěshì

形 容[5] 一個人 沒有 勇氣[6]，膽子 小 得 和 老鼠[7] 一樣[8]。
xíngróng yígerén méiyǒu yǒngqì   dǎnzi xiǎo de hàn lǎoshǔ yíyàng

Explanation/Definition: Describes someone who is easily frightened, timid as a mouse, not brave, timid at heart, whimpy, or otherwise chicken-hearted.

例文[9]：lìwén

在 臺灣，農曆[10] 七月 十五日的 中元節[11] 是 個 很 重 要[12]
zài Táiwān   nónglì qīyuè shíwǔrì de Zhōngyuánjié shì ge hěn zhòngyào

的 節日[13]。人們 相信[14] 另[15]一個 世界[16] 的 鬼魂[17]，在 這 段
de jiérì   rénmen xiāngxìn   lìngyíge shìjiè de guǐhún   zài zhèduàn

時間 會 回到 人間[18]。為了[19] 得到 平安[20]，大家 都 會 準 備[21]
shíjiān huì huídào rénjiān   wèile   dédào píngān   dàjiā dōu huì zhǔnbèi

很 多 的 食物[22] 來 祭拜[23] 這些 鬼魂。所以，農曆 七月 也
hěn duō de shíwù lái jìbài zhèxiē guǐhún suǒyǐ nónglì qīyuè yě

叫做 「鬼月」。
jiàozuò guǐyuè

　　因為 聽 了 太多 和 這個 節日 有關 的 傳說[24]，一些
yīnwèi tīng le tàiduō hàn zhèige jiérì yǒuguān de chuánshuō yìxiē

膽 小 如 鼠 的 人 晚 上 就 不敢 出門，也 不敢 待[25]在 比較[26]
dǎnxiǎo rú shǔ de rén wǎnshàng jiù bùgǎn chūmén yě bùgǎn dāizài bǐjiào

黑暗[27] 的 地方，害怕[28] 會 看見[29] 恐怖[30] 的 景象[31]。其實[32]，
hēiàn de dìfāng hàipà huì kànjiàn kǒngbù de jǐngxiàng qíshí

很 多 時候，那 都 只是 自己 的 想 像[33] 而已[34]。
hěn duō shíhòu nà dōu zhǐshì zìjǐ de xiǎngxiàng éryǐ

生詞 shēngcí Vocabulary

1.	膽小	dǎnxiǎo	timid; fearful; chicken-hearted; cowardly
2.	鼠	shǔ	a mouse; a rat
3.	膽小如鼠	dǎn xiǎo rú shǔ	timid as a mouse
4.	解釋	jiěshì	explanation; exposition; interpretation
5.	形容	xíngróng	to describe
6.	勇氣	yǒngqì	courage; bravery; daring

7.	老鼠	lǎoshǔ	a mouse; a rat
8.	一樣	yíyàng	the same; equally; alike; in the same manner
9.	例文	lìwén	for example
10.	農曆	nónglì	the lunar calendar; a Chinese calendar
11.	中元節	Zhōngyuánjié	a festival on the seventh full moon of the lunar year, observed variously as a summer lantern festival and/or for the commemoration of the dead
12.	重要	zhòngyào	important
13.	節日	jiérì	holiday
14.	相信	xiāngxin	to believe
15.	另	lìng	another; other
16.	世界	shìjiè	the world; the Earth
17.	鬼魂	guǐhún	a ghost; a spirit
18.	人間	rénjiān	the world of mortals
19.	為了	wèile	in order to
20.	平安	píngān	safe and well; peaceful
21.	準備	zhǔnbèi	to prepare; to arrange
22.	食物	shíwù	food
23.	祭拜	jìbài	to worship
24.	傳說	chuánshuō	a legend; a tale; a tradition; a fable

25.	待	dāi	to stay
26.	比較	bǐjiào	to compare; to contrast
27.	黑暗	hēiàn	dark
28.	害怕	hàipà	to fear; to dread; to be scared; to be afraid
29.	看見	kànjiàn	to see; to catch sight of
30.	恐怖	kǒngbù	terror; horror; fright
31.	景象	jǐngxiàng	scenes; sights
32.	其實	qíshí	in fact; as a matter of fact; actually
33.	想像	xiǎngxiàng	to imagine; to fantasize; to visualize
34.	而已	éryǐ	that is all; nothing more; only

② 【對 牛¹ 彈² 琴³】 ⁴
duì niú tán qín

Part of Speech	Connotation	Example
Noun	-	這樣真是對牛彈琴

解釋： jiěshì

比喻⁵ 對 不能 明白⁶ 道理⁷ 的 人 說理⁸ ， 就 像 對 不懂⁹ 音樂¹⁰
bǐyù duì bùnéng míngbái dàolǐ de rén shuōlǐ jiùxiàng duì bùdǒng yīnyuè

的 牛 彈琴 一樣 ， 白費¹¹ 力氣¹²/¹³ 。
de niú tánqín yíyàng bái fèi lìqì

Explanation/Definition: This metaphor expresses the futility of reasoning with someone unable to understand reason, or trying to make someone enjoy something s/he is not equipped to comprehend. As it would certainly be a waste of one's time to play a lute for a cow and expect the cow to appreciate it, you would be knocking your head against the wall to even try. To preach to deaf ears. Futile.

例文： lìwén

老 王 最¹⁴ 喜歡 和 朋友 一起 打牌¹⁵ ， 常 常 玩到
LǎoWáng zuì xǐhuān hàn péngyǒu yìqǐ dǎpái chángcháng wándào

忘了 回家 吃飯。除了[16]
wàngle huíjiā chīfàn chúle

打牌 他 沒有 別[17]的
dǎpái tā méiyǒu biéde

休閒[18] 活動[19]。有一天，
xiūxián huódòng yǒu yì tiān

老 王 陪[20]太太去聽
LǎoWáng péi tàitai qù tīng

一場 古典[21] 音樂會[22]，
yìchǎng gǔdiǎn yīnyuèhuì

節目[23] 開始[24] 不到[25] 三
jiémù kāishǐ búdào sān

分 鐘，他 就 已經 呼
fēnzhōng tā jiù yǐjīng hū

呼 大 睡。
hū dài shuì

後來[26]，「咚[27]！」
hòulái dōng

的 傳[28]來 一聲 鼓 聲[29]，老王 突然[30] 大喊[31]：「碰[32]！我
de chuánlái yìshēng gǔshēng LǎoWáng túrán dàhǎn pèng wǒ

胡[33]了！」，他 的 太太 覺得[34] 實在[35]太 丟臉[36]，拉[37]著 老 王
húle tā de tàitai juéde shízài tài diūliǎn lāzhe LǎoWáng

趕緊[38] 離開[39] 會 場[40]。看來[41]，要 老 王 欣賞[42] 古典 音樂，
gǎnjǐn líkāi huìchǎng kànlái yào LǎoWáng xīnshǎng gǔdiǎn yīnyuè

簡直[43] 就是 對 牛 彈 琴。
jiǎnzhí jiùshì duì niú tán qín

生詞 shēngcí · Vocabulary

1.	牛	niú	cattle; cow(s)
2.	彈	tán	to pluck or play a string instrument
3.	琴	qín	a zither-like, plucked instrument
4.	對牛彈琴	duì niú tán qín	to play the lute to a cow
5.	比喻	bǐyù	metaphor; expression
6.	明白	míngbái	to understand; to know; to catch on
7.	道理	dàolǐ	reason; logic; truth
8.	說理	shuōlǐ	to argue; to reason things out; to be reasonable
9.	懂	dǒng	to understand; to know
10.	音樂	yīnyuè	music
11.	白費	báifèi	to lose; to waste
12.	力氣	lìqì	strength; force; energy
13.	白費力氣	bái fèi lìqì	to waste one's energy
14.	最	zuì	the most
15.	打牌	dǎpái	to play mahjong; to play cards
16.	除了	chúle	except (for); besides; in addition to
17.	別	bié	other; some other

18.	休閒	xiūjxián	leisure time
19.	活動	huódòng	activities; actions
20.	陪	péi	to accompany; go out with
21.	古典	gǔdiǎn	classical; classic
22.	音樂會	yīnyuèhuì	a concert
23.	節目	jiémù	a program; a show
24.	開始	kāishǐ	to begin; to start
25.	不到	búdào	not more than; not even
26.	後來	hòulái	later; later on; then
27.	咚	dōng	the sound of impact caused by a falling object
28.	傳	chuán	to hand down; to pass (on)
29.	鼓聲	gǔshēng	a drumbeat
30.	突然	túrán	suddenly; all of a sudden
31.	大喊	dàhǎn	shout; yell
32.	碰	pèng	hit; to touch
33.	胡	hú	to win [mahjong]
34.	覺得	juéde	to feel
35.	實在	shízài	really; truly; certainly; in fact
36.	丟臉	diūliǎn	to lose face; to be in disgrace
37.	拉	lā	to pull

38.	趕緊	gǎnjǐn	to hurry up; to make speed
39.	離開	líkāi	to leave; to depart from; to go away
40.	會場	huìchǎng	the site of a conference; a conference hall
41.	看來	kànlái	it seems; it appears; it looks as if; apparently
42.	欣賞	xīnshǎng	to admire; to enjoy; to appreciate
43.	簡直	jiǎnzhí	at all; almost; fairly

3 【騎¹ 虎² 難³ 下】 ⁴
qí　hǔ　nán　xià

Part of Speech	Connotation	Example
SV (adj.)	+/-	讓我騎虎難下

解釋：jiěshì

比喻 做 某⁵件事，進行 了 一半 遇到 困難⁶，但 又 迫於 情勢⁷
bǐyù zuò mǒujiànshì jìnxíng le yíbàn yùdào kùnnán dàn yòu pòyú qíngshì

不 能 停下來。這 情形⁸ 就 好 像 騎在 老虎 背⁹上 一樣，
bùnéng tíngxiàlái zhè qíngxíng jiù hǎoxiàng qízài lǎohǔ bèishàng yíyàng

騎在 上 頭 很 危險¹⁰ ， 但是 跳¹¹下來 也 可能 被 老虎
qízài shàngtóu hěn wéixiǎn dànshì tiàoxiàlái yě kěnéng bèi lǎohǔ

咬¹²死¹³，怎麼 做 都 有 風險¹⁴ ，造 成¹⁵ 進退 兩 難¹⁶ 的
yǎosǐ zěme zuò dōu yǒu fēngxiǎn zàochéng jìn tuì liǎng nán de

局面¹⁷。
júmiàn

Explanation/Definition: This metaphor expresses being halfway done with something, facing difficulty, and being compelled by circumstances to finish it—failure is not an option. It is like riding on the back of a tiger. Although staying there is extremely dangerous, jumping down would just result in being mauled to death. Either choice is risky. It is just best to ride it out. This situation is like being between a rock and a hard place.

There is no going back. The show must go on.

例文：lìwén

　　小玲　是個愛 唱歌 的女孩，她的家人和 朋友
　　XiǎoLíng　shì ge ài chànggē de nǚhá　tā de jiārén hàn péngyǒu

也 覺得她 唱得 很好，因此就 幫 她 偷偷[18] 報名[19]了 歌唱[20]
yě juéde tā chàngde hěnhǎo　yīncǐ jiù bāng tā tōutou　bàomíngle gēchàng

比賽[21]。
bǐsài

　　很 幸運[22] 的，她的 歌聲[23] 得到 評審[24] 的 肯定[25]，
　　hěn xìngyùn de　tā de gēshēng dédào píngshěn de kěndìng

通過 初賽[26]，獲得了 上 電視的 殊榮[27]。為了 這個難得[28]
tōngguò chūsài　huòdé le shàng diànshì de shūróng　wèile zhèigenándé

的 機會[29]，小 玲　練習[30]了 好久，不但[31] 選[32] 了最 拿手[33] 的
de jīhuì　XiǎoLíng liànxí le hǎojiǔ　búdàn xuǎn le zuì náshǒu de

歌曲[34]，還 準備了 最 漂亮 的 服裝[35]，並[36] 配上[37] 最
gēqǔ　hái zhǔnbèi le zuì piàoliàng de fúzhuāng　bìng pèishàng zuì

動感[38] 的 舞蹈[39]。
dònggǎn de wǔdào

　　沒 想到[40] 就在 比賽 的 前一天，　小 玲 不 小心[41]
　　méixiǎngdào jiùzài bǐsài de qiányìtiān　XiǎoLíng bù xiǎoxīn

扭傷[42] 了 右腳。這下子[43]，原本[44] 排練[45]好 的 舞步[46] 全 都
niǔshāng le yòujiǎo zhèxiàzi　yuánběn páiliànhǎo de wǔbù quándōu

走 樣⁴⁷ 了。眼看⁴⁸著 明天 就 要 比賽 了，真是 騎 虎 難
zǒuyàng le yǎnkànzhe míngtiān jiù yào bǐsài le zhēnshì qí hǔ nán

下！最後，她 決定⁴⁹ 盡 己 所 能⁵⁰，拿著 枴 杖⁵¹ 賣力⁵²
xià zuìhòu tā juédìng jìn jǐ suǒ néng názhe guǎizhàng màilì

演出⁵³。結果⁵⁴ 沒 想 到，小 玲 的 努力⁵⁵，感動⁵⁶ 了 評 審
yǎnchū jiéguǒ méixiǎngdào XiǎoLíng de nǔlì gǎndòng le píngshěn

及 現 場⁵⁷ 觀 眾⁵⁸，得到 第三名 的 好 成績⁵⁹。
jí xiànchǎng guānzhòng dédào dìsānmíng de hǎo chéngjī

生詞 shēngcí Vocabulary

1.	騎	qí	to ride; to mount
2.	虎	hǔ	tiger
3.	難	nán	difficult
4.	騎虎難下	qí hǔ nán xià	in a position from which there is no easy retreat
5.	某	mǒu	something; someone
6.	困難	kùnnán	difficult; hard; perplexity
7.	迫於情勢	pòyú qíngshì	are forced by circumstance
8.	情形	qíngxíng	circumstances; a situation; a condition; a case

9.	背	bēi	backside; the back of the body or things
10.	危險	wéixiǎn	dangerous; danger; hazard; risk
11.	跳	tiào	to jump; to skip over; to twitch
12.	咬	yǎo	to bite
13.	死	sǐ	death; to die
14.	風險	fēngxiǎn	risks; danger; hazards
15.	造成	zàochéng	to cause; to form; to make; to bring about
16.	進退兩難	jìn tuì liǎng nán	(stuck) between a rock and a hard place
17.	局面	júmiàn	an aspect; a situation; prospects; the state of affairs
18.	偷偷	tōutou	stealthily; secretly; covertly; in secret
19.	報名	bàomíng	to sign up; to enter one's name
20.	歌唱	gēchàng	to sing
21.	比賽	bǐsài	a competition; a race; a contest
22.	幸運	xìngyùn	lucky; fortunate; happy
23.	歌聲	gēshēng	singing; the sound of singing
24.	評審	píngshěn	a judge [contest or competition]
25.	肯定	kěndìng	affirmative; positive; definite; sure
26.	初賽	chūsài	heat; trial competition; preliminary competition

27.	殊榮	shūróng	award
28.	難得	nándé	hard to come by; rare; scarce; seldom
29.	機會	jīhuì	a chance; opportunity
30.	練習	liànxí	to practice; a drill
31.	不但	búdàn	not only
32.	選	xuǎn	to choose; to select
33.	拿手	náshǒu	a forte; what one is specially good at
34.	歌曲	gēqǔ	a song; a melody
35.	服裝	fúzhuāng	clothing; clothes; dress
36.	並	bìng	and; also; at the same time
37.	配上	pèishàng	to go with; to match
38.	動感	dònggǎn	dynamic
39.	舞蹈	wǔdào	dance; dancing
40.	沒想到	méixiǎngdào	unexpectedly; did not think; never thought
41.	小心	xiǎoxīn	be carefully; to look up; caution
42.	扭傷	niǔshāng	a sprain; a strain; a twist
43.	這下子	zhèxiàzi	for a moment
44.	原本	yuánběn	originally; formerly
45.	排練	páiliàn	to rehearse
46.	舞步	wǔbù	a dance step

47.	走樣	zǒuyàng	to lose the original or desired shape; out of shape
48.	眼看	yǎnkàn	very soon; in a moment
49.	決定	juédìng	to decide; to resolve; to make up one's mind
50.	盡己所能	jìn jǐ suǒ néng	do one's best to; be all one can be
51.	柺杖	guǎizhàng	a walking stick; a cane
52.	賣力	màilì	to exert oneself; to do all one can
53.	演出	yǎnchū	a performance; a presentation; a rendition
54.	結果	jiéguǒ	a result; an outcome; an effect
55.	努力	nǔlì	effort; exertion
56.	感動	gǎndòng	to touch; to affect; to move
57.	現場	xiànchǎng	a locale; a locality; on-the-spot
58.	觀眾	guānzhòng	audience; spectators
59.	成績	chéngjī	results (of work or study); achievements; grades

㉔【虎頭蛇¹尾²】³
hǔ tóu shé wěi

Part of Speech	Connotation	Example
SV (adj.)	-	做事不要虎頭蛇尾

解釋：jiěshì

比喻 做 事情 一 開始 很 積極⁴，後來 卻 草 草 了 事⁵、有
bǐyù zuò shìqíng yì kāishǐ hěn jījí hòulái què cǎo cǎo liǎo shì yǒu

始 無 終⁶。就 像 起頭⁷時 有著 老虎 般 的 氣勢⁸，結尾⁹時
shǐ wú zhōng jiù xiàng qǐtóu shí yǒuzhe lǎohǔ bān de qìshì jiéwěi shí

卻¹⁰ 像 細小¹¹ 的 蛇 那樣 沒有 力道¹²。
què xiàng xìxiǎo de shé nàyàng méiyǒu lìdào

Explanation/Definition: A metaphor about starting something with a bang and ending with a whimper. A fine start and a poor finish. Like the image the literal translation (tiger head, snake tail) suggests: The front half of the tiger is strong, but the back half—a thin snake tail—is weak in comparison, resulting in an unbalanced whole. Other means of expression: A bright start and a dull finish; Not following through; Doing things half-assed.

例文：liwén

看了　電視上　的　烹飪[13]　節目，我也想要　試試看[14]，
kànle　diànshìshàng de　pēngrèn jiémù　wǒ yě xiǎngyào shìshìkàn

學學　大廚師[15]　的　手藝[16]。所以，我先買了一把[17]　五千元
xuéxue dà chúshī　de shǒuyì　suǒyǐ　wǒ xiān mǎi le　yìbǎ　wǔqiānyuán

的 高級[18] 菜刀[19]，再花
de gāojí càidāo　zài huā

了 將近[20] 兩 萬 元，
le jiāngjìn liǎng wànyuán

把　廚房裡　的　爐具[21]
bǎ chúfánglǐ de lújù

和　鍋子[22]　都　換成
hàn guōzi dōu huànchéng

新的。
xīnde

我很　認真[23]　的
wǒ hěn rènzhēn de

看著電視、仔細[24]　做
kànzhe diànshì zǐxì zuò

筆記，感覺[25]　做菜
bǐjì gǎnjué zuòcài

好像 一點 都 不 難。
hǎoxiàng yìdiǎn dōu bù nán

只是[26]，後來 我 發現[27]，洗菜 很 花 時間；切[28] 肉 要 小心，
zhǐshì　　hòulái wǒ fāxiàn　　xǐcài hěn huā shíjiān　qiè　ròu yào xiǎoxīn

才 不會 弄[29] 傷　手指[30]；調味料[31] 一匙[32] 一匙 慢 慢 算[33]，
cái bú huì nòng shāng　shǒuzhǐ　tiáowèiliào　yìchí　yìchí màn màn suàn

真是 麻煩[34]。所以，最後 只 煮[35] 了 一盤[36] 蛋炒飯[37]。
zhēnshì máfán　　suǒyǐ　zuìhòu zhǐ zhǔ　le yìpán　dànchǎofàn

　　　老公　一邊 吃著 我 煮 的 炒飯，一邊 小 聲 的 說：
　　lǎogōng　yìbiān chīzhe wǒ zhǔ de　chǎofàn yìbiān xiǎoshēng de shuō

「唉！你 做 事情 虎 頭 蛇 尾，只有 三 分 鐘 熱度[38/39]。
　āi　　nǐ zuò shìqíng hǔ tóu shé wěi　zhǐ yǒu sānfēnzhōng rèdù

這 真是 我 吃過 最貴 的 炒飯！」
zhè zhēnshì wǒ chīguò zuì guì de chǎofàn

生詞 shēngcí　Vocabulary

1.	蛇	shé	a snake
2.	尾	wěi	the tail; the rear; the back
3.	虎頭蛇尾	hǔ tóu shé wěi	fine start and poor finish
4.	積極	jījí	active; positive; enthusiastic
5.	草草了事	cǎo cǎo liǎo shì	give sth. a lick and a promise
6.	有始無終	yǒu shǐ wú zhōng	to give up halfway

7.	起頭	qǐtóu	the beginning; make a beginning
8.	氣勢	qìshì	momentum; imposing manner; vigor
9.	結尾	jiéwěi	the ending; the conclusion
10.	卻	què	but; to decline; to refuse
11.	細小	xìxiǎo	very small; tiny
12.	力道	lìdào	balance; a power channel
13.	烹飪	pēngrèn	cooking; a culinary
14.	試試看	shìshìkàn	to try
15.	廚師	chúshī	a chef; a cook
16.	手藝	shǒuyì	craftsmanship; workmanship; handicraft; craft
17.	把	bǎ	measure word for objects that can be held
18.	高級	gāojí	senior; high-level; high-class; advanced
19.	菜刀	càidāo	a kitchen knife
20.	近	jìn	near
21.	爐具	lújù	stove
22.	鍋子	guōzi	a pot; a pan
23.	認真	rènzhēn	serious; conscientious; earnest
24.	仔細	zǐxì	detailed; careful; painstakenly
25.	感覺	gǎnjué	to feel; to sense; a feeling
26.	只是	zhǐshì	just; merely; simply; however

27.	發現	fāxiàn	to discover; to detect
28.	切	qiē	to cut; to slice
29.	弄	nòng	to do, make, or handle (something)
30.	手指	shǒuzhǐ	a finger
31.	調味料	tiáowèiliào	condiment; seasoning; flavoring
32.	匙	chí	a spoon
33.	算	suàn	to calculate; to count; to figure; to reckon
34.	麻煩	máfán	to trouble; troublesome; inconvenient
35.	煮	zhǔ	to cook; to boil
36.	盤	pán	a tray of; a plate of
37.	蛋炒飯	dànchǎofàn	rice fried with eggs; egg fried rice
38.	熱度	rèdù	temperature; fever
39.	三分鐘熱度	sānfēnzhōng rèdù	not perseverant; lukewarm; to give up halfway; impatient

5 【調[1]虎離[2]山】[3]
diào hǔ lí shān

Part of Speech	Connotation	Example
Noun	+	用調虎離山之計

解釋：jiěshì

騙[4] 對方[5] 離開 原 本 的 根據地[6]，讓[7] 自己 有 機會 實行[8]
piàn duìfāng líkāi yuánběn de gēnjùdì ràng zìjǐ yǒu jīhuì shíxíng

某 種 計謀[9]。形 容 引開[10] 敵人[11]，就 像 把 老虎 誘[12]離
mǒuzhǒng jìmóu xíngróng yǐnkāi dírén jiù xiàng bǎ lǎohǔ yòulí

山林[13]。
shānlín

Explanation/Definition: Tricking someone to leave his or her space in order to carry out a plan. Describes luring an enemy away from his or her base, like drawing a tiger out from its jungle lair. A distraction.

例文：lìwén

淘氣[14] 的 小新 想 要 偷吃 櫥子[15]裡 的 餅乾，但 一直[16]
táoqì de XiǎoXīn xiǎng yào tōu chī chúzilǐ de bǐnggān dàn yìzhí

找不到 機會。腦筋[17] 動得快 的 他，只好 使出 調 虎 離 山
zhǎobúdào jīhuì nǎojīn dòngdekuài de tā zhǐhǎo shǐchū diào hǔ lí shān

之計，偷偷 到 陽臺[18] 把 小狗 飼料[19]碗裡 的 食物 打翻[20]，再
zhī jì　tōutōu dào yángtái bǎ xiǎogǒu sìliàowǎnlǐ　de shíwù dǎfān　zài

把 水 灑[21]得 到處 都 是，然後 說 是 小狗 惹[22] 的 禍[23]。他
bǎ shuǐ　sǎde　dàochù dōu shì　ránhòu shuō shì xiǎogǒu rě　de huò　tā

打算[24] 藉此[25] 引 媽媽 離開 廚房，好 趁著[26] 媽媽 打掃[27] 的
dǎsuàn　jiècǐ　yǐn māma líkāi chúfáng hǎo chènzhe　māma dǎsǎo　de

時候，到 廚房 打開
shíhòu　dào chúfáng　dǎkāi

櫥子 偷 吃 餅乾。
chúzi tōu chī　bǐnggān

　　沒 想 到，當 他
　méi xiǎng dào　dāng tā

向 媽媽 告狀[28] 後，
xiàng māma gàozhuàng hòu

媽媽 竟然[29] 說：「照顧
māma jìngrán shuō　zhàogù

小狗 是 全家人 的
xiǎogǒu shì quánjiārén de

責任[30]，讓 我們
zérèn　ràng wǒmen

一起來 打掃 吧！」這
yìqǐlái dǎsǎo ba　zhè

下子，不但 沒 吃 到
xiàzi　búdàn méi chīdào

23

餅乾，還得 幫 忙 打掃，真是人 算 不如 天 算[31] 啊！
bǐnggān hái děi bāngmáng dǎsǎo zhēnshì rén suàn bù rú tiān suàn a

Vocabulary

1.	調	diào	to transfer; to move; to change
2.	離	lí	to leave; to be away from
3.	調虎離山	diào hǔ lí shān	lure the enemy away from his base
4.	騙	piàn	to cheat; to deceive
5.	對方	duìfāng	the other side; the opposite side
6.	根據地	gēnjùdì	base; base area
7.	讓	ràng	to cause or to make sb do sth; to allow
8.	實行	shíxíng	to practice; to implement; to execute
9.	計謀	jìmóu	a plan; a stratagem; a strategy; a trick
10.	引開	yǐnkāi	to draw away
11.	敵人	dírén	an opponent; an enemy
12.	誘	yòu	to lead; to induce; to lure
13.	山林	shānlín	forest; mountain and forest
14.	淘氣	táoqì	playful; mischievous

15.	櫥子	chúzi	cabinet
16.	一直	yìzhí	at all times; all the time; always; continuously
17.	腦筋	nǎojīn	brains; to consider
18.	陽臺	yángtái	a balcony; a veranda
19.	飼料	sìliào	feed; fodder; forage
20.	打翻	dǎfān	overturn; overthrow
21.	灑	sǎ	to sprinkle (liquids); to spray; to spill
22.	惹	rě	to provoke; to rouse; to induce; to offend
23.	禍	huò	disasters; casualty; misfortune
24.	打算	dǎsuàn	to intend; to plan; to purpose; to calculate
25.	藉此	jiècǐ	take this opportunity to
26.	趁著	chènzhe	taking advantage of; while
27.	打掃	dǎsǎo	to sweep and clean up
28.	告狀	gàozhuàng	to file a lawsuit against someone; to tell on sb.
29.	竟然	jìngrán	unexpectedly; actually
30.	責任	zérèn	duty; responsibility
31.	人算不如天算	rén suàn bù rú tiān suàn	man proposes, but God disposes

⑥【狡¹ 兔² 三 窟³】⁴
jiǎo tù sān kū

Part of Speech	Connotation	Example
Noun	+	就像狡兔三窟一樣

解釋：jiěshì

比喻 可 躲藏⁵ 的 地方 很 多，能 方便 逃避⁶ 災禍⁷。就 像
bǐyù kě duǒcáng de dìfāng hěn duō néng fāngbiàn táobì zāihuò jiù xiàng

狡猾⁸ 的 兔子 擁有⁹ 許多 藏身¹⁰ 的 洞穴¹¹。
jiǎohuá de tùzi yǒngyǒu xǔduō cángshēn de dòngxuè

Explanation/Definition: This metaphor suggests the more hiding places
one has, the easier it is to escape disaster. As a cunning rabbit has several
burrows in which to hide, a crafty person always has more than one
hideout and many means of escape.

例文：lìwén

有 一陣子¹² 好萊塢¹³ 流行¹⁴ 懸疑¹⁵ 的 諜報¹⁶ 電 影。
yǒu yízhènzi hǎoláiwū liúxíng xuányí de diébào diànyǐng

影片¹⁷中 的 主角¹⁸ 通 常 是 高大 英俊¹⁹ 的 中 年²⁰ 男子，
yǐngpiànzhōng de zhǔjué tōngcháng shì gāodà yīngjùn de zhōngnián nánzi

在 接到 神祕[21] 的 指令[22] 後 去 追查[23] 某項[24] 機密[25] 案件[26]
zài jiēdào shénmì de zhǐlìng hòu qù zhuīchá mǒuxiàng jīmì ànjiàn

的 真兇[27]。劇情[28] 充滿[29] 各種 緊張[30] 的 情節[31]，槍聲[32]
de zhēnxiōng jùqíng chōngmǎn gèzhǒng jǐnzhāng de qíngjié qiāngshēng

永遠 比[33] 對白[34] 的 聲音 多，而且 真 正的 犯人[35] 總
yǒngyuǎn bǐ duìbái de shēngyīn duō érqiě zhēnzhèng de fànrén zǒng

是 狡兔三窟，行蹤[36] 很難 捉摸[37]，想 要 抓[38]到 他們，
shì jiǎo tù sān kū xíngzōng hěnnán zhuōmō xiǎng yào zhuādào tāmen

簡直[39] 是 不可能 的 任務[40]。
jiǎnzhí shì bùkěnéng de rènwù

　　不過[41]，故事[42] 最後，在 美麗 女主角 的 協助[43]下，男主角
búguò gùshì zuìhòu zài měilì nǚzhǔjué de xiézhùxià nánzhǔjué

終究[44] 會 消滅[45] 敵人，並且 和 女主角 譜[46]出 浪漫[47] 戀曲[48]。
zhōngjiù huì xiāomiè dírén bìngqiě hàn nǚzhǔjué pǔchū làngmàn liànqǔ

或許[49] 這 就是 諜報 電影 擁有 不少 女性[50] 觀眾 的
huòxǔ zhè jiùshì diébào diànyǐng yǒngyǒu bùshǎo nǚxìng guānzhòng de

原因 吧！
yuányīn ba

生詞
shēngcí

Vocabulary

| 1. 狡 | jiǎo | crafty; foxy; cunning; sly; wily |

2.	兔	tù	a rabbit
3.	窟	kū	a hole; a den; a burrow; a cave
4.	狡兔三窟	jiǎo tù sān kū	a wily hare has three burrows; a crafty person has more than one hideout
5.	躲藏	duǒcáng	to hide oneself; to conceal oneself
6.	逃避	táobì	to evade; to flee; to seek refuge; to elude
7.	災禍	zāihuò	a disaster; a calamity; a misfortune
8.	猾	huá	crafty; foxy; cunning; sly; tricky; artful; wily
9.	擁有	yǒngyǒu	to have; to possess; to own; to keep
10.	藏身	cángshēn	to hide oneself; to go into hiding
11.	洞穴	dòngxuè	a cave; a cavern; a hole; a cavity; a burrow
12.	一陣子	yízhènzi	a short time
13.	好萊塢	hǎoláiwū	Hollywood
14.	流行	liúxíng	popular; fashionable; prevailing; current
15.	懸疑	xuányí	suspense
16.	諜報	diébào	espionage; information obtained through espionage
17.	影片	yǐngpiàn	a film; a movie; footage
18.	主角	zhǔjué	a leading role; a protagonist; an important person
19.	英俊	yīngjùn	handsome and sharp; smart; brilliant

20.	中年	zhōngnián	middle age; middle-aged
21.	神祕	shénmì	mystery; secret; mystique
22.	指令	zhǐlìng	to instruct; to order; to direct; to command
23.	追查	zhuīchá	to investigate (into); to follow up
24.	項	xiàng	an item, type, kind, etc.
25.	機密	jīmì	secret; classified; confidential
26.	案件	ànjiàn	a case; a legal case; a police case
27.	真兇	zhēnxiōng	murderer; killer; the real murderer
28.	劇情	jùqíng	the story or plot of a play
29.	充滿	chōngmǎn	full; to fill sth. up
30.	緊張	jǐnzhāng	nervous; edgy; jumpy; tense; anxious; strained
31.	情節	qíngjié	(of a book, a movie, etc.) the plot; the action
32.	槍聲	qiāngshēng	a gunshot; the sound of a gun being fired
33.	比	bǐ	to compare; to compete with
34.	對白	duìbái	a dialogue
35.	犯人	fànrén	a prisoner; an offender; a convict
36.	行蹤	xíngzōng	tracks; whereabouts
37.	捉摸	zhuōmō	to guess; to ascertain
38.	抓	zhuā	to catch; to grab; to seize
39.	簡直	jiǎnzhí	simply; virtually; almost; fairly

40.	任務	rènwù	an assignment; a mission; a task
41.	不過	búguò	but; nevertheless; however
42.	故事	gùshì	a story
43.	協助	xiézhù	to assist; to help; to provide help
44.	終究	zhōngjiù	eventually; ultimately; in the end; after all
45.	消滅	xiāomiè	to wipe out; to eliminate
46.	譜	pǔ	to set to music
47.	浪漫	làngmàn	romantic
48.	戀曲	liànqǔ	love story; lover
49.	或許	huòxǔ	maybe; perhaps; probably; possibly
50.	女性	nǔxìng	woman; feminine

7 【守¹ 株² 待³ 兔】 ⁴
shǒu zhū dài tù

Part of Speech	Connotation	Example
Noun	-	這種守株待兔的方法很笨

解釋： jiěshì

比喻 想 要 不勞而獲⁵，或是 指 人 局限⁶ 在 舊有 的 經驗⁷，
bǐyù xiǎng yào bù láo ér huò   huòshì zhǐ rén júxiàn zài jiùyǒu de jīngyàn

不知 變通⁸。原本 的 故事 是 敘述⁹：有 一個 農夫¹⁰，偶然¹¹
bùzhī biàntōng yuánběn de gùshì shì xùshù   yǒu yíge nóngfū   ǒu rán

發現 一隻 撞¹²到 田 中 樹木 而 死掉¹³ 的 兔子，就 放棄¹⁴
fāxiàn yìzhī zhuàngdào tiánzhōng shùmù ér sǐdiào de tùzi   jiù fàngqì

耕種¹⁵ 而 守在 樹旁， 想 要 再 撿¹⁶到 更 多 的 兔子。
gēngzhòng ér shǒuzài shùpáng xiǎng yào zài jiǎndào gèng duō de tùzi

Explanation/Definition: This is a metaphor about getting something for nothing. It also suggests someone confined old ways of doing things, unable to change with the times. This idiom originally comes from a story about a farmer who by chance sees a rabbit run into a tree in his field and die. Thereupon the famer gives up cultivating the field and just waits by the tree trunk to collect more rabbits. Literally, the idiom means "standing guard at the trunk of a tree, waiting for a rabbit." It expresses the absurdity of someone who sticks by his/her folly, expecting to reap something without sowing anything.

例文：lìwén

現在 是 一個 知識[17] 爆炸[18] 的 時代[19]，人們 都 要 不斷[20]
xiànzài shì yíge zhīshì bàozhà de shídài rénmen dōu yào búduàn

的 充實[21] 自己[22]，求 新 求 變[23]。如果 不 知 道 上進[24]，只 想
de chōngshí zìjǐ qiú xīn qiú biàn rúguǒ bù zhī dào shàngjìn zhǐ xiǎng

守 株 待 兔，用 舊有 的 規矩[25] 或 想法 來 做事，那麼
shǒu zhū dài tù yòng jiùyǒu de guījǔ huò xiǎngfǎ lái zuòshì nàme

很 快 的 就 會 被 這個 社會 所 淘汰[26]。
hěnkuài de jiù huì bèi zhèige shèhuì suǒ táotài

很 多 傳 統[27] 行業[28]，因為 有 了 創 新[29] 的 點子[30]，
hěnduō chuántǒng hángyè yīnwèi yǒu le chuàngxīn de diǎnzi

讓 他們 的 產品 再 一 次 獲得 消費者[31] 喜愛[32]。例如
ràng tāmen de chǎnpǐn zài yí cì huòdé xiāofèizhě xǐài lìrú

蛋糕 造型[33] 的 毛巾[34] 禮盒[35]，和 強調[36] 手工[37] 天然[38]
dàngāo zàoxíng de máojīn lǐhé hàn qiángdiào shǒugōng tiānrán

的 有機[39] 香皂[40]，就是 因為 製造者[41] 巧 妙[42] 的 創意[43]，
de yǒujī xiāngzào jiùshì yīnwèi zhìzàozhě qiǎomiào de chuàngyì

讓 原本 不起眼[44] 的 小東西，變 成 了 時尚[45] 流行 的
ràng yuánběn bùqǐyǎn de xiǎodōngxi biànchéng le shíshàng liúxíng de

商品[46]。
shāngpǐn

生詞
shēngcí

Vocabulary

1.	守	shǒu	to keep watch; to wait; to guard; to defend
2.	株	zhū	a trunk; a stem; a plant
3.	待	dài	to wait for
4.	守株待兔	shǒu zhū dài tù	to stand by a tree stump waiting for a hare; one who sticks to one's folly and does nothing
5.	不勞而獲	bù láo ér huò	to reap without sowing; something for nothing
6.	局限	júxiàn	limitation; constraint
7.	經驗	jīngyàn	an experience; a lesson
8.	變通	biàntōng	to become flexible; to bend the rules
9.	敘述	xùshù	to narrate; to describe
10.	農夫	nóngfū	a farmer;
11.	偶然	ǒurán	by chance; by accident; fortuitous
12.	撞	zhuàng	to collide with; to strike with force
13.	死掉	sǐdiào	to die; dead
14.	放棄	fàngqì	to give up; to back down; to abstain from
15.	耕種	gēngzhòng	to plow and sow; to cultivate; to farm

16.	撿	jiǎn	to pick up; to collect; to gather
17.	知識	zhīshì	knowledge; science
18.	爆炸	bàozhà	an explosion; a blast
19.	時代	shídài	the times; the age; an epoch
20.	不斷	búduàn	unceasingly; continuously; forever; constantly
21.	充實	chōngshí	substantial; solid
22.	自己	zìjǐ	oneself; self; one's own
23.	求新求變	qiú xīn qiú biàn	innovation and change
24.	上進	shàngjìn	to go forward; to make progress; to progress
25.	規矩	guījǔ	rules; manners; the proprieties
26.	淘汰	táotài	to eliminate through competition
27.	傳統	chuántǒng	tradition(s)
28.	行業	hángyè	a trade; a profession; a line of business; an industry
29.	創新	chuàngxīn	to innovate; to create something; originality
30.	點子	diǎnzi	an idea
31.	消費者	xiāofèizhě	a consumer
32.	喜愛	xǐài	to love; to be fond of; to like
33.	造型	zàoxíng	modeling; mold-making; to model
34.	毛巾	máojīn	a towel

35.	禮盒	lǐhé	gift; present box
36.	強調	qiángdiào	to emphasize; to accentuate
37.	手工	shǒugōng	by hand; handiwork; handmade
38.	天然	tiānrán	naturally; nature; native
39.	有機	yǒujī	organic
40.	香皂	xiāngzào	(scented) soap
41.	製造者	zhìzàozhě	a producer; a maker; a manufacturer
42.	巧妙	qiǎomiào	ingenious; clever; skillful; artful; masterly
43.	創意	chuàngyì	originality; creative
44.	不起眼	bùqǐyǎn	obscure
45.	時尚	shíshàng	a trend; the fashion
46.	商品	shāngpǐn	commodities; goods; merchandise

8 【生龍¹活虎】²
shēng lóng huó hǔ

Part of Speech	Connotation	Example
SV (adj.)	+	這個生龍活虎的人

解釋： jiěshì

比喻 一個人 很有 精神³，就 像 蛟龍⁴和 猛⁵虎 一樣 活潑⁶
bǐyù yígerén hěnyǒu jīngshén jiù xiàng jiāolóng hàn měnghǔ yíyàng huópō

勇 猛⁷。
yǒngměng

Explanation/Definition: This is a metaphor used to describe someone who has a lot of spirit and vitality. He or she is as animated, lively, and vigorous as a fierce dragon or tiger. Vivacious, wound up, fully charged.

例文： lìwén

有些 年輕⁸人，白天 上班 或 上課 的 時候，總是
yǒuxiē niánqīng rén báitiān shàngbān huò shàngkè de shíhòu zǒngshì

提不起 精神。一 有空⁹ 就¹⁰ 發呆¹¹，不 小心 就會 打瞌睡¹²。
tíbùqǐ jīngshén yì yǒukòng jiù fādāi bù xiǎoxīn jiù huì dǎkēshuì

眼神[13] 非常 空洞[14]，氣色[15] 也 不好，似乎[16] 得了 什麼
yǎnshén fēicháng kōngdòng　qìsè yě bùhǎo sìhū déle shéme

疾病[17]。
jíbìng

　　可是，只要 過 了 下午 五點， 當 他們 下班 或 放學
kěshì zhǐyào guò le xiàwǔ wǔdiǎn dāng tāmen xiàbān huò fàngxué

之後，就 突然 完全[18]
zhīhòu jiù túrán wánquán

變了個樣子[19]。 換 上
biànle ge yàngzi huànshàng

光 鮮[20] 亮麗[21] 的
guāngxiān liànglì de

衣服，出現[22] 在 夜店[23]
yīfú chūxiàn zài yèdiàn

裡面，不管[24] 是 跳舞
lǐmiàn bùguǎn shì tiàowǔ

或 聊 天， 都 有
huò liáotiān dōu yǒu

用不完的精力[25]。 生
yòngbùwán de jīnglì shēng

龍 活 虎 的，就 像 是
lóng huó hǔ de jiù xiàng shì

重新[26] 充 滿 電[27] 或
chóngxīn chōngmǎn diàn huò

轉 緊 發條[28] 一般[29] 。有句話：「上班 上課 一條 蟲[30] ，
zhuǎnjǐn fātiáo　　yìbān　　　yǒujùhuà　　shàngbān shàngkè　yì tiáo chóng

下班 下課 一條 龍」，應該 就 是 在 說 這些 人 吧！
xiàbān xiàkè yì tiáo lóng　　yīnggāi jiù shì zài shuō zhè xiē rén ba

生詞
shēngcí

Vocabulary

1.	龍	lóng	a dragon
2.	生龍活虎	shēng lóng huó hǔ	a lively dragon and an active tiger
3.	精神	jīngshén	spirit; mind; consciousness; the essence of
4.	蛟龍	jiāolóng	dragon
5.	猛	měng	fierce; headlong; vigorous
6.	活潑	huópō	lively; vivacious; animated
7.	勇猛	yǒngměng	brave and fierce; bold and powerful
8.	年輕	niánqīng	young
9.	有空	yǒukòng	free time; available; be free
10.	一…就…	yī...jiù...	as soon as; hardly/scarcely...when/before
11.	發呆	fādāi	to be in a daze; to space out
12.	打瞌睡	dǎkēshuì	to doze off; to nod off
13.	眼神	yǎnshén	expression in one's eyes; eyesight

14.	空洞	kōngdòng	vacuous; a cavity; a void
15.	氣色	qìsè	complexion; color
16.	似乎	sìhū	it seems that; it appears that; it seems as if
17.	疾病	jíbìng	disease; illness; sickness
18.	完全	wánquán	complete; absolute; entire; full; perfect
19.	樣子	yàngzi	an appearance; a shape; a form; a model
20.	光鮮	guāngxiān	dressed; attractive
21.	亮麗	liànglì	bright; brilliant; shiny
22.	出現	chūxiàn	to appear; to emerge; appearance
23.	夜店	yèdiàn	pub; nightclub
24.	不管	bùguǎn	no matter; despite; however; whether ... or
25.	精力	jīnglì	energy; vigor; stamina; vitality
26.	重新	chóngxīn	again; anew; afresh
27.	電	diàn	electricity; electric
28.	發條	fātiáo	to wind (a watch, machine, etc.)
29.	一般	yìbān	generally; in general; ordinary; usual; average
30.	蟲	chóng	a worm; a bug; an insect

⑨【畫龍點睛】[1]
huà lóng diǎn jīng

Part of Speech	Connotation	Example
SV (adj.)	+	真是畫龍點睛啊

解釋：jiěshì

指 寫作[2] 的 時候，在 重 要 的 地方 用 一、兩 個 詞句[3]
zhǐ xiězuò de shíhòu zài zhòngyào de dìfāng yòng yì liǎng ge cíjù

來 凸 顯[4] 主旨[5]，讓 文 章[6] 更加 生 動[7]。就 像 畫龍 時，
lái túxiǎn zhǔzhǐ ràng wénzhāng gèngjiā shēngdòng jiù xiàng huàlóng shí

最後 點 上 了眼睛，使 龍 的 樣貌[8] 栩栩如 生[9]。
zuìhòu diǎnshàng le yǎnjīng shǐ lóng de yàngmào xǔ xǔ rú shēng

Explanation/Definition: This idiom points to the inclusion of key words or phrases in just the right places in a piece of writing to best illustrate a point and bring life to the piece. It is the same as drawing a dragon. The final step of adding the pupils to the eyes is what makes the face realistic and brings the dragon to life. To add the finishing touch. To bring the idea home.

這次 的 徵文[10] 比賽 競爭[11] 非常 激烈[12]。最後 獲得[13]
zhècì de zhēngwén bǐsài jìngzhēng fēicháng jīliè zuìhòu huòdé

第一名 的 作品[14]，內容[15] 描寫[16] 的 是 一個 來到 異鄉[17] 的
dìyīmíng de zuòpǐn nèiróng miáoxiě de shì yíge láidào yìxiāng de

旅人[18]，走在 寒冷[19] 街頭[20]，回憶[21] 往事[22] 的 點 點 滴 滴[23]，
lǚrén zǒuzài hánlěng jiētóu huíyì wǎngshì de diǎn diǎn dī dī

字裡 行間[24] 充 滿 了 對 家鄉[25] 的 思念[26]。
zìlǐ hángjiān chōngmǎn le duì jiāxiāng de sīniàn

評 審 在 評論[27] 這篇[28] 小說[29] 時 ， 表示[30] 自己
píngshěn zài pínglùn zhèpiān xiǎoshuō shí biǎoshì zìjǐ

非 常 欣 賞 它 的 寫作 技巧[31]。尤其 是 結尾[32] 部分[33]，主角
fēicháng xīnshǎng tā de xiězuò jìqiǎo yóuqí shì jiéwěi bùfèn zhǔjué

在 電 話 中 和 母親 的 那段 對話，更 有 畫 龍 點 睛 的
zài diàn huàzhōng hàn mǔqīn de nàduàn duìhuà gèng yǒu huà lóng diǎn jīng de

效果[34]，讓 人 深深[35] 為 母愛 的 偉大[36] 而 感動。 能 用
xiàoguǒ ràng rén shēnshēn wèi mǔài de wěidà ér gǎndòng néng yòng

簡短[37] 的 文字，把 母子間 的 互動[38] 描寫得 如此 深刻[39]，這
jiǎnduǎn de wénzì bǎ mǔzǐjiān de hùdòng miáoxiěde rúcǐ shēnkè zhè

就是 它 得獎[40] 的 原因。
jiùshì tā déjiǎng de yuányīn

生詞 shēngcí Vocabulary

1.	畫龍點睛	huà lóng diǎn jīng	to bring a dragon painting to life by painting the pupils of its eyes
2.	寫作	xiězuò	writing; to write
3.	詞句	cíjù	wording; expressions
4.	凸顯	túxiǎn	to make something prominent or conspicuous
5.	主旨	zhǔzhǐ	a keynote; a message; substance
6.	文章	wénzhāng	an article; an essay; a theme
7.	生動	shēngdòng	lively; lifelike; living
8.	樣貌	yàngmào	appearance; image; impression
9.	栩栩如生	xǔ xǔ rú shēng	true to life; true to nature; as vivid as life
10.	徵文	zhēngwén	to solicit articles or essays; a call for papers
11.	競爭	jìngzhēng	competition; to compete
12.	激烈	jīliè	violent; intense; drastic; furious; acute
13.	獲得	huòdé	to obtain; to acquire; to attain; to gain
14.	作品	zuòpǐn	compositions; creations; productions; pieces
15.	內容	nèiróng	content(s); subject matter; the meat

16.	描寫	miáoxiě	to describe; to depict; to portray
17.	異鄉	yìxiāng	a foreign land or country
18.	旅人	lǚrén	traveler; voyager; passenger
19.	寒冷	hánlěng	cold; frigid; freezing
20.	街頭	jiētóu	a street
21.	回憶	huíyì	memory; recollection; remembrance
22.	往事	wǎngshì	a past event; the past
23.	點點滴滴	diǎn diǎn dī dī	little things
24.	行間	hángjiān	between the lines
25.	家鄉	jiāxiāng	a hometown; a homeland
26.	思念	sīniàn	to miss; to think of; to long for
27.	評論	pínglùn	to comment on; a review; a commentary
28.	篇	piān	a piece of writing; a chapter
29.	小說	xiǎoshuō	a novel; fiction
30.	表示	biǎoshì	to show; to indicate; to express; to mean
31.	技巧	jìqiǎo	a skill; an art; a knack; a trick; technique
32.	結尾	jiéwěi	the ending; the conclusion
33.	部分	bùfèn	part of sth.; part(s)
34.	效果	xiàoguǒ	effect; result
35.	深深	shēnshēn	deep

36.	偉大	wěidà	great; grand; magnificent; stately; mighty
37.	簡短	jiǎnduǎn	brief; short; concise; terse
38.	互動	hùdòng	interaction; to interact
39.	深刻	shēnkè	profound; intense; deep
40.	得獎	déjiǎng	to win a prize; to gain an award

⑩【打草驚蛇】[1] [2]

dǎ cǎo jīng shé

Part of Speech	Connotation	Example
Verb phrase	-	免得打草驚蛇

解釋： jiěshì

指 在 做 某 件 機密[3] 的 行動[4] 前，不 小 心 洩露[5] 了
zhǐ zài zuò mǒujiàn jīmì de xíngdòng qián bù xiǎoxīn xièlù le

風 聲[6]，讓 對方 發覺[7]而 有 所 防備[8]。就 像 是 用 木棍[9]
fēngshēng ràng duìfāng fājué ér yǒu suǒ fángbèi jiù xiàng shì yòng mùgùn

拍打[10] 草叢[11]，而 嚇跑[12] 了 原本 躲[13]在 草 中 的 蛇。
pāidǎ cǎocóng ér xiàpǎo le yuánběn duǒzài cǎozhōng de shé

Explanation/Definition: This idiom points to a situation in which, just before a surprise move is made on someone not expecting it, an unintentional sound alerts this person and allows him/her to prepare or escape—much like shaking a shrub with a stick frightens a snake hiding inside and allows it to flee. Act rashly and alert the enemy. Give away your position. To loose the element of surprise.

例文：lìwén

在 嚴密[14] 的 追查 之後， 警方[15] 得到 了 重要
zài yánmì de zhuīchá zhīhòu jǐngfāng dédào le zhòngyào

線索[16]，知道 上 週 那 起 銀行 搶案[17]，歹徒[18] 目前 正
xiànsuǒ zhīdào shàngzhōu nà qǐ yínháng qiǎngàn dǎitú mùqián zhèng

藏 身 在 郊區的 空屋 裡。
cánggshēn zài jiāoqū de kōngwū lǐ

為了 能夠 在 期限 內 破案[19]，所有的 警察 都 希望
wèile nénggòu zài qíxiàn nèi pòàn suǒyǒu de jǐngchá dōu xīwàng

能夠 立刻 行動。 經驗 豐富[20]的 警察 局長[21] 提醒[22] 大家，
nénggòu lìkè xíngdòng jīngyàn fēngfù de jǐngchá júzhǎng tíxǐng dàjiā

這個 時候 千萬[23]不要 打 草 驚 蛇，一定 要 沈住氣[24]， 等 到
zhèige shíhòu qiānwàn búyào dǎ cǎo jīng shé yídìng yào chénzhùqì děngdào

確認[25] 所有 歹徒 的 行 蹤 後，再 把 他們 一 網 打 盡[26]。
quèrèn suǒyǒu dǎitú de xíngzōng hòu zài bǎ tāmen yì wǎng dǎ jìn

所以 警方 要求[27] 新聞[28] 記者[29] 配合[30]， 等 到 逮捕[31] 行 動
suǒyǐ jǐngfāng yāoqiú xīnwén jìzhě pèihé děngdào dàibǔ xíngdòng

成 功[32] 結束 後，才 能 報導[33] 相 關[34] 的 消息。
chénggōng jiéshù hòu cái néng bàodǎo xiāngguān de xiāoxí

生詞 shēngcí　Vocabulary

1.	驚	jīng	to startle; to shock
2.	打草驚蛇	dǎ cǎo jīng shé	act rashly and alert the enemy
3.	機密	jīmì	secret; classified; confidential
4.	行動	xíngdòng	to take action; to act; to go; to move; to walk
5.	洩露	xièlù	to let out; to leak information; to reveal
6.	風聲	fēngshēng	rumor; news; spread word
7.	發覺	fājué	to detect; to discover; to become aware of
8.	防備	fángbèi	on the alert
9.	木棍	mùgùn	a stick; a wooden rod
10.	拍打	pāidǎ	to pat; to beat; to flap
11.	草叢	cǎocóng	a thick growth of grass
12.	嚇跑	xiàpǎo	to scare away
13.	躲	duǒ	to avoid; to hide
14.	嚴密	yánmì	rigorous; strict; close; narrow
15.	警方	jǐngfāng	police
16.	線索	xiànsuǒ	a clue; a hint; a lead

17.	搶案	qiǎngàn	robbery; pillage; plunder
18.	歹徒	dǎitú	an evildoer; an outlaw; a bandit; a gangster
19.	破案	pòàn	to clear up or solve a criminal case
20.	豐富	fēngfù	abundant; plentiful; copious; rich; profuse
21.	局長	júzhǎng	secretary; chief
22.	提醒	tíxǐng	to remind
23.	千萬	qiānwàn	to be sure to do sth.
24.	沈住氣	chénzhùqì	to keep calm and steady
25.	確認	quèrèn	to affirm; to confirm; to prove
26.	一網打盡	yì wǎng dǎ jìn	to round up (the whole lot)
27.	要求	yāoqiú	requests; demands; needs; requisition
28.	新聞	xīnwén	news; news media
29.	記者	jìzhě	journalist; reporter
30.	配合	pèihé	to operate in coordination; to be in harmony with
31.	逮捕	dàibǔ	to make an arrest; to be arrested; seize
32.	成功	chénggōng	success; accomplishment
33.	報導	bàodǎo	a news report
34.	相關	xiāngguān	to be related to; to be interrelated

11 【杯 弓[1] 蛇 影[2]】[3]
bēi gōng shé yǐng

Part of Speech	Connotation	Example
Verb phrase	-	別杯弓蛇影

解釋：jiěshì

比喻 因 錯誤[4] 的 懷疑[5] 或 猜測[6]，而 擔心[7] 害怕[8]，其實 只是
bǐyù yīn cuòwù de huáiyí huò cāicè ér dānxīn hàipà qíshí zhǐshì

虛 驚 一 場[9]。原來 的 故事 是 說，有 一個人 看到 酒 杯[10]裡
xū jīng yì chǎng yuánlái de gùshì shì shuō yǒu yígerén kàndà jiǔ bēilǐ

有 一個 彎曲[11] 的 影子，以為 是 一條蛇，因此 受 到 很大 的
yǒu yíge wānqū de yǐngzi yǐwéi shì yìtiáoshé yīncǐ shòudào hěndà de

驚嚇[12]。後來 發現 那 只是 掛在 牆 上 的 弓，倒映[13] 在
jīngxià hòulái fāxiàn nà zhǐshì guàzài qiángshàng de gōng dàoyìng zài

酒杯 中 的 影子[14] 而已[15]。
jiǔbēi zhōng de yǐngzi éryǐ

Explanation/Definition: This is a metaphor about a mistaken assumption
or doubt causing fear and concern-but it is only a false alarm. In the
original story, a man sees a curved shadow in a wine bowl. He thinks he
is seeing a snake and receives a terrible fright. Afterwards he realizes all
he saw was merely the shadow of a bow hanging on the wall cast into the
cup. To overreact. A false alarm. To get worked up over nothing.

例文：lìwén

小李 最近 肚子　常　常　不舒服，到 醫院 照[16]了Ｘ光，
Xiǎo Lǐ zuìjìn dùzi chángcháng bù shūfú　dào yīyuàn zhào le　guāng

發現 腹部[17] 有 一個　黑影，醫生　說　要 再 進一步 檢查[18]。
fāxiàn fùbù　yǒu yíge　hēiyǐng yīshēng shuō yào zài jìnyíbù jiǎnchá

在 檢查　結果 出來 之前，　小 李 每 天　都 吃不下 飯，也
zài jiǎnchá　jiéguǒ chūlái zhīqián　Xiǎo Lǐ měi tiān dōu chībúxià fàn　yě

睡 不著 覺。他 擔心 自己 是 得 了　癌症[19]，可能　就 快 死
shuìbùzháo jiào　tā dānxīn zìjǐ shì dé le　yánzhèng　kěnéng jiù kuài sǐ

了。
le

看著　小 李 漸漸[20] 蒼白[21] 的 臉，　周遭[22] 的 朋友 趕緊[23]
kànzhe Xiǎo Lǐ jiànjiàn cāngbái de liǎn　zhōuzāo de péngyǒu gǎnjǐn

勸[24] 他：「先 不要 杯 弓 蛇　影，自己 嚇 自己，你 再
quàn tā　xiān búyào bēi gōng shé yǐng　zìjǐ xià zìjǐ　nǐ zài

這 樣 不 吃 不 睡，我 看 結果 還 沒 出來，你 的 身體[25]
zhèyàng bù chī bú shuì　wǒ kàn jiéguǒ hái méi chūlái　nǐ de shēntǐ

就 先　搞壞[26] 了。」三天後 檢查 報告 出來 了，原來 只是
jiù xiān gǎohuài　le　sāntiānhòu jiǎnchá bàogào chūlái le　yuánlái zhǐshì

胃潰瘍[27]，小 李 終 於　鬆 了 一口氣[28]。
wèikuìyáng　Xiǎo Lǐ zhōngyú sōng le　yìkǒuqì

生詞 shēngcí · Vocabulary

1.	弓	gōng	a bow
2.	影	yǐng	a shadow
3.	杯弓蛇影	bēi gōng shé yǐng	to be afraid of one's own shadow; false alarm
4.	錯誤	cuòwù	a mistake; an error; a fault
5.	懷疑	huáiyí	to have doubts; to mistrust; to suspect
6.	猜測	cāicè	to guess; to surmise; to speculate
7.	擔心	dānxīn	to worry; to be anxious; to feel concern about sth.
8.	害怕	hàipà	to fear; to dread; to be scared; to be afraid
9.	虛驚一場	xū jīng yì chǎng	a false alarm
10.	酒杯	jiǔbēi	a wineglass; a wine cup; a wine bowl
11.	彎曲	wānqū	curved; winding; crooked
12.	驚嚇	jīngxià	to frighten; to scare; to shock; to terrify
13.	倒映	dàoyìng	reflected upsidedown; inverted image
14.	影子	yǐngzi	a shadow
15.	而已	éryǐ	that is all; nothing more

16.	照X光	zhào X guāng	to take an X-ray
17.	腹部	fùbù	the abdomen; the belly
18.	檢查	jiǎnchá	to check; to inspect; to examine; to look over
19.	癌症	yánzhèng	cancer
20.	漸漸	jiànjiàn	gradually; by degrees; little by little; bit by bit
21.	蒼白	cāngbái	pale; ashen; pallid; lifeless
22.	周遭	zhōuzāo	around
23.	趕緊	gǎnjǐn	to hurry up; to look sharp; to make speed
24.	勸	quàn	to persuade; to advise
25.	身體	shēntǐ	the body
26.	搞壞	gǎohuài	bungle; break down; to damage; to bumble
27.	胃潰瘍	wèikuìyáng	a gastric (or stomach) ulcer
28.	鬆一口氣	sōng yì kǒu qì	to breathe a sigh of relief; relieved

(12) 【車水馬龍】[1]
chē shuǐ mǎ lóng

Part of Speech	Connotation	Example
Noun	+	到處車水馬龍

解釋：jiěshì

形 容　人 來 人　往[2]，熱鬧[3] 繁華[4] 的　景象[5]。字 面 上 的
xíngróng　rén lái rén　wǎng　　rènào　fánhuá　de　　jǐngxiàng　zìmiànshàng de

意 思 是 說 ：車子 多得　像　流水[6] 一 般 連　綿 不 絕[7]，眾多[8]
yìsi　shì shuō　chēzi　duōde xiàng liúshuǐ　yì bān lián mián bù jué　zhòngduō

的 馬匹[9] 排出[10] 了　像　長　龍[11] 一樣 的 隊伍[12]。
de　mǎpī　páichū　le xiàng　chánglóng yíyàng de duìwǔ

Explanation/Definition: Describes a bustling, crowed, exciting, flourishing, and thriving scene with many people coming and going. The literal meaning is a location contains so many vehicles that it is like a continuous flow of water; the crowds of people and lines of horses are both so numerous that they are like a team of dragons. Heavy traffic. Bumper-to-bumper. Packed. Teaming with activity.

例文：lìwén

　　到 臺灣 旅遊 的 觀 光 客[13]，一定 不會 錯過[14] 夜市 的
dào Táiwān lǚyóu de guānguāng kè　　yídìng búhuì cuòguò yèshì de

美食。從 臺北 的 士林，到 高 雄 的 六合，到處 都 有
měishí　cóng Táiběi de Shìlín　dào Gāoxióng de Liùhé　dàochù dōu yǒu

著 名[15] 的 夜市。
zhùmíng　de yèshì

　　就 像 它 的 名 稱[16] 一樣，夜市 裡 的 攤販[17] 大 多
jiù xiàng tā de míngchēng yíyàng　yèshì lǐ de tānfàn　dà duō

都 在 晚 上 營業[18]。即使[19] 已經 過 了 晚 上 十 點，這裡
dōu zài wǎnshàng yíngyè　jíshǐ　yǐjīng guò le wǎnshàng shí diǎn　zhèlǐ

仍然[20] 是 車 水 馬 龍，生意[21] 好得 不得了。夜市 最 迷人[22]
réngrán shì chē shuǐ mǎ lóng　shēngyì hǎode bùdéliǎo　yèshì zuì mírén

的 地方 就是 物 美 價 廉[23]，只要 花 幾百元，就 可以 吃遍[24]
de dìfāng jiùshì wù měi jià lián　zhǐyào huā jǐbǎiyuán　jiù kěyǐ chīpiàn

山 珍 海 味[25]，對於[26] 預算[27] 有限[28] 的 年 輕 人 而言[29]，
shān zhēn hǎi wèi　duìyú　yùsuàn yǒuxiàn　de niánqīngrén éryán

真是 最佳 的 選擇[30]。
zhēnshì zuì jiā de xuǎnzé

生詞 shēngcí　Vocabulary

1.	車水馬龍	chē shuǐ mǎ lóng	heavy traffic
2.	人來人往	rén lái rén wǎng	crowded
3.	熱鬧	rènào	noisy; clamorous
4.	繁華	fánhuá	bustling and flourishing
5.	景象	jǐngxiàng	scene; sight; picture
6.	流水	liúshuǐ	running or flowing water
7.	連綿不絕	lián mián bù jué	endless; continuous; constant
8.	眾多	zhòngduō	many; numerous
9.	馬匹	mǎpī	horses
10.	排出	páichū	discharge
11.	長龍	chánglóng	long queue; to wait in a long line of people, vehicles, etc.
12.	隊伍	duìwǔ	a line (of people); a procession
13.	觀光客	guānguāngkè	a tourist
14.	錯過	cuòguò	to miss
15.	著名	zhùmíng	famous; celebrated
16.	名稱	míngchēng	a name; an appellation; designation

17.	攤販	tānfàn	a (street) vendor; a stall keeper
18.	營業	yíngyè	operation; business; to open
19.	即使	jíshǐ	even; even if; even though
20.	仍然	réngrán	still
21.	生意	shēngyì	business; trade
22.	迷人	mírén	charming; fascinating; glamorous
23.	物美價廉	wù měi jià lián	goods with high quality and low price; inexpensive but nice
24.	遍	piàn	all over; everywhere
25.	山珍海味	shān zhēn hǎi wèi	delicacies from land and sea
26.	對於	duìyú	regarding; with regard to
27.	預算	yùsuàn	budget
28.	有限	yǒuxiàn	to a limited extent; within limits
29.	而言	éryán	in terms of sth.
30.	選擇	xuǎnzé	to choose; to select; to opt; to pick

⑬【走馬看花】[1]
zǒu mǎ kàn huā

Part of Speech	Connotation	Example
Verb phrase	+/-	只是走馬看花

解釋： jiěshì

形 容　快速、匆忙 的　觀察，而 沒有 深入 去 了解。就 像
xíngróng　kuàisù cōngmáng de　guānchá ér méiyǒu shēnrù qù liǎojiě　jiùxiàng

騎在 奔跑[2] 的　馬上　欣賞　風景，看得 並 不 仔細（隨便
qízài bēnpǎo de　mǎshàng xīnshǎng　fēngjǐng kànde bìng bù zǐxì　suíbiàn

看看）。
kànkan

Explanation/Definition: Describes a quick, hasty, and lackadaisical observation. Like sightseeing on a running horse, there is no way to take in anything in any detail. (Just have a superficial look.)

例文： lìwén

有些人 出去 旅遊，總是 把 重 點 放在 購物 上 面 ，
yǒuxiērén chūqù lǚyóu　zǒngshì bǎ zhòngdiǎn fangzài gòuwù shàngmiàn

紀念品[3] 買個不停，對 四周 的 景物[4] 只是 走 馬 看 花，
jìniànpǐn mǎigebùtíng duì sìzhōu de jǐngwù zhǐshì zǒu mǎ kàn huā

並 沒有 用心 去 欣賞。
bìng méiyǒu yòngxīn qù xīnshǎng

　　就 像 隔壁 的 王太太，前 年 朋 友 約 她 去 Okinawa
jiùxiàng gébì de wángtàitài qiánnián péngyǒu yuē tā qù

玩，她 說 好；去年 家人 找 她 去 沖 繩 玩，她 也 去
wán tā shuō hǎo qùnián jiārén zhǎo tā qù Chōngshéng wán tā yě qù

了；今年初 鄰居 組團 要 去 琉球，她 第一個 報名。只是，
le jīnniánchū línjū zǔtuán yào qù Liúqiú tā dìyīge bàomíng zhǐshì

在 回家 之後，她 忍不住 納悶[5]：「外國 風景區 賣 的 特產[6]
zài huíjiā zhīhòu tā rěnbúzhù nàmèn wàiguó fēngjǐngqū mài de tèchǎn

怎麼 都 只 有 海帶？」在 問 了 女兒 之後，才 發現 她 去 的
zěme dōu zhǐ yǒu hǎidài zài wèn le nǚér zhīhòu cái fāxiàn tā qù de

都 是 同一個 地方，只是 稱呼[7] 不同 罷[8]了。
dōu shì tóngyíge dìfāng zhǐshì chēnghū bùtóng bàle

生詞 shēngcí Vocabulary

1. 走馬看花　zǒu mǎ kàn huā　to look at flowers while riding on horseback; to give only a passing glance at things; to get a superficial understanding through quick and casual observation

2.	奔跑	bēnpǎo	to be busy running about; to run
3.	紀念品	jìniànpǐn	a souvenir
4.	景物	jǐngwù	scenery ; sight
5.	納悶	nàmèn	to feel baffled; to wonder if...
6.	特產	tèchǎn	a specialty or special product of the place
7.	稱呼	chēnghū	to call; to name; a title; an appellation
8.	罷	bà	to finish; to cease

14 【露出馬腳】[1]
lù chū mǎ jiǎo

Part of Speech	Connotation	Example
SV (adj.)	-	〔某人〕露出馬腳了

解釋： jiěshì

形容 原本 隱藏[2] 的 真 相 被 發現 了。這是 因為 古代
xíngróng yuánběn yǐncáng de zhēnxiàng bèi fāxiàn le zhèshì yīnwèi gǔdài

有 一種 遊戲，人們 在 馬的 身 上 披[3]上 裝 飾[4]，
yǒu yìzhǒng yóuxì rénmen zài mǎ de shēnshàng pīshàng zhuāngshì

扮 成 其他 動物，但 如果 在 走動 的 時候 馬腳 露出來，
bànchéng qítā dòngwù dàn rúguǒ zài zǒudòng de shíhòu mǎjiǎo lùchūlái

就 會 被 看 穿 是 假扮[5] 的 了。
jiù huì bèi kànchuān shì jiǎbàn de le

Explanation/Definition: Describes something that gives the away the truth. This idiom comes from a traditional Chinese game in which people decorate their horses to disguise them as other animals, but when walking, the horses reveal their hoofs and their true identity is exposed. Give the trick away.

胡半仙 宣 稱[6] 他 有 超能力[7]，可以 靠 觸摸[8] 身體 來
húbànxiān xuānchēng tā yǒu chāonénglì kěyǐ kào chùmō shēntǐ lái

為 人 治病。被 他 治療 的 人們 表示， 當 胡半仙 的
wèi rén zhìbìng bèi tā zhìliáo de rénmen biǎoshì dāng húbànxiān de

手 碰到 他們 受 傷 的 部位 時，會 有 一種 痠痠 麻麻
shǒu pèngdào tāmen shòushāng de bùwèi shí huì yǒu yìzhǒng suānsuān mámá

的 感覺。
de gǎnjué

由於 這 實在 是 太 神奇 了，因此 受到了 記者 的 注意。
yóuyú zhè shízài shì tài shénqí le yīncǐ shòudàole jìzhě de zhùyì

在 某 一 次 的 新聞 採訪[9] 後，胡半仙 終 於 露 出 馬 腳。
zài mǒu yí cì de xīnwén cǎifǎng hòu húbànxiān zhōngyú lù chū mǎ jiǎo

因為 當 記者 用 慢 動 作 播放[10] 他 為人 治療 的 畫 面
yīnwèi dāng jìzhě yòng màndòngzuò bòfàng tā wèirén zhìliáo de huàmiàn

時，發現 胡半仙 的 手 中 藏 有 一條 電線，這 就 是
shí fāxiàn húbànxiān de shǒuzhōng cángyǒu yìtiáo diànxiàn zhè jiù shì

病 人 有 痠麻 感覺 的 原因。胡半仙 的 神話[11] 只 維持 了
bìngrén yǒu suānmá gǎnjué de yuányīn húbànxiān de shénhuà zhǐ wéichí le

短 短 幾週 就 結束 了。再 高明[12] 的 騙術[13] 還是 敵[14]不過
duǎnduǎn jǐzhōu jiù jiéshù le zài gāomíng de piànshù háishì díbúguò

現 代 科技 的 進步。
xiàndài kējì de jìnbù

生詞
shēngcí

Vocabulary

1.	露出馬腳	lù chū mǎ jiǎo	give the show away
2.	隱藏	yǐncáng	to hide; to conceal; to disguise; to dissimulate
3.	披	pī	to drape over
4.	裝飾	zhuāngshì	to adorn; to decorate; to dress up; to deck out
5.	假扮	jiǎbàn	to dress up as; to masquerade; to pretend
6.	宣稱	xuānchēng	claim
7.	超能力	chāonénglì	Super Power
8.	觸摸	chùmō	to touch; to grope for; to finger
9.	採訪	cǎifǎng	(of a journalist) to cover (some event); to interview
10.	播放	bòfàng	to broadcast
11.	神話	shénhuà	a fairy tale; (a) myth; mythology; fable
12.	高明	gāomíng	wise; brilliant; superior
13.	騙術	piànshù	a deceitful trick; a ruse; a stratagem
14.	敵	dí	an opponent; to fight

⑮【識途老馬】[1]
　　　shì　tú　lǎo　mǎ

Part of Speech	Connotation	Example
Noun	+	〔某人〕是識途老馬

解釋：jiěshì

形容　對　某件　事情　非常　熟悉，或很有　經驗　的人。
xíngróng　duì　mǒujiàn　shìqíng　fēicháng　shúxī　huò hěnyǒu　jīngyàn　de rén

就　像　年老的　馬匹　認得出　走過的　路　一般。
jiù xiàng niánlǎo de　mǎpī　rènde chū zǒuguòde lù　yìbān

Explanation/Definition: Describes a person who is well experienced and familiar with something, like an old horse that is acquainted with the path it has taken before and knows the way. A wise old bird. A person of rich experience. An old [noun] hand.

例文：lìwén

前天　我們　幾個　朋友　約好　一起　去爬山，忙著
qiántiān　wǒmen　jǐge　péngyǒu　yuēhǎo　yìqǐ　qù páshān　mángzhe

準備[2]的　同時，卻　忘了　注意　氣象[3]報導[4]。直到　進入　山區
zhǔnbèi de　tóngshí　què　wàngle　zhùyì　qìxiàng bàodǎo　zhídào　jìnrù　shānqū

之後，天色[5] 突然 變得 昏暗[6]、下起 大雨，才 發現 情 況
zhīhòu tiānsè túrán biànde hūnàn xiàqǐ dàyǔ cái fāxiàn qíngkuàng

不妙。
búmiào

幸 好 有 老張 這 位 識 途 老馬 的 幫 忙，帶領
xìnghǎo yǒu lǎozhāng zhè wèi shì tú lǎomǎ de bāngmáng dàilǐng

大家 避開 危險 路段，順利 下山，否則 我們 一定 沒有
dàjiā bìkāi wéixiǎn lùduàn shùnlì xiàshān fǒuzé wǒmen yídìng méiyǒu

辦法 平安 回來。說不定 還 會 因為 迷路[7]，而得 靠 直升機[8]
bànfǎ píngān huílái shuōbúdìng hái huì yīnwèi mílù ér děi kào zhíshēngjī

來 救援[9] 才能 下山，要是 真 上 了 電視，那 可 就 太
lái jiùyuán cáinéng xiàshān yào shì zhēn shàng le diànshì nà kě jiù tài

丟臉 了！
diūliǎn le

生詞 shēngcí Vocabulary

1.	識途老馬	shì tú lǎo mǎ	a person of rich experience; a wise old bird
2.	裝備	zhuāngbèi	equipment; accoutrements; hardware
3.	氣象	qìxiàng	meteorological phenomena
4.	報導	bàodǎo	to report (news); to cover

5.	天色	tiānsè	time of the day as shown by the color of the sky; weather
6.	昏暗	hūnàn	dim; dusky; twilit
7.	迷路	mílù	to lose one's way; to go astray; to stray
8.	直升機	zhíshēngjī	helicopter
9.	救援	jiùyuán	to rescue; to come to one's rescue

16 【亡羊補牢】[1]
wáng yáng bǔ láo

Part of Speech	Connotation	Example
Verb phrase	+	〔主詞〕亡羊補牢

解釋： jiěshì

比喻 事情 出 了 差錯[2]，馬上 想 辦法補救，以免 造 成
bǐyù shìqíng chū le chācuò   mǎshàng xiǎng bànfǎ bǔjiù   yǐmiǎn zàochéng

更 大 的 損失。就像 發現 羊 走失 了，趕快 去 修補[3] 有
gèngdài de sǔnshī jiùxiàng   fāxiàn yáng zǒushī le   gǎnkuài qù xiūbǔ   yǒu

缺口[4] 的 羊 圈 。
quēkǒu de yángjuàn

Explanation/Definition: This metaphor suggests doing something to avoid worse losses when something goes wrong. Like when finding sheep are missing, you should fix the fences that were broken right away. It's better late than never to take precaution after suffering a loss. To do something about it.

　　每年　夏天，學校　放　暑假　時，很多　青少年　都會
měinián　xiàtiān　xuéxiào　fàng　shǔjià　shí　hěnduō　qīngshàonián　dōu huì

到　溪邊　玩水。這　看起來　似乎　很　單純[5]的　活動，有時　卻
dào xībiān　wánshuǐ zhè　kànqǐlái　sìhū　hěn　dānchún de　huódòng yǒushí què

隱藏[6]了　極大的　危險。
yǐncáng　le　jídà de　wéixiǎn

　　因為　在山區，午後　常　常　有雷陣雨[7]，原本　平　靜
yīnwèi　zài shānqū　wǔhòu　chángcháng　yǒu léizhènyǔ　yuánběn　píngjìng

的　小溪，可能在　一場　大雨　過後，水流　突然　變得　湍急[8]，
de xiǎoxī　kěnéng zài　yìchǎng　dàyǔ　guòhòu　shuǐliú túrán　biàn de tuānjí

這樣　的　變化　常在　幾分鐘　內就　發生　了。如果　來不及
zhèyàng　de　biànhuà　chángzài　jǐfēnzhōng　nèi jiù fāshēng le　rúguǒ　láibùjí

跑到　地勢　比較　高的地方，就　會被困在　河床[9]中，
pǎodào　dìshì　bǐjiào　gāo de dìfāng　jiù huì bèi kùnzài　héchuángzhōng

甚至　被水流　沖走。在接連　幾起的　溺水[10]事件後，政府
shènzhì　bèi shuǐliú chōngzǒu　zài jiēlián　jǐqǐ　de nìshuǐ　shìjiàn hòu zhèngfǔ

單位　亡　羊　補牢，透過　電視　媒體　提醒　大家　注意　安全，
dānwèi wáng yáng bǔ láo　tòuguò diànshì méitǐ tíxǐng dàjiā zhùyì ānquán

並　在　危險　的　區域　立起　警告[11]標語[12]，加　強　巡邏[13]，
bìng zài wéixiǎn de qūyù lìqǐ jǐnggào biāoyǔ jiā qiáng xúnluó

希望　能夠　減少　意外的　發生。
xīwàng nénggòu jiǎnshǎo yìwài de fāshēng

趣味成語 動物篇
qùwèi chéngyǔ dòngwù piān

生詞
shēngcí

Vocabulary

1.	亡羊補牢	wáng yáng bǔ láo	to mend the sheepfold after a sheep is lost; to take precaution after suffering a loss
2.	差錯	chācuò	mistakes; errors; slips
3.	修補	xiūbǔ	to mend; to patch (up); to repair; to piece up; to revamp
4.	缺口	quēkǒu	a breach; a gap
5.	單純	dānchún	simple; pure; innocent
6.	隱藏	yǐncáng	to hide; to conceal; to disguise; to dissimulate
7.	雷陣雨	léizhènyǔ	a thunder shower
8.	湍急	tuānjí	rapid; rushing
9.	河床	héchuán	a riverbed; a channel
10.	溺水	nìshuǐ	drowning
11.	警告	jǐnggào	a warning; a caution
12.	標語	biāoyǔ	a slogan; a poster; a watchword; a catchphrase
13.	巡邏	xúnluó	to patrol

【順¹ 手 牽² 羊³】 ⁴
shùn shǒu qiān yáng

Part of Speech	Connotation	Example
Verb phrase	-	別順手牽羊

解釋：jiěshì

指 利用⁵ 機會 拿走 別人 的 財物⁶，也 就是 偷⁷ 東西 的 意思⁸。
zhǐ lìyòng jīhuì názǒu biérén de cáiwù yě jiùshì tōu dōngxi de yìsī

Explanation/Definition: Taking the opportunity to steal someone else's property. To pick up something on the sly and walk off with it. Stealing.

例文：lìwén

有 一個 婦人⁹ 到 雜貨店¹⁰，偷 了 一包¹¹ 白米¹² 和 一瓶¹³
yǒu yíge fùrén dào záhuòdiàn tōu le yìbāo báimǐ hàn yìpíng

牛奶 藏¹⁴在 袋子裡。她 的 行為¹⁵ 被 監視器¹⁶ 拍¹⁷ 了 下來，
niúnǎi cángzài dàizilǐ tā de xíngwéi bèi jiānshìqì pāi le xiàlái

老闆 抓住¹⁸ 了 她 準備 送到 警察局 去。
lǎobǎn zhuāzhù le tā zhǔnbèi sòngdào jǐngchájú qù

老闆 問 她 為什麼 要 偷東西？她 急¹⁹得 一邊 哭 一邊²⁰
lǎobǎn wèn tā wèishéme yào tōudōngxi tā jí de yìbiān kū yìbiān

求[21] 老闆 原諒[22]。原來[23] 這個 婦人 有 兩個 小孩，因為
qiú lǎobǎn yuánliàng yuánlái zhèige fùrén yǒu liǎngge xiǎohái yīnwèi

家裡 沒有 錢，已經 很久 沒 吃 東西。為了 不讓 小孩
jiā lǐ méiyǒu qián yǐjīng hěnjiǔ méi chī dōngxī wèile bùràng xiǎohái

餓[24]肚子，她 只好 去 偷 米 和 牛奶。雖然[25] 順 手 牽 羊 是
èdùzi tā zhǐhǎo qù tōu mǐ hàn niúnǎi suīrán shùn shǒu qiān yáng shì

犯法[26] 的 行 為，但是
fànfǎ de xíngwéi dànshì

老闆 聽完 她 的 故事
lǎobǎn tīngwán tā de gùshì

也 很 同情[27] 她，所以
yě hěn tóngqíng tā suǒyǐ

最後[28] 不但 沒有 把 她
zuìhòu búdàn méiyǒu bǎ tā

交給[29] 警察，還 送 她
jiāogěi jǐngchá hái sòng tā

一些 錢 和 食物[30]。
yìxiē qián hàn shíwù

生詞 shēngcí # Vocabulary

1.	順	shùn	in the same direction as; along; following
2.	牽	qiān	to pull along
3.	羊	yáng	a sheep, ram ewe, lamb
4.	順手牽羊	shùn shǒu qiān yáng	to pick up sth.; to walk off with sth.
5.	利用	lìyòng	to employ; to use; to exploit; to make use of
6.	財物	cáiwù	property; belongings; assets
7.	偷	tōu	to steal; secretly; stealthly; on the sly
8.	意思	yìsi	meaning, idea or concept
9.	婦人	fùrén	woman; a married woman
10.	雜貨店	záhuòdiàn	a grocery or general store
11.	包	bāo	a package; a parcel; a bag; a sack
12.	白米	báimǐ	rice
13.	瓶	píng	a bottle; a vase
14.	藏	cáng	to hide; to conceal
15.	行為	xíngwéi	behavior; conduct; acts
16.	監視器	jiānshìqì	a security/surveilance camera or monitor
17.	拍	pāi	to photograph

18.	抓住	zhuāzhù	to catch; to seize; to grip
19.	急	jí	urgent; urgency; fast; rapid
20.	一邊…一邊…	yìbiān...yìbiān...	while; as; at the same time; simultaneously
21.	求	qiú	to beseech; to request; to look for
22.	原諒	yuánliàng	to forgive; to excuse; to pardon
23.	原來	yuánlái	former(ly); original(ly)
24.	餓	è	hungry
25.	雖然	suīrán	even though; in spite of; even if; although
26.	犯法	fànfǎ	to break the law; to do wrong
27.	同情	tóngqíng	sympathy; compassion; pity
28.	最後	zuìhòu	final; last; ultimate; in the end
29.	交給	jiāogěi	to give or hand sth. to sb.
30.	食物	shíwù	food; provisions; sustenance

⑱ 【殺¹ 雞 儆² 猴³】 ⁴
shā jī jǐng hóu

Part of Speech	Connotation	Example
Verb phrase	+	〔主詞〕殺雞儆猴

解釋：jiěshì

處罰⁵ 某一個人 來 警告⁶ 其他⁷人。就 像 殺 一隻⁸雞 給 猴子
chǔfá mǒuyígerén lái jǐnggào qítā rén jiù xiàng shā yìzhī jī gěi hóuzi

看，猴子 心裡 就 會 害怕。
kàn hóuzi xīnlǐ jiù huì hàipà

Explanation/Definition: Punishing someone as a warning to others. When wanting to frighten a monkey, just kill a chicken in front of it. Beat the dog before the lion. As a warning.

例文：lìwén

最近 幾年，不 遵守⁹ 交通¹⁰ 規則¹¹ 的 人 越 來 越¹² 多，
zuìjìn jǐnián bù zūnshǒu jiāotōng guīzé de rén yuè lái yuè duō

所以 政府¹³ 決定¹⁴ 要 提高¹⁵ 交通 違規¹⁶ 的 罰金¹⁷。另外¹⁸，
suǒyǐ zhèngfǔ juédìng yào tígāo jiāotōng wéiguī de fájīn lìngwài

如果[19] 有人 因為 違反[20] 交通 規則 而 害[21] 別人 受傷[22]，
rúguǒ yǒu rén yīnwèi wéifǎn jiāotōng guīzé ér hài biérén shòushāng

不但 會 被 罰錢[23]，還 可能 要 被 抓去 坐牢[24]。政府 希望[25]
bù dàn huì bèi fáqián hái kěnéng yào bèi zhuāqù zuòláo zhèngfǔ xīwàng

用 嚴格[26] 的 處罰 方式[27]，來 達到[28] 殺 雞 儆 猴 的 效果[29]，
yòng yángé de chǔfá fāngshì lái dádào shā jī jǐng hóu de xiàoguǒ

減少 交通 意外[30] 的 發生。
jiǎnshǎo jiāotōng yìwài de fāshēng

這一天，有 一位 闖 紅 燈[31] 的 駕駛[32] 被 交通 警察
zhèyìtiān yǒu yíwèi chuǎnghóngdēng de jiàshǐ bèi jiāotōng jǐngchá

攔[33] 了下來。警察 生氣[34] 的 問 他：「你 難道[35] 沒有 看到
lán lexiàlái jǐngchá shēngqì de wèn tā nǐ nándào méiyǒu kàndào

紅 燈 嗎？為什麼 還 不 停車，一直 向前[36] 衝[37]？」駕駛
hóngdēng ma wèishéme hái bú tíngchē yìzhí xiàngqián chōng jiàshǐ

回答：「我 看到 了 紅 燈，只是……沒有 看到 你……」
huídā wǒ kàndào le hóngdēng zhǐshì méiyǒu kàndào nǐ

生詞
shēngcí

Vocabulary

1.	殺	shā	to kill; to slaughter; to fight
2.	儆	jǐng	to warn; to admonish
3.	猴	hóu	a monkey

4.	殺雞儆猴	shā jī jǐng hóu	to kill the chicken to frighten the monkey
5.	處罰	chǔfá	disciplinary action; a penalty; punishment
6.	警告	jǐnggào	a warning; to caution; to give a warning
7.	其他	qítā	other(s); another; the rest
8.	隻	zhī	measure word for birds
9.	遵守	zūnshǒu	to observe; to abide by; to comply with
10.	交通	jiāotōng	traffic; communications; transportation
11.	規則	guīzé	rules; regulations
12.	越⋯越⋯	yuè...yuè...	more and more
13.	政府	zhèngfǔ	the government; administration
14.	決定	juédìng	a decision; to decide
15.	提高	tígāo	to lift; to raise; to enhance; to increase
16.	違規	wéiguī	violation
17.	罰金	fájīn	a fine
18.	另外	lìngwài	besides; separately; another; in addition
19.	如果	rúguǒ	if; supposing that; in case of; in the event of
20.	違反	wéifǎn	to violate; to transgress; to go against
21.	害	hài	to damage; to injure; to harm; harmful
22.	受傷	shòushāng	injured; wounded; hurt
23.	罰錢	fáqián	a fine

24.	坐牢	zuòláo	to be imprisoned; to serve time in prison
25.	希望	xīwàng	to hope; to wish
26.	嚴格	yángé	strict; severe; exacting; rigid; stern; stringent
27.	方式	fāngshì	a way; a manner; a mode; a style
28.	達到	dádào	to achieve an objective; to get up to; to attain
29.	效果	xiàoguǒ	effect; result; outcome; purpose
30.	意外	yìwài	unexpected; abrupt; accidental; an accident
31.	闖紅燈	chuǎnghóngdēng	to run a red light
32.	駕駛	jiàshǐ	to drive; to pilot; to operate a vehicle
33.	攔	lán	to block; to bar
34.	生氣	shēngqì	to be angry
35.	難道	nándào	no wonder; Is it possible that…?
36.	向前	xiàngqián	onward; ahead; forward
37.	衝	chōng	to rush; to forge ahead; to charge

⑲ 【鶴[1] 立[2] 雞 群[3]】[4]
hè   lì   jī   qún

Part of Speech	Connotation	Example
SV (adj.)	+	有如鶴立雞群

解釋：jiěshì

比喻 一個 人 的 外表[5] 或 才能 非常 突出。就 像 高
bǐyù   yíge rén de wàibiǎo huò cáinéng fēicháng túchū jiù xiàng gāo

大 的 白鶴 站在 矮小 的 雞群 當中[6]，特別 受到 大家 的
dà de báihè zhànzài ǎixiǎo de jīqún dāngzhōng tèbié shòudào dàijiā de

注意[7]。
zhùyì

Explanation/Definition: A metaphor about someone who is outstanding because of appearance or talent, like a crane stands out in a crowd of chickens. To stand head and shoulders above the rest. A standout.

例文：lìwén

胖虎 雖然 才 國 中 二年級，但是 身高[8] 已經 有
pànghǔ suīrán cái guózhōng èrniánjí dànshì shēngāo yǐjīng yǒu

一百八十　公分[9]，和　同學　站在　一起　顯得[10]　鶴　立　雞　群。
yìbǎibāshí　gōngfēn　hàn　tóngxué　zhànzài　yìqǐ　xiǎnde　hè　lì　jī　qún

因為他是　班上　最高大的人，所以　同學們　都叫他
yīnwèi tā shì　bānshàng　zuì gāodà de rén　suǒyǐ　tóngxuémen　dōu jiào tā

「老大」。
lǎodà

某天，胖虎　和
mǒutiān　pànghǔ　hàn

同學　打完球之後，
tóngxué　dǎwán qiú zhīhòu

到　學校的　餐廳　買
dào　xuéxiào de　cāntīng　mǎi

汽水　喝。因為　實在　太
qìshuǐ hē　yīnwèi shízài tài

渴[11]了，胖虎　忍不住[12]
kě le　pànghǔ　rěnbúzhù

插隊[13]　想　快點
chāduì　xiǎng　kuàidiǎn

結帳[14]。這時，有一個
jiézhàng　zhèshí　yǒu yíge

聲音　從　後方　傳來：
shēngyīn cóng hòufāng chuánlái

「同學，請　排隊[15]！」
tóngxué qǐng páiduì

胖虎 不服氣[16] 的 回頭[17] 喊：「你 是 誰？你 算 老幾 呀！」
pànghǔ bù fúqì de huítóu hǎn nǐ shì shéi nǐ suàn lǎojǐ ya

一個人 從 隊伍[18] 中 站 出來 說：「我 不 知道 我 算
yíge rén cóng duìwǔ zhōng zhàn chūlái shuō wǒ bù zhīdào wǒ suàn

老幾，但 大家 都 叫 我『老師』。」
lǎojǐ dàn dàjiā dōu jiào wǒ lǎoshī

生詞 shēngcí　Vocabulary

1.	鶴	hè	a crane
2.	立	lì	to stand
3.	群	qún	a crowd; a group; in a group
4.	鶴立雞群	hè lì jī qún	to stand head and shoulders above the rest; to be preeminent
5.	外表	wàibiǎo	appearance; exterior; outside; surface; outward
6.	當中	dāngzhōng	in public; in the presence of all; in the center
7.	注意	zhùyì	to pay attention to; to keep an eye on; to take notice of
8.	身高	shēngāo	to watch out for; to be careful of

9.	公分	gōngfēn	a centimeter; cm
10.	顯得	xiǎnde	to look; to seem; to appear
11.	渴	kě	thirst; thirsty
12.	忍不住	rěnbúzhù	can not help (but)
13.	插隊	chāduì	to cut in line or a queue
14.	結帳	jiézhàng	to balance the books; to settle accounts
15.	排隊	páiduì	to line up; to stand in a queue or line
16.	服氣	fúqì	to submit to someone else's view or opinion
17.	回頭	huítóu	to turn one's head; to turn round
18.	隊伍	duìwǔ	troops in rank and file; the ranks; a line of people

【雞 犬 不 寧[1]】[2]
jī　quǎn　bù　níng

Part of Speech	Connotation	Example
SV (adj.)	-	搞得雞犬不寧

解釋：jiěshì

比喻 被　嚴 重[3] 的 打擾[4]，連 雞 和 狗 都[5] 得不到[6] 安寧[7]。
bǐyù　bèi　yánzhòng　de　dǎrǎo　　lián　jī　hàn gǒu dōu　débúdào　ānníng

Explanation/Definition: A metaphor about being terribly disturbed-so disturbed that even chickens and dogs are not left in peace. A great disturbance. Create pandemonium.

例文：liwén

老 陳　很 愛 喝酒，每次 喝醉[8] 之後，就 會　像　瘋子[9]
Lǎo Chén　hěn　ài　hējiǔ　měicì　hēzuì　zhīhòu　jiù huì xiàng fēngzi

一樣 大 吼 大 叫[10]，不停 的　找　人 麻煩，把家裡 的 人 搞得 雞
yíyàng dà hǒu dà jiào　bùtíng de zhǎo rén máfán　bǎ　jiālǐ　de rén gǎode jī

犬 不 寧。今天　老　陳　又　喝醉 了，陳太太　終 於 忍不住，
quǎn bù níng　jīntiān Lǎo Chén yòu hēzuì　le　Chéntàitai zhōngyú rěnbùzhù

氣得 把 他 趕出去，他 只好 到 附近 的 旅館 住 一晚。
qìde bǎ tā gǎnchūqù tā zhǐhǎo dào fùjìn de lǚguǎn zhù yìwǎn

來 到 旅館 的 櫃檯[11]，老 陳 大 喊：「給 我 一 間 最
lái dào lǚguǎn de guìtái Lǎo Chén dà hǎn gěi wǒ yìjiān zuì

便宜 的 房間。」服務生 拿 了 鑰匙[12] 帶 他 往 前 走。過
piányí de fángjiān fúwùshēng ná le yàoshi dài tā wǎng qián zǒu guò

了 一會兒，門 打開 了，老 陳 走 進 去 後 東 看 西 看，
le yìhuìr mén dǎkāi le Lǎo Chén zǒu jìn qù hòu dōng kàn xī kàn

又 開始 大 喊：「你們 也 太 過分[13] 了，房間 再 怎麼 便宜，
yòu kāishǐ dà hǎn nǐmen yě tài guòfèn le fángjiān zài zěme piányí

也 不 能 沒有 床 呀！連 窗戶 都 沒有……」服務生
yě bùnéng méiyǒu chuáng ya lián chuānghù dōu méiyǒu fúwùshēng

客氣[14] 的 說：「先生，請 你 看 清楚[15]，這 是 電梯[16]。」
kèqì de shuō xiānshēng qǐng nǐ kàn qīngchǔ zhè shì diàntī

生詞 shēngcí Vocabulary

1.	寧	níng	tranquil; peaceful
2.	雞犬不寧	jī quǎn bù níng	to bring the painted dragon
3.	嚴重	yánzhòng	a general turmoil; a great disturbance
4.	打擾	dǎrǎo	to trouble; to disturb; to interrupt; to intervene; to intrude on

5.	連…都…	lián...dōu...	even... all...; even then
6.	得不到	débúdào	can not get; unavailable
7.	安寧	ānníng	peaceful; tranquil; calm
8.	喝醉	hēzùi	drunk; tipsy
9.	瘋子	fēngzi	a lunatic; a madman or madwoman
10.	大吼大叫	dà hǒu dà jiào	yelling
11.	櫃檯	guìtái	counter
12.	鑰匙	yàoshi	a key; keys
13.	過分	guòfèn	over; excessive; too much
14.	客氣	kèqì	polite; courteous; modest
15.	清楚	qīngchǔ	to be clear about; clear; lucid
16.	電梯	diàntī	an elevator; a lift

數字篇

1 【一見鍾情】[1]
yí jiàn zhōng qíng

Part of Speech	Connotation	Example
Noun	+	相信一見鍾情嗎？

解釋：jiěshì

第一次 見面[2] 就 覺得 喜歡， 通 常[3] 是 指 男 女 之間[4] 的
dìyícì jiànmiàn jiù juéde xǐhuān tōngcháng shì zhǐ nán nǚ zhījiān de

愛情[5]。
àiqíing

Explanation/Definition: The first time one sees something he or she really likes it. Usually used to describe the attraction between two people who, upon meeting each other, discover they like each other. Love at first sight.

例文：lìwén

心理學家[6] 做 了 一項 研究[7]，發現 人們 在 第一次 見 面
xīnlǐxuéjiā zuò le yíxiàng yánjiù fāxiàn rénmen zài dìyícì jiànmiàn

的 時候，最 開始 的 四十五秒 非常 重 要。如果 在 這
de shíhòu zuì kāishǐ de sìshíwǔmiǎo fēicháng zhòngyào rúguǒ zài zhè

四十五秒 內，可以 讓 對方 留下[8] 好的 印象[9]，之後 就 能
sìshíwǔmiǎo nèi　kěyǐ ràng duìfāng liúxià hǎo de yìnxiàng　zhīhòu jiù néng

發展[10] 出 不錯 的 關係。
fāzhǎn chū búcuò de guānxì

所以，浪漫 的 愛情 故事，常 常 都 從 一 見 鍾
cuǒyǐ　làngmàn de àiqíng gùshì　chángcháng dōu cóng yí jiàn zhōng

情 開始。白雪公主
qíng kāishǐ　báixuěgōngzhǔ

吃了 有毒[11] 的 蘋果，
chīle yǒudú de píngguǒ

躺[12]在 玻璃[13] 棺木[14]裡，
tǎng zài bōli guānmù lǐ

白馬王子 一 看 到 她
bǎimǎwángzǐ yí kàn dào tā

就 愛上 了 她。灰姑娘
jiù àishàng le tā huīgūniáng

跳 完 舞 就 逃走，
tiàowán wǔ jiù táozǒu

只 留下 一只 玻璃鞋，
zhǐ liúxià yìzhǐ bōlixié

城 堡[15]裡 的 王子 還是
chéngbǎo lǐ de wángzǐ háishì

下定 決心[16] 到處 去 找
xiàdìng juéxīn dàochù qù zhǎo

她。因為，在 第一次 見面 的 前 四 十 五 秒，愛情 就
tā yīnwèi zài dìyícì jiànmiàn de qián sì shí wǔ miǎo àiqíng jiù

發生 了。
fāshēng le

生詞 shēngcí Vocabulary

1.	一見鍾情	yí jiàn zhōng qíng	to fall in love at first sight
2.	見面	jiànmiàn	to see; to meet
3.	通常	tōngcháng	generally; normally; usually
4.	之間	zhījiān	between; among
5.	愛情	àiqíng	love (between romanic partners)
6.	心理學家	xīnlǐxúejiā	a psychologist
7.	研究	yánjiù	to study; to research; to consider
8.	留下	liúxià	to keep; to remain; to reserve
9.	印象	yìnxiàng	impression(s); effect(s); feeling(s)
10.	發展	fāzhǎn	to develop; to expand; development
11.	毒	dú	poison; narcotics; harsh; cruel
12.	躺	tǎng	to lie down
13.	玻璃	bōli	glass

14.	棺木	guānmù	a coffin
15.	城堡	chéngbǎo	a castle; a citadel; a fort
16.	决心	juéxīn	determination; a decision; to make up one's mind

② 【一見如故】[1]
yí jiàn rú gù

Part of Speech	Connotation	Example
SV (adj.)	+	有一見如故的感覺

解 釋： jiěshì

第一次 見面 就覺得 非常 親切， 好 像 是早就認識的
dìyícì jiànmiàn jiù juéde fēicháng qīngqiè hǎoxiàng shì zǎo jiù rènshì de

朋友 一樣。
péngyǒu yíyàng

Explanation/Definition: Upon meeting someone for the first time, things feel very familiar-seems like a friend known for a long time. To be like old friends at the first meeting.

例 文： lìwén

阿珠 和 阿花 同時[2] 參加 了 一個 旅行團[3] 的 活動。
Ā Zhū hàn Ā Huā tóngshí cānjiā le yíge lǚxíngtuán de huódòng

原本 不認識的 兩個人，卻 是 一 見 如 故，客氣 的 問候
yuánběn bú rènshì de liǎngge rén què shì yí jiàn rú gù kèqì de wènhòu

一下，就 開心[4] 的 聊 起 天 來。她們 發現 兩個 人 有 很多
yíxià　　jiù kāixīn　de liáo qǐ tiān lái　tāmen fāxiàn liǎngge rén yǒu hěndōu

相 同 的 喜好[5]，例如 喜歡 爬山、喝茶、看 電 影。很快
xiāngtóng　de xǐhào　　lìrú xǐhuān páshān　hēchá　kàn diànyǐng　hěnkuài

的，阿珠 和 阿花 就 變 成 了 好 朋 友。
de　 Ā Zhū hàn Ā Huā jiù biànchéng le hǎopéngyǒu

　　　　旅行 的 最後 一天，她們 來到 九份 的 一間[6] 茶館[7]。這間
　　　　lǚxíng de zuìhòu yìtiān　tāmen láidào jiǔfèn de yìjiān　cháguǎn　zhèjiān

茶 館 很 有名，因為 來 泡茶[8] 的 人 可以 免費[9] 算命[10]。
cháguǎn hěn yǒumíng　　yīnwèn lái pàochá de rén kěyǐ　miǎnfèi　suànmìng

算 命 的 老 先 生 說，在 上輩子[11] 的 時候，阿珠 是 阿花 的
suànmìng de lǎoxiānshēng shuō　zài shàngbèizi de shíhòu　Ā Zhū shì Ā Huā de

媽媽，兩個 人 有 很深 的 緣分。兩個 人 聽 了 嚇一跳[12]，
māma　liǎngge rén yǒu hěnshēn de yuánfèn　liǎngge rén tīng le　xiàyítào

覺得 實在 是 太 神奇[13] 了。
juéde shízài shì tài shénqí　le

生詞 shēngcí　Vocabulary

1.	一見如故	yí jiàn rú gù	to feel like old friends at the first meeting
2.	同時	tóngshí	at the same time; in the meantime

3.	旅行團	lǚxíngtuán	tour group
4.	開心	kāixīn	to be joyful; to have fun; to feel happy
5.	喜好	xǐhào	to be fond of; to like; to love
6.	間	jiān	measure word for rooms, shops, and other spaces
7.	茶館	cháguǎn	a tea shop; a tea room
8.	泡茶	pàochá	to make tea; to brew tea
9.	免費	miǎnfèi	free of charge; for nothing; for free
10.	算命	suànmìng	fortune-telling
11.	上輩子	shàngbèizi	past life
12.	嚇一跳	xiàyítào	get a scare
13.	神奇	shénqí	magical; mystical

③ 【百聞不如一見】[1]
bǎi wén bù rú yí jiàn

Part of Speech	Connotation	Example
Phrase	+	來到這裡，才知道什麼是百聞不如一見。

解釋：jiěshì

聽 別人 說 了 很多次，不如[2] 自己 去 看一次。形容 親眼[3]
tīng biérén shuō le hěnduōcì bùrú jǐjǐ qù kànyícì xíngróng qīngyǎn

所 看到 的 東西，讓 人 印象 更 深刻，更 覺得 真實[4]。
suǒ kàndào de dōngxi ràng rén yìnxiàng gèng shēnkè gèng juéde zhēnshí

Explanation/Definition: Listening to someone else talk about something many times never compares to seeing it for yourself one time. Describes the impression and authenticity of seeing something firsthand. Seeing is believing.

例文：lìwén

老 王 和 老李 來到 一間 美術館[5]，裡面 正 在
Lǎo Wáng hàn Lǎo Lǐ láidào yìjiān měishùguǎn lǐmiàn zhèngzài

展出[6] 抽象派[7] 的 藝術品[8]。雖然 他們 看不懂，但是 也
zhǎnchū chōuxiàngpài de yìshùpǐn suīrán tāmen kànbùdǒng dànshì yě

不想 在 朋友 面前 丟臉[9]，只好 裝作[10] 很 有 興趣
bùxiǎng zài péngyǒu miànqián diūliǎn zhǐhǎo zhuāngzuò hěn yǒu xìngqù

的 樣子。老 王 說：「百 聞 不 如 一 見，這些 藝術品 真是
de yàngzi Lǎo Wáng shuō bǎi wén bù rú yí jiàn zhèxiē yìshùpǐn zhēnshì

太 美 了。」老李 說：「是 呀，以前 只有 在 書本 裡
tài měi le Lǎo Lǐ shuō shì ā yǐqián zhǐyǒu zài shūběn lǐ

看過，能 親眼 看見 實在 太 棒 了。」
kànguò néng qīngyǎn kàijiàn shízài tài bàng le

逛著[11] 逛 著，他們 發現 了 一塊 掛 在 牆 上 的
guàngzhe guàngzhe tāmen fāxiàn le yí kuài guà zài qiáng shàng de

塑膠[12] 板。老 王 說：「哇！這個 作品 真是 太棒 了！
sùjiāo bǎn Lǎo Wáng shuō wā zhège zuòpǐn zhēnshì tàibàng le

不管 是 顏色 或是 形 狀 ， 都 那麼 搶眼[13]。」老李 聽
bùguǎn shì yánsè huòshì xíngzhuàng dōu nàme qiǎngyǎn Lǎo Lǐ tīng

了，也 跟著 說 ：「是 啊！看 了 這麼 多，我 最 喜歡 這
le yě gēnzhe shuō shì ā kàn le zhème duō wǒ zuì xǐhuān zhè

一件 作品[14]。」兩個 人 決定 問問 解說員[15]，這件 作品
yíjiàn zuòpǐn lǎngge rén júedìng wènwèn jiěshuōyuán zhè jiàn zuòpǐn

叫 什麼 名字。解說員 回答：「喔！這 東西 叫做 電源[16]
jiào shénme míngzi jiěshuōyuán huídá ō zhè dōngxi jiàozuò diànyuán

的 總 開關[17]。」
de zǒng kāiguān

生詞
shēngcí

Vocabulary

1.	百聞不如一見	bǎi wén bù rú yí jiàn	seeing is believing
2.	不如	bùrú	not as good as; inferior to; less than
3.	親眼	qīngyǎn	with one's own eyes; personally
4.	真實	zhēnshí	true; real; authentic; actual; factual
5.	美術館	měishùguǎn	art gallery
6.	展出	zhǎnchū	to display; to be on display; to exhibit
7.	抽象派	chōuxiàngpài	the abstractionist school
8.	藝術品	yìshùpǐn	an artistic piece
9.	丟臉	diūliǎn	to lose face; to be disgraced
10.	裝作	zhuāngzuò	to pretend; to affect
11.	逛	guàng	go walking; to stroll
12.	塑膠	sùjiāo	plastic(s)
13.	搶眼	qiǎngyǎn	eye-catching
14.	作品	zuòpǐn	work(s); composition(s); creation(s)
15.	解說員	jiěshuōyuán	a commentator; a docent
16.	電源	diànyuán	the power; the main power; power source
17.	總開關	zǒngkāiguān	(a/the) master switch

【三顧茅廬】[1]
sān gù máo lú

Part of Speech	Connotation	Example
SV (adj.)	+/-	她是老闆三顧茅廬求來的人才

解釋：jiěshì

對 有 才能 的人 很 尊敬[2]，真心 誠意[3]的 拜訪[4]並 邀請[5]
duì yǒu cáinéng de rén hěn zūnjìng zhēnxīn chéngyì de bàifǎng bìng yāoqǐng

他。
tā

Explanation/Definition: To repeatedly call on and request somebody of talent to take on a role of responsibility. To ask someone who is capable many times to take on a task. To call on someone repeatedly.

例文：lìwén

劉備[6]是東漢[7]末年[8]的 英雄。他聽人家說，有一
Liú Bèi shìDōnghàn mò nián de yīngxióng tā tīng rénjiā shuō yǒu yí

位 智者[9]，叫做 諸葛 亮[10]，住在 山上 的草屋[11]裡，
wèi zhìzhě jiàozuò Zhūgě Liàng zhù zài shānshàng de cǎowū lǐ

有著 了不起 的 才能。劉備 想 請 諸葛 亮 為 他 做事，
yǒuzhe lǎobùqǐ de cáinéng Liú Bèi xiǎng qǐng Zhūgě Liàng wèi tā zuòshì

所以 就 親自 到 諸葛 亮 家 去 找 他，但是 很 不 巧 的
suǒyǐ jiù qīngzì dào Zhūgě Liàng jiā qù zhǎo tā dànshì hěn bù qiǎo de

諸葛 亮 不 在 家。過了 幾 天，劉備 聽說 諸葛 亮 回家
Zhūgě Liàng bú zài jiā guòle jǐ tiān Liú Bèi tīngshuō Zhūgě Liàng huíjiā

了，雖然 外 面 下著
le suīrán wàimiàn xiàzhe

大雪，他 還是 決定 去
dà xuě tā háishì juédìng qù

拜訪， 沒 想 到 晚
bàifǎng méixiǎngdào wǎn

了 一步，諸葛 亮 又
le yí bù Zhūgě Liàng yòu

出 門 了。過了 幾天，
chūmén le guò le jǐ tiān

劉備 第 三 次 去 找
Liú Bèi dì sān cì qù zhǎo

諸葛 亮 時，諸葛 亮
Zhūgě Liàng shí Zhūgě Liàng

正 在 睡 午覺，劉備
zhèng zài shuì wǔjiào Liú Bèi

很 有 耐心[12] 的 在 門
hěn yǒu nàixīn de zài mén

97

外 等 他 醒來。終於，諸葛 亮 被 劉備 三 顧 茅 廬 的
wài děng tā xǐnglái zōngyú Zhūgě Liàng bèi Liú Bèi sān gù máo lú de

誠 心[13] 所 感動，決定 要 幫 助 劉備。在 諸葛 亮 的
chéngxīn suǒ gǎndòng juédìng yào bāngzhù Liú Bèi zài Zhūgě Liàng de

幫 助 下，劉備 後來 成了 三 國 時代[14] 蜀漢[15] 的 君王[16]。
bāngzhù xià Liú Bèi hòulái chéngle Sānguó shídài shǔhàn de jūnwáng

生詞
shēngcí
Vocabulary

1.	三顧茅廬	sān gù máo lú	to have visited the cottage thrice in succession
2.	尊敬	zūnjìng	to respect; to honor; to esteem; to look up to
3.	真心誠意	zhēnxīn chéngyì	sincere
4.	拜訪	bàifǎng	to visit; to call on; to make a visit to sb.
5.	邀請	yāoqǐng	to invite; to call on
6.	劉備	Liú Bèi	Liu Bei (161-10 June 223), courtesy name Xuándé (玄德), was a general, warlord, and later the founding emperor of Shu Han during the Three Kingdoms era.

7.	東漢	Dōnghàn	Eastern Han Dynasty. During the widespread rebellion against Wang Mang, the Korean state of Goguryeo was free to raid Han's Korean commentaries. Han did not reaffirm its control over the region until 30 CE.
8.	末年	mònián	the last years of a dynasty or reign
9.	智者	zhìzhě	a sage; a wise man
10.	諸葛亮	Zhūgě Liàng	Chancellor of Shu Han during the Three Kingdoms period. He is often recognized as the greatest and most accomplished strategist of his era.
11.	草屋	cǎowū	thatched cottage
12.	耐心	nàixīn	patience; patient
13.	誠心	chéngxīn	sincere(ly); earnest(ly); wholeheartedness
14.	三國時代	Sānguó shídài	The Three Kingdoms period is part of an era of disunity called the Six Dynasties, which followed the Han Dynasty emperors' loss of de facto power. In a strict academic sense, it refers to the period between the foundation of the Wei in 220 and the conquest of the Wu by the Jin Dynasty in 280. However, many Chinese historians and laypeople extend the starting point of this period back to the uprising of the Yellow Turbans in 184.

趣味成語 數字篇
qùwèi chéngyǔ shùzì piān

| 15. | 蜀漢 | shǔhàn | Shu Han, sometimes known as the Kingdom of Shu (蜀 shǔ), was one of the three kingdoms [Wei (魏), Shu (蜀), and Wu (吳)] competing for control of China after the fall of the Han Dynasty. Located around Sichuan, which was then known as Shu. |
| 16. | 君王 | jūnwáng | king |

5 【一箭雙鵰】[1]
yí jiàn shuāng diāo

Part of Speech	Connotation	Example
Verb	+	我來到臺灣，既能學好中文，又能交到好朋友，真是一箭雙鵰。

解釋：jiěshì

只 射[2]出 一支 箭[3]，卻 同時 射中 兩 隻 鳥。用 來 比喻 做
zhǐ shèchū yìzhī jiàn què tóngshí shèzhòng liǎng zhī niǎo yòng lái bǐyù zuò

一件 事情，可以 同時 達到[4] 兩 種 目的[5]。
yíjiàn shìqíng kěyǐ tóngshí dádào lǎngzhǒng mùdì

Explanation/Definition: By merely shooting a single arrow, one is nonetheless able to simultaneously shoot two birds. This metaphor is used to express satisfying two objectives with a single action. To kill two birds with one stone.

例文：lìwén

阿 華 胖 胖 的，但是 她 的 夢 想 是 成 為[6]
Ā Huá pàngpàng de dànshì tā de mèngxiǎng shì chéngwéi

模特兒。因為 當 了 模特兒 之後，不但 可以 變成 大家
mótèr yīnwèi dāng le mótèr zhīhòu búdàn kěyǐ biànchéng dàjiā

都 認識 的 名人，還 可以 賺 很多錢。同時 擁有[7] 名氣
dōu rènshì de míngrén hái kěyǐ zhuàn hěn duō qián tóngshí yǒngyǒu míngqì

和 金錢，看來 真是 個 一 箭 雙 鵰 的 好 主意[8]。為 了
hàn jīnqián kàn lái zhēnshì ge yí jiàn shuāng diāo de hǎo zhǔ yì wèi le

想 快點 瘦 下來，阿華 問 她 的 爸爸 有 沒 有 什麼 好
xiǎng kàidiǎn shòu xiàlái Ā Huá wèn tā de bàba yǒu méi yǒu shénme hǎo

方法。
fāngfǎ

　華爸：我 知道 有 一 種 運動 很 有效[9]。
　Huábà wǒ zhīdào yǒu yìzhǒng yùndòng hěn yǒuxiào

　阿華：真 的 嗎？快 告訴 我 怎麼 做。
　Ā Huá zhēn de ma kài kàosù wǒ zěnme zuò

　華爸：妳 只要 把 頭 從 左邊 轉 到 右邊，再 從
　Huábà nǐ zhǐyào bǎ tóu cóng zuǒbiān zhuǎn dào yòubiān zài cóng

右邊 轉 回 左邊，這 樣 就 可以 了。
yòubiān zhuǎn huí zuǒbiān zhèyàng jiù kěyǐ le

　阿華：這麼 簡單[10]！那 我 一 天 要 做 幾 次 呢？
　Ā Huá zhème jiǎndān nà wǒ yì tiān yào zuò jǐ cì ne

　華爸：看到 食物 的 時候 就 開始 做，一直 做 到 食物 被
　Huábà kàndào shíwù de shíhòu jiù kāishǐ zuò yìzhí zuò dào shíwù bèi

別人 吃完 就 可以 了。
biérén chīwán jiù kěyǐ le

Vocabulary

1.	一箭雙鵰	yí jiàn shāng diāo	to win the affection of two beauties at the same time; killing two eagles with one arrow
2.	射	shè	to shoot
3.	箭	jiàn	an arrow
4.	達到	dádào	to reach a figure; to achieve an objective
5.	目的	mùdì	a purpose; an objective; a goal; an aim
6.	成為	chéngwéi	to become; to turn into; to prove to be
7.	擁有	yǒngyǒu	to have; to own; to possess; in possession of
8.	主意	zhǔyì	an idea; a decision
9.	有效	yǒuxiào	effective; operative; in effect; in force
10.	簡單	jiǎndān	simple; easy; brief; commonplace

⑥【孟母三遷】[1]
mèng mǔ sān qiān

Part of Speech	Connotation	Example
Noun	+	該學孟母三遷嗎？

解釋：jiěshì

指父母為了教育[2]子女，很用心[3]的選擇居住[4]的環境[5]。
zhǐ fùmǔ wèi le jiàoyù zǐnǚ hěn yòngxīn de xuǎnzé jūzhù de huáijìng

Explanation/Definition: For the sake of educating their children, parents should carefully select the best environment in which to live. A wise mother will do everything for the healthy growth of her children.

例文：lìwén

孟子[6]是戰國時代[7]的人，他三歲的時候父親就過
mèngzǐ shì zhànguó shídài de rén tā sān suì de shíhòu fùqiān jiù guò

世[8]了。孟子小時候住在墓地[9]附近，常常學別人
shì le mèngzǐ xiǎoshíhòu zhù zài mùdì fùjìn chángcháng xué béirén

祭拜[10]及哭泣[11]的樣子來玩，孟子的母親覺得這樣
jìbài jí kūqì de yàngzǐ lái wán mèngzǐ de mǔqīng juéde zhèyàng

不 好 ， 所 以 就 搬 到 城裡[12] 去 住 。 城裡 有 熱鬧 的
bù hǎo suǒyǐ jiù bān dào chénglǐ qù zhù chénglǐ yǒu rènào de

市 場 ， 孟子 在 和 朋友 玩 的 時候 ， 也 學起 別人 賣 肉
shìchǎng mèngzǐ zài hàn péngyǒu wán de shíhòu yě xuéqǐ béirén mài ròu

賣 菜 ， 大 聲 叫 喊 。 孟子 的 母 親 覺得 這樣 也 不 好 ，
mài cài dà shēng jiào hǎn mèngzǐ de mǔqīng juéde zhèyàng yě bù hǎo

於是 又 搬家 了 。
yúshì yòu bānjiā le

這 次 ， 孟子 的
zhè cì mèngzǐ de

母 親 決 定 搬 到
mǔqīng juédìng bān dào

學 校 附近 。 孟子 看
xuéxiào fùjìng mèngzǐ kài

到 學校裡 的 學生 ，
dào xuéxiàolǐ de xuéshēng

每 天 都 認真 學習 ，
měitiān dōu rènzhēn xuéxí

所 以 也 開 始 喜 歡
suǒyǐ yě kāishǐ xǐhuān

讀書 。 孟子 的 母親
dúshū mèngzǐ de mǔqīn

覺得 這 樣 很 好 ， 就
juéde zhèyàng hěn hǎo jiù

不再 搬家 了。後來 孟子 果然¹³ 變成 一個 很 有 學問¹⁴
bú zài bānjiā le　hòulái mèngzǐ guǒrán　biànchéng　yí ge hěn yǒu xuéwèn

的 人。現代 的 父母，也 會 學習 孟 母 三 遷 的 精神¹⁵，
de rén xiàndài de fùmǔ　yě huì xuéxí mèng mǔ sān qiān de jīngshén

選擇 好 的 居住 環境 ，希望 孩子 能 學好。
xuězé hǎo de jūzhù huánjìng　xīwàng háizi néng xué hǎo

生詞 shēngcí　Vocabulary

1.	孟母三遷	mèng mǔ sān qiān	The mother of Mencius moved her home three times (to avoid bad influence on her son).
2.	教育	jiàoyù	education; to educate; to teach
3.	用心	yòngxīn	at pains; attentively; a motive; care
4.	居住	jūzhù	to live; to reside
5.	環境	huánjìng	an environment; conditions; circusmstances
6.	孟子	mèngzǐ	Mencius, a Chinese philosopher, is arguably the most famous Confucian after Confucius himself.
7.	戰國時代	zhànguó shídài	The Warring States Period, also known as the Era of Warring States, covers the period from 475 BC to the unification of China by the Qin Dynasty in 221 BC.

8.	過世	guòshì	dead; to pass away; to die
9.	墓地	mùdì	a graveyard; a cemetery
10.	祭拜	jìbài	to worship
11.	哭泣	kūqì	to cry; to be in tears
12.	城裡	chénglǐ	inside the city; in town
13.	果然	guǒrán	(just) as expected
14.	學問	xuéwèn	knowledge; learning; wisdom
15.	精神	jīngshén	spirit; mind; consciousness; vitality

7 【顛三倒四】[1]
diān sān dǎo sì

Part of Speech	Connotation	Example
SV (adj.)	-	〔某人〕講話非常顛三倒四

解釋：jiěshì

形 容　說 話　或是　做事情　混亂[2] 而　沒有　條理[3]，就　好
xíngróng shuōhuà huòshì zuòshìqíng hùnluàn ér méiyǒu tiáolǐ jiù hǎo

像 把 三 說 成 四，把 四 說 成 三，順序[4] 顛 倒[5] 了
xiàng bǎ sān shuōchéng sì bǎ sì shuōchéng sān shùnxù diāndǎo le

一樣。
yíyàng

Explanation/Definition: Describes speech or action that is disorganized, unsystematic and otherwise chaotic. Akin to saying "four" instead of "three," and "three" instead of "four," resulting in a backwards sequence. Incoherent, disorderly or confused.

例文：liwén

老 王　到 他 家 巷 子 口　的 餐 廳 吃飯，結果 喝醉
Lǎo Wáng dào tā jiā xiàngzikǒu de cāntīng chīfàn jiéguǒ hēzuì

了。吃完 飯 走 到 門口，老 王 已經 搞不清楚 自己 在
le　chīwán fàn zǒu dào ménkǒu　Lǎo Wáng yǐjīng gǎobùqīngchǔ zìjǐ zài

哪裡，以為 離家 很 遠，所以 攔[6]了 一 台 計程車， 想 坐車
nǎlǐ　yǐwéi lí jiā hěn yuǎn　suǒyǐ lán le yì tái jìchéngchē　xiǎng zuòchē

回家。
huíjiā

　　老 王 上了車，司機 問 他：「先 生，要 去 哪裡？」
　　Lǎo Wáng shàngle chē　sījī wèn tā　xiān shēn yào qù nǎlǐ

老 王 說：「往 前 直走……不對，好像 要 先 右 轉，
Lǎo Wáng shuō　wǎng qián zhí zǒu　búduì hǎoxiàng yào xiān yòuzhuǎn

嗯，還是 要 先 左 轉 呢？」司機 看 老 王 滿臉 通紅[7]，
ēn　háishì yào xiān zuǒzhuǎn ne　sījī kàn Lǎo Wáng mǎnliǎn tōnghóng

說話 顛 三 倒 四的 樣子，就 問 他 說：「先 生，請 問
shuōhuà diān sān dǎo sì de yàngzi　jiù wèn tā shuō　xiān shēn qǐng wèn

你 要 去 的 地方 地址 是……」老 王 說：「我 要 去
nǐ yào qù de dìfāng dìzhǐ shì　Lǎo Wáng shuō　wǒ yào qù

長 安 街。」司機 覺得 很 奇怪，說：「這裡 就 是 長 安 街
Chángān Jiē　sījī juéde hěn qíguài shuō　zhèlǐ jiù shì Chángān Jiē

啊！」 老 王 聽了，從 口袋[8]裡 拿出 一 百 塊 錢 給 司機
ā　Lǎo Wáng tīngle cóng kǒudài lǐ náchū yì bǎi kuài qián gěi sījī

說：「想不到 這麼 快 就 到 了！ 年 輕人 ，開車 不要 開 太
shuō　xiǎngbúdào zhème kuài jiù dào le　niánqīngrén　kāichē búyào kāi tài

快，危險 啊！」其實，計程車 一直 停 在 原地[9]，根本 沒有
kuài wéixiǎn ā　qíshí jìchéngchē yìzhí tíng zài yuándì gēnběn méiyǒu

109

移動[10]。
yídòng

生詞
shēngcí

Vocabulary

1.	顛三倒四	diān sān dǎo sì	confused; disorderly; incoherent
2.	混亂	hùnluàn	disorder; confused; chaotic
3.	條理	tiáolǐ	orderliness; methodical
4.	順序	shùnxù	order; sequence; in turn
5.	顛倒	diāndǎo	upside down; to overturn
6.	攔	lán	to block; to bar
7.	滿臉通紅	mǎnliǎn tōnghóng	flushed; red-faced
8.	口袋	kǒudài	a pocket; a bag
9.	原地	yuándì	in place; on site; on the spot
10.	移動	yídòng	to move; to shift; to change

8 【五花八門】[1]
wǔ huā bā mén

Part of Speech	Connotation	Example
SV (adj.)	+	種類五花八門

解釋：jiěshì

比喻 事物[2] 的 種 類 很 多。「五 花」[3] 和「八 門」是 古 時 候
bǐyù shìwù de zhǒnglèi hěn duō　　wǔ huā　　hàn　bā mén shì gǔshíhòu

軍 隊[4] 作 戰[5] 排 的 兩 種 陣 法[6] 名 稱，隊 形[7] 充 滿
jūnduì zuòzhàn pái de liǎngzhǒng zhànfǎ míngchēng duìxíng chōngmǎn

變 化[8]。
biànhuà

Explanation/Definition: A metaphor to express seeing many types or kinds of something. In ancient times, "five flowers" and "eight gates" were the names of two battle formations that featured considerable variety. Of a wide variety; rich in variety.

例文：lìwén

生 意 人[9] 為 了 能 夠 順 利[10] 推 出[11] 自 己 的 商 品，一 定 要
shēnyìrén wèile nénggòu shùnlì tuīchū zìjǐ de shāngpǐn yídìng yào

了解 流行 趨勢[12]，因為 這樣 才 能 抓住[13] 賺 錢[14] 的 機會。
liǎojiě líuxíng qūshì　yīnwèi zhèyàng cái néng zhuāzhù zhuànqián　de　jīhuì

現在，大部分 的 人 都 覺得 瘦[15] 才 好 看，所以 市 場 上
xiànzài dàbùfèng de rén dōu juéde shòu cái hǎo kàn　suǒyǐ shìchǎng shàng

就 出 現 了 五 花 八 門 的 減肥法，還 發明[16] 一 種 減肥[17]
jiù chūxiàng le wǔ huā bā mén de jiǎnféifǎ hái fāmíng yìzhǒng jiǎnféi

眼鏡[18]，它 的 鏡片[19] 是 藍色 的。據說 藍色 可以 讓 食物
yǎnjìng　tā de jìngpiàn shì liánsè de　jùshuō liánsè kěyǐ ràng shíwù

看起來 不 好 吃，所以 戴 上 了 這 種 眼鏡，食量[20] 就 會
kànqǐlái bù hǎo chī　suǒyǐ dàishàng le zhè zhǒng yǎnjìng shíliàng jiù huì

變 小。還 有人 發明 了 一 種 減肥碗，碗裡 有 鏡子，只要
biànxiǎo hái yǒurén fāmíng le yìzhǒng jiǎnféiwǎn　wǎnlǐ yǒu jìngzi zhǐyào

裝 進 去 半碗飯，看起來 就 像 是 一大碗，所以 吃了 兩 碗
zhuāngjìnqù bànwǎnfàn kàiqǐlái jiù xiàng shì yídàwǎn　suǒyǐ chīle liǎngwǎn

飯 其實 只 吃 一碗。其他 還 有 像 減肥 拖鞋[21]、減肥椅、
fàn qíshí zhǐ chī yìwǎn　qítā hái yǒu xiàng jiǎnféi tuōxié　jiǎnféiyǐ

減肥糖……等等，這麼 多 減肥 用品[22]，到底 哪 一 種 最
jiǎnféitáng děngděng zhème duō jiǎnféi yòngpǐn　dàodǐ nǎ yìzhǒng zuì

有效，只有 用 過 的 人 才 知道 了。
yǒuxiào　zhǐyǒu yòngguò de rén cái zhīdào le

Vocabulary

1.	五花八門	wǔ huā bā mén	multifarious; rich in variety
2.	事物	shìwù	things; stuff
3.	五花	wǔhuā	element array
4.	軍隊	jūnduì	troops; the army; the military
5.	作戰	zuòzhàn	to fight; to conduct a military operation
6.	陣法	zhànfǎ	tactical formation; order
7.	隊形	duìxíng	formation; rank
8.	變化	biànhuà	a change; a variation
9.	生意人	shēnyìrén	businessmen; merchant
10.	順利	shùnlì	smooth going; without a hitch
11.	推出	tuīchū	release; introduction
12.	趨勢	qūshì	a trend; a tendency
13.	抓住	zhuāzhù	to catch; seize
14.	賺錢	zhuànqián	to make money; to gain money
15.	瘦	shòu	thin; slender
16.	發明	fāmíng	to invent; to devise
17.	減肥	jiǎnféi	to reduce weight; to slim; to lose weight

18.	眼鏡	yǎnjìng	glasses
19.	鏡片	jìngpiàn	a lens; lenses
20.	食量	shíliàng	food consumption; intake
21.	拖鞋	tuōxié	slippers; mules
22.	用品	yòngpǐn	articles; appliances

⑨ 【六神無主】[1]
liù shén wú zhǔ

Part of Speech	Connotation	Example
SV (adj.)	-	〔某事〕讓他六神無主

解釋： jiěshì

形 容 人 的 心 情 慌 張[2]，不 知道 怎麼辦 才 好。
xíngróng rén de xīnqíng huāngzhāng   bù zhīdào zěnmebàn cái hǎo

中 國 人 認為，人 的 心、肝、脾[3]、肺[4]、腎[5]、膽[6]，這 六個
zhōngguórén rènwéi rén de xīn gān pí fèi shèn dǎn zhè liùge

重 要 的 器官[7] 都 有 神明[8] 在 掌管[9]，叫做 六神[10]。
zhòngyào de qìguān dōu yǒu shēnmíng zài zhǎngguǎn jiào zuò liùshén

六 神 如果 不 能 安定[11]，人 就 沒 有 辦法 正 確 的 思考。
liùshén rúguǒ bù néng āndìng   rén jiù méi yǒu bànfǎ zhengquè de sīkǎo

Explanation/Definition: Describes a person who is upset or nervous and does not know what to do. Traditionally, the Chinese believe six key organs-the heart, liver, spleen, lungs, kidneys, and gall bladder—are administered by spirits known as the "six spirits." If the six spirits are upset, a person will be unable to think properly and make any decisions. In a state of being utterly stupefied.

例文：lìwén

某 一 天， 小 李 和　 朋 友　 到 餐 廳 去 吃 飯。當 大 家
mǔ yì tiān Xiǎo Lǐ hàn　péngyǒu　dào cāntīng qù chīfàn dāng dàjiā

吃 得　 正　 開 心 的 時 候，突 然　 覺 得 一 陣　 搖 晃[12]，有 人 大
chīde zhèng kāixīn de shíhòu túrán juéde yízhèn yáohuàng yǒu rén dà

喊：「地震！」因為　 餐 廳　 在 十 樓，所 以　 搖 晃　 得 很
hǎn dìzhèn yīnwèi cāntīng zài shílóu suǒyǐ yáohuàng de hěn

厲害[13]，全 部 的 人 都 被 嚇 得 六 神 無 主，人 人 都　 拚命[14]
lìhài quánbù de rén dōu bèi xiàde liù shén wú zhǔ rénrén dōu pīnmìng

的　 衝　 到 樓 梯 口，想　 往　 樓 下 逃。這 時 候，只 有　 小 李 一
de chōng dào lóutīkǒu xiǎng wǎng lóuxià táo zhèshíhòu zhǐyǒu Xiǎo Lǐ yí

個 人 和 大 家 不 一 樣，他 快 速 的　 往　 樓 上　 跑。
ge rén hàn dàjiā bù yíyàng tā kuàisù de wǎng lóushàng pǎo

　　 過 了 一 會 兒，地 震　 停 了，大 家　 鬆　 了 一 口 氣，又 回 到
gùole yìhuǐer dìzhèn tíng le dàjiā sōng le yìkǒuqì yòu huí dào

餐 廳　 繼 續 吃 飯。 小 李 的　 朋 友　 覺 得 很 奇怪[15]，問　 說：
cāntīng jìxù chīfàn Xiǎo Lǐ de péngyǒu juéde hěn qíguài wèn shuō

「為 什 麼　 剛　 剛　 地 震 的 時 候，你 不 下 樓，反 而　 往
wèishénme gānggāng dìzhèn de shíhòu nǐ bú xiàlóu fǎnér wǎng

樓 上　 跑 呢？」 小 李 回 答：「我 只 是　 想，萬一[16] 房 子 倒
lóushàng pǎo ne Xiǎo Lǐ huídá wǒ zhǐshì xiǎng wànyī fángzi dǎo

了，我 爬 到 高 一 點 的 地 方，才 不 會 被 土石[17] 壓到[18] 啊！」
le wǒ pá dào gāo yì diǎn de dìfāng cái bú huì bèi tǔshí yādào ā

生詞 shēngcí Vocabulary

1.	六神無主	liù shén wú zhǔ	in a state of utter stupefaction; all six vital organs failing to function
2.	慌張	huāngzhāng	agitated; nervous
3.	脾	pí	spleen
4.	肺	fèi	lung(s)
5.	腎	shèn	kidney(s)
6.	膽	dǎn	gall bladder
7.	器官	qìguān	an apparatus; an organ (of the body)
8.	神明	shénmíng	spirits; gods
9.	掌管	zhǎngguǎn	to be in change of; to administer; to keep
10.	六神	liùshén	six gods; six vital organs ruled by six Daoist deities: heart (心), lungs (肺), liver (肝), kidneys (腎), spleen (脾) and gall bladder (膽)
11.	安定	āndìng	stable; quiet; settled; to stabilize
12.	搖晃	yáohuàng	to sway; to waver; to shake
13.	厲害	lìhài	formidable; fierce
14.	拚命	pīnmìng	to do something desperately

15.	奇怪	qíguài	odd; strange; unusual
16.	萬一	wànyī	an eventuality; in case of; in the event of
17.	土石	tǔshí	earth and stone (debris)
18.	壓到	yādào	press down; overwhelm

⑩【七竅生煙】[1]
qī qiào shēn yān

Part of Speech	Connotation	Example
SV (adj.)	+/-	他氣得七竅生煙

解釋：jiěshì

「竅」[2] 是 孔洞[3] 的 意思，七竅是 指人的 兩個 眼睛、
qiào　　shì　kǒngdòng　de　yìsi　　qīqiào shì zhǐ rén de liǎngge yǎnjīng

兩個 耳朵、兩個 鼻孔，加上 嘴巴，共 有 七個 洞。而
liǎngge ěrduo　liǎngge bíkǒng　jiāshàng zuǐba　gòngyǒu qīge dòng　ér

七竅 生 煙是 形容 人 非常 生氣，氣 到 眼睛、鼻子、
qī qiào shēn yān shì xíngróng rén fēicháng shēnqì　qì dào yǎnjīng　bízi

嘴巴 和 耳朵，都 快 冒出[4] 煙 來 了。
zuǐba hàn ěrduo　　dōu kuài màochū yān lái le

Explanation/Definition: The character "qiào" means "aperture." The
seven apertures are the eyes, ears, nostrils and mouth. Smoke coming
from the seven apertures describes someone who is extremely angry. To
fume with anger. Livid.

例文：lìwén

一個 富翁[5] 請 畫家 幫 他 畫 了 一幅 畫 像。畫好
yíge fùwēng qǐng huàjiā bāng tā huà le yìfú huàxiàng huàhǎo

之後 富翁 卻 反悔[6] 了，拒絕[7] 付 錢 給 畫家。他 對 畫家
zhīhòu fùwēng qù fǎnhuǐ le jùjué fù qián gěi huàjiā tā duì huàjiā

說：「你 畫 得 不
shuō nǐ huà de bú

像，畫裡 的 人 根本
xiàng huàlǐ de rén gēnběn

不是 我。」畫家 雖然
búshì wǒ huàjiā suīrán

很 不 高 興，但 沒有
hěn bù gāo xìng dàn méiyǒu

多 說 什麼，就 把 畫
duō shuō shénme jiù bǎ huà

帶 回去 了。
dài huíqù le

過 了 不久，畫家
guò le bùjiǔ huàjiā

把 這 幅 畫 拿 出來
bǎ zhè fú huà ná chūlái

展覽，畫 的 名 稱
zhǎnlǎn huà de míngchēn

騙子

就 叫做「騙子」[8]。富翁 知道 之後 非常 憤怒[9]，氣得
jiù jiàozuò   piànzi   fùwēng zhīdào zhīhòu   fēicháng fènnù   qìde

七 竅 生 煙，馬上 去 找 這個 畫家 理論[10]。富翁 說：「你
qī qiào shēn yān mǎshàng qù zhǎo zhèige huàjiā lǐlùn   fùwēng shuō   nǐ

怎麼 可以 罵[11] 我 是 騙子？」畫家 說：「這 畫裡 的 人 是 你
zěnme kěyǐ mà wǒ shì piànzi   huàjiā shuō   zhè huàlǐ de rén shì nǐ

嗎？」 富翁 不 知 怎麼 回答，最後 只好 花錢 把 這 幅 畫
ma   fùwēng bù zhī zěnme huídá   zuìhòu zhǐhǎo huāqián bǎ zhè fú huà

買 回去 了。
mǎi huíqù le

生詞 shēngcí Vocabulary

1.	七竅生煙	qī qiào shēn yān	to fume with anger; to foam with rage
2.	竅	qiào	an aperture
3.	孔洞	kǒngdòng	a hole; an opening
4.	冒出	màochū	bubbling; emitting
5.	富翁	fùwēng	a man of wealth
6.	反悔	fǎnhuǐ	to regret; to retract; to go back on a promise
7.	拒絕	jùjué	to refuse; to reject; to turn down

8.	騙子	piànzi	a deceiver; a fraud
9.	憤怒	fènnù	anger; indignation; rage
10.	理論	lǐlùn	theory
11.	罵	mà	to scold; to direct abusive language at/to sb.

11 【七上八下】[1]

qī shàng bā xià

Part of Speech	Connotation	Example
SV (adj.)	+/-	心裡七上八下

解釋： jiěshì

形容 非常 緊張、很 擔心 的 樣子。完 整 的 說法 是
xíngróng fēicháng jǐngzhāng hěn dānxīn de yàngzi wánzhěng de shuōfǎ shì

「十五個 吊桶[2] 打水，七 上 八 下」，指 心 跳得 很 快，
shíwǔge diàotǒng dǎshuǐ qī shàng bā xià zhǐ xīn tiàode hěn kuài

噗 嗵 噗 嗵 上 下 跳動，就 像 十五個 掛著 的 水 桶，
pū tōng pū tōng shàngxià tào dòng jiù xiàng shíwǔge guàzhe de shuǐ tǒng

有 的 高，有 的 低，上 下 晃 動[3]，不 能 平靜。
yǒu de gāo yǒu de dī shàngxià huàngdòng bù néng píngjìng

Explanation/Definition: Describes extreme nervousness or worry. The complete expression is, "Fifteen well buckets drawing water, seven coming up, eight going down." Fifteen buckets on a rope, some high and some low, all swinging up and down, is akin to someone jumping up and down, huffing and puffing, heart pounding. There is no peace, calm or composure in this. To be agitated or perturbed. To be at sixes and sevens.

例文：lìwén

小李 有 一 天 加班[4] 到 很 晚，深夜[5] 十一 點 才 搭 最後
Xiǎo Lǐ yǒu yì tiān jiābān dào hěn wǎn shēnyè shí yī diǎn cái dā zuìhòu

一班 公車 回家。因為 實在 太累，所以 就 在 車上 睡著
yì bān gōnhchē huíjiā yīnwèi shízài tài lèi suǒyǐ jiù zài chēshàng shuìzháo

了。不久 之後 他 醒
le bùjiǔ zhīhòu tā xǐng

了，發現 車子 在 一條
le fāxiàn chēzi zài yìtiáo

隧道[6]裡 停 了 下來，
suìdào lǐ tíng le xiàlái

而且 車 上 的 乘客[7]
érqiě chēshàng de chéngkè

少 了 一半。他 想起
shǎo le yíbàn tā xiǎngqǐ

有 關於 這條 隧道
yǒu guānyú zhè tiáo suìdào

的 恐怖 故事，心裡
de kǒngbù gùshì xīn lǐ

覺得 很 害怕，所以
juéde hěn hàipà suǒyǐ

趕快[8] 把 眼睛 又 閉
gǎnkuài bǎ yǎnjīng yòu bì

了 起來。
le   qǐlái

　　過 了 一會兒，他 把 眼睛　張 開，發現 車子 還 停在
　　guò le   yìhuǐer tā bǎ yǎnjīng zhāngkāi fāxiàn chēzi hái tíngzài

隧道裡，而且　乘 客　都 不見 了，他的　心裡 七　上　八 下
suìdàolǐ érqiě chéngkè dōu bújiàn le   tā de xīnlǐ qī shàng bā xià

的，不 知道　到底　發 生 了 什麼　事。突然，公車司機[9] 離開
de   bù zhīdào dàodǐ fāshēng le shénme shì   túrán   gōngchēsījī líkāi

座 位　向 他 走 來，　手 上　　還 拿了 一支　螺絲起子[10]，
zuòwèi xiàng tā zǒu lái shǒushàng hái nále yìzhī   luósīqǐzi

表情[11] 看起來 很　生氣。小 李　嚇得　臉色 發白[12]，　正　　準 備
biǎoqíng kànqǐlái hěn shēngqì Xiǎo Lǐ xiàde liǎnsè fābái   zhèng zhǔnbèi

要　大叫 時，公車　司機 開口　說 話 了：「年輕人，車子
yào dàjiào shí gōngchē sījī kāikǒu shuōhuà le   niánqīngrén chēzi

拋錨[13] 了，大家　都　下去 推[14]車，你還　想　　裝[15] 睡 到 什麼
pāomáo   le   dàjiā dōu xiàqù tuīchē   nǐ hái xiǎng zhuāng shuì dào shénme

時候！」
shíhòu

生詞 shēngcí Vocabulary

1. 七上八下　qī shàng bā xià　　an unsettled state of mind; to be agitated

2.	吊桶	diàotǒng	a well bucket
3.	晃動	huàngdòng	to shake; to sway; to rock
4.	加班	jiābān	to work overtime; to take on an additional shift
5.	深夜	shēnyè	in the middle of the night
6.	隧道	suìdào	a tunnel
7.	乘客	chéngkè	a passenger; a fare
8.	趕快	gǎnkuài	immediately; at once; hurry up
9.	司機	sījī	a driver of a bus or vehicle
10.	螺絲起子	luósīqǐzi	a screwdriver
11.	表情	biǎoqíng	to express one's feeling; an facial expression
12.	臉色發白	liǎnsè fābái	to go/look pale
13.	拋錨	pāomáo	to drop or cast; to anchor; to lower an anchor
14.	推	tuī	to push (forward)
15.	裝	zhuāng	to install; to pack; to load

12 【半斤八兩】[1]
bàn jīn bā liǎng

Part of Speech	Connotation	Example
SV (adj.)	-	他們兩個半斤八兩

解釋：jiěshì

指 雙 方 的 程度 一樣、表現 相同。因為 一斤[2] 有 十
zhǐ shuāngfān de chéngdù yíyàng biǎoxiàn xiāngtóng yīnwèi yìjīn yǒu shí

六 兩[3]，半斤 就 是 八兩，所以「半斤」和「八兩」是 一樣
liù liǎng bànjīn jiù shì bāliǎng suǒyǐ bànjīn hàn bāliǎng shì yíyàng

重 的。
zhòng de

Explanation/Definition: Expresses two parties having the same degree of some characteristic, which suggests they are equal or nearly identical. The logic: since there are sixteen taels (兩) in one catty (斤), half a catty is the same weight as eight taels. Both are the same-like Tweedledee and Tweedledum. Can also mean: six of one, half dozen of the other.

例文：lìwén

　　小 沈 和 小 李 是 鄰居。有 一 天，他們 在 電梯口
Xiǎo Shěn hàn Xiǎo Lǐ shì líjū yǒu yì tiān tāmen zài diàntīkǒu

遇到，聊 起 天 來。 小 沈 說：「真 搞不懂[4]，這 世界 上
yùdào lái qǐ tiān lái Xiǎo Shěn shuō zhēn gǎobùdǒng zhè shìjiè shàng

怎麼 有 這麼 無聊 的 人 呢？」 小 李 問：「為什麼 這麼
zěnme yǒu zhème wúliáo de rén ne Xiǎo Lǐ wèn wèishénme zhème

說？」 小 沈 說：「昨天 在 對面 的 公 園，有 一個
shuō Xiǎo Shěn shuō zuótiān zài duìmiàn de gōngyuán yǒu yíge

人坐在 池塘 旁 邊 釣魚[5]，從 早上 九點 釣[6] 到 下午
rén zuò zài chítáng pángbiān diàoyú cóng zǎoshàng jiǔdiǎn diào dào xiàwǔ

五點，結果 一條 魚 也 沒有 釣到，真是 浪費 時間。你 說，
wǔdiǎn jiéguǒ yìtiáo yú yě méiyǒu diàodào zhēnshì làngfèi shíjiān nǐ shuō

他 是不是 很 無聊。」 小 李 回答：「的確 有點 無聊，那 你
tā shìbúshì hěn wúliáo Xiǎo Lǐ huídá díquè yǒudiǎn wúliáo nà nǐ

怎麼 會 知道 呢？」 小 李 說：「因為 我 從 頭 到 尾 都
zěnme huì zhīdào ne Xiǎo Lǐ shuō yīnwèi wǒ cóng tóu dào wěi dōu

看著 他，一直 到 他 走。」 小 李 笑著 說：「我 想，
kàizhe tā yìzhí dào tā zǒu Xiǎo Lǐ xiàozhe shuō wǒ xiǎng

你們 兩個 是 半斤 八 兩 ，一樣 無聊。」
nǐmen liǎngge shì bàn jīn bā liǎng yíyàng wúliáo

生詞
shēngcí

Vocabulary

1.	半斤八兩	bàn jīn bā liǎng	Tweedledee and Tweedledum; six of one, a half dozen of the other
2.	斤	jīn	catty; a unit of weight equal to half a kilogram
3.	兩	liǎng	a unit of weight equal to 50 grams
4.	搞不懂	gǎobùdǒng	do not understand
5.	釣魚	diàoyú	fishing
6.	釣	diào	to angle; to fish

13 【一言九鼎】[1]
yì yán jiǔ dǐng

Part of Speech	Connotation	Example
SV (adj.)	+	他是一言九鼎的人

解釋：jiěshì

鼎[2] 是 古代[3] 用 青銅[4] 所做 的 大鍋子[5]，重量[6] 很 重，
dǐng shì gǔdài yòng qīngtóng suǒzuò de dàguōzi zhòngliàng hěn zhòng

不 容易 搬動。而 一 言 九 鼎 乃是 形 容 一句話的 分量[7]
bù róngyì bāndòng ér yì yán jiǔ dǐng nǎishì xíngróng yíjù huà de fēnliàng

像 九個 鼎 那麼 重 ，用來 比喻 說話 很 有 分量，
xiàng jiǔge dǐng nàme zhòng yònglái bǐyù shuōhuà hěn yǒu fēnliàng

具有 影 響 力，也 可以 用來 表示 說話 很 有 信用[8]。
jù yǒu yǐngxiǎng lì yě kěyǐ yònglái biǎoshì shuōhuà hěn yǒu xìnyòng

Explanation/Definition: A *ding* is a large, bronze three-legged vessel used in ancient China. They are extremely heavy and difficult to move. This idiom describes words being as heavy as a *ding*, and is thus a metaphor about words carrying weight, having influence, and being credible. Literally, one word has the weight of nine bronze *ding* vessels. A solemn promise or pledge. Trustworthy.

例文：lìwén

臺灣 的 王 永慶 先生 是一位 成功 的企業家[9]。
Táiwān de Wáng Yǒngqìng xiānshēng shì yíwèi chénggōng de qìyèjiā

西元 一九七四年，王 先生 所 經營[10] 的公司 為了
xīyuán yī jiǔ qī sì nián Wáng xiānshēng suǒ jīngyíng de gōngsī wèile

得到 更 多的 資金[11]，所以 發行[12] 股票[13]。沒 想到 正好
dé dào gèng duō de zījīn suǒyǐ fāxíng gǔpiào méixiǎngdào zhènghǎo

碰上[14] 了 石油危機[15]，很 多人怕 買 股票 投資[16] 會 賠錢[17]，
pèngshàng le shíyóuwéijī hěn duō rén pà mǎi gǔpiào tóuzī huì péiqián

所以 不敢 買。為了 讓 大家 放心，王 先生 向 大家
suǒyǐ bùgǎn mǎi wèile ràng dàjiā fàngxīn Wáng xiānshēng xiàng dàjiā

宣布[18]，他 保證 不會 讓 買 股票 的人 賠錢。過了 不久，
xuānbù tā bǎozhèng búhuì ràng mǎi gǔpiào de rén péiqián guò le bùjiǔ

股票 的 價格 還是 下跌 了，王 先生 依照 約定[19]，
gǔpiào de jiàgé háishì xiàdié le Wáng xiānshēng yīzhào yuēdìng

把股票 價格 的 差額[20] 退給 買 股票 的人， 總共 花了
bǎ gǔpiào jiàgé de chāé tuì gěi mǎi gǔpiào de rén zǒnggòng huāle

四千 多萬。他 這 種 重視[21] 信用、說話 一言九鼎
sìqiān duō wàn tā zhè zhǒng zhòngshì xìnyòng shuōhuà yì yán jiǔ dǐng

的 態度，讓 很多人都 非常 佩服[22]。
de tàidù ràng hěn duō rén dōu fēicháng pèifú

王 永慶 先生 曾經 告訴 記者，做 生意 最
Wáng Yǒngqìng xiānshēng céngjīng gàosù jìzhě zuò shēngyì zuì

重要 的就是 信用。有了信用，才能 和別人
zhòngyào de jiù shì xìnyòng yǒu le xìnyòng cáinéng hàn biérén

競爭。「服務 周到[23]，信用 第一」是 他 的 原則[24]，他
jìngzhēng fúwù zhōudào xìnyòng dìyī shì tā de yuánzé tā

成功 的建立 自己 的 企業王國，被 人們 稱 為 臺灣
chénggōng de jiànlì zìjǐ de qìyèwángguó bèi rénmen chēng wéi Táiwān

的「經營 之 神」。
de jīngyíng zhī shén

生詞
shēngcí

Vocabulary

1.	一言九鼎	yì yán jiǔ dǐng	(keep) a promise
2.	鼎	dǐng	a three-legged ancient Chinese vessel
3.	古代	gǔdài	ancient times
4.	青銅	qīngtóng	bronze
5.	大鍋子	dàguōzi	a caldron
6.	重量	zhòngliàng	weight; gravity; bulk
7.	分量	fènliàng	weight; measure of weight; a quantity of
8.	信用	xìnyòng	credit; credibility; honor
9.	企業家	qìyèjiā	an entrepreneur

10.	經營	jīngyíng	to run; to operate; to manage
11.	資金	zījīn	a fund; capital; finance
12.	發行	fāxíng	to sell wholesale; to publish; to issue
13.	股票	gǔpiào	a stock
14.	碰上	pèngshàng	to hit; to meet; to come on
15.	石油危機	shíyóuwéijī	oil crisis
16.	投資	tóuzī	to invest; to put money into; investment
17.	賠錢	péiqián	lose money
18.	宣布	xuānbù	to announce; to declare; to proclaim
19.	約定	yuēdìng	to agree on; to make an appointment
20.	差額	chāé	difference in amount; margin
21.	重視	zhòngshì	to value; to respect; to attach importance to
22.	佩服	pèifú	to admire
23.	服務周到	fúwùzhōudào	stewardess thoughtful
24.	原則	yuánzé	a principle; a theorem; a rule

⑭ 【九牛二虎之力】[1]
jiǔ niú èr hǔ zhī lì

Part of Speech	Connotation	Example
Phrase	+	他費了九牛二虎之力才完成此事。

解釋：jiěshì

形 容 力 氣 非 常 的 大，就 像 是 有九隻牛和 兩 隻
xíngróng lìqì fēicháng de dà jiù xiàng shì yǒu jiǔzhī niú hàn liǎngzhī

老虎 的 力量 一樣。也 可以 用來 表示：用盡[2] 了 全 身 的
lǎohǔ de lìlliàng yíyàng yě kěyǐ yònglái biǎoshì yòngjìn le quánshēn de

力氣。
lìqì

Explanation/Definition: Describes extreme physical strength-like the strength of nine bulls and two tigers. Can also be used to express one exerting one's total might. Tremendous effort.

例文：lìwén

在 動物園裡，動 物們 受到 良好[3]的 照顧，看起來
zài dòngwùyuánlǐ dòngwùmen shòudào liánghǎo de zhàogù kànqǐlái

都 很 溫順[4]，一點 也 不 兇 猛[5]。但是，別 以為 牠們 像
dōu hěn wēnshùn yìdiǎn yě bù xiōngměng dànshì bié yǐwéi tāmen xiàng

家裡 的 寵物[6] 一樣 安全，如果 太 接近 牠們，仍然 會
jiālǐ de chǒngwù yíyàng ānquán rúguǒ tài jiējìn tāmen réngrán huì

發生 危險 的。
fāshēng wéixiǎn de

德國 的 柏林 動物園裡，有 四隻 可愛 的 北極熊[7]。有
Déguó de Bólín dòngwùyuánlǐ yǒu sìzhī kěài de běijíxióng yǒu

一天，一名 女子 竟然
yìtiān yìmíng nǚzǐ jìngrán

為了 好玩，爬上
wèile hǎowán páshàng

圍牆[8] 跳到 水池中，
wéiqiáng tiàodào shuǐchízhōng

想 和 北極熊 一起
xiǎng hàn běijíxióng yìqǐ

游泳。這樣 的 行為
yóuyǒng zhèyàng de xíngwéi

讓 北極熊 非常
ràng běijíxióng fēicháng

生氣，於是 開始 攻擊[9]
shēngqì yúshì kāishǐ gōngjí

這名 女子。動物園裡
zhèmíng nǚzǐ dòngwùyuánlǐ

的 工作 人員 趕緊
de gōngzuò rényuán gǎnjǐn

跑 來，他們 先 是 大聲 　喊叫，想 把 北極熊 嚇走，然後
pǎo lái tāmen xiān shì dàshēng hǎnjiàoxiǎng bǎ běijíxióng xiàzǒu ránhòu

又 拿出 許多 肉塊 引誘[10] 牠們 離開。最後，費 了 九 牛 二
yòu náchū xǔduō ròukuài yǐnyòu tāmen líkāi zuìhòu fèi le jiǔ niú èr

虎 之 力，終 於 把 這名 女子 救出來 了。
hǔ zhī lì zhōngyú bǎ zhèmíng nǚzǐ jiùchūlái le

生詞 shēngcí Vocabulary

1.	九牛二虎之力	jiǔ niú èr hǔ zhī lì	the strength of nine bulls and two tigers; tremendous effort(s)
2.	用盡	yòngjìn	to exhaust; to use up; consumption
3.	良好	liánghǎo	good; fine
4.	溫順	wēnshùn	docile; gentle; gentleness
5.	兇猛	xiōngměng	violent; terrible; ferocity
6.	寵物	chǒngwù	a pet
7.	北極熊	běijíxióng	a polar bear
8.	圍牆	wéiqiáng	a wall; an enclosure
9.	攻擊	gōngjí	to attack; to lash out at sb.
10.	引誘	yǐnyòu	to entice; to attract; to draw in

⑮【十 全 十 美】[1]
shí quán shí měi

Part of Speech	Connotation	Example
SV (adj.)	+	這部作品十全十美

形 容 事物 非常 完美[2]，沒有 缺點[3]。
xíngróng shìwù fēicháng wánměi méiyǒu quēdiǎn

Explanation/Definition: Describes something that is extremely beautiful and has no flaws. To be perfect in every way.

有 一位 中年[4] 男子，一直 找不到 合適[5] 的 女朋友，
yǒu yíwèi zhōngnián nánzǐ yìzhí zhǎobúdào héshì de nǚpéngyǒu

於是[6] 他 來到 了 一間 婚姻[7] 介紹所[8]。推開[9] 大門 進去 之 後，
yúshì tā láidào le yìjiān hūnyīn jièshàosuǒ tuīkāi dàmén jìnqù zhī hòu

他 看到 了 兩 扇[10] 門，一扇 門 上 寫著「美麗的」，另外
tā kàndào le liǎngshàn mén yíshàn mén shàng xiězhe měilì de lìng wài

一 扇 門 上 寫著「不太 美麗 的」。男子 推開 「美麗的」
yí shàn mén shàng xiězhe bú tài měilì de nánzǐ tuīkāi měilì de

這 扇 門，進去 之後 又 看見 兩扇 門，一扇 門 上
zhè shàn mén jìnqù zhīhòu yòu kànjiàn liǎngshàn mén yíshàn mén shàng

寫著「年輕 的」，另 一扇 門 上 寫著「不太 年輕
xiězhe niánqīng de lìng yíshàn mén shàng xiězhe bú tài niánqīng

的」，男子 推開「年輕 的」這 扇 門。就 這樣，男子
de nánzǐ tuīkāi niánqīng de zhè shàn mén jiù zhèyàng nánzǐ

依照 他 的 理想，一路上 接連[11] 開了 九扇 門。當 他 打開
yīzhào tā de lǐxiǎng yílùshàng jiēlián kāile jiǔshàn mén dāng tā dǎkāi

最後 一扇 門 時，卻 發現 自己 已經 走到 了 出口，門 上
zuìhòu yíshàn mén shí què fāxiàn zìjǐ yǐjīng zǒudào le chūkǒu mén shàng

有 張 紙 寫著：「很 抱歉[12]！我們 無法[13] 為您 服務[14]，因為
yǒuzhāng zhǐ xiězhe hěn bàoqiàn wǒmen wúfǎ wèinín fúwù yīnwèi

這 世界 上 沒有 十 全 十 美 的 人。」
zhè shìjiè shàng méiyǒu shí quán shí měi de rén

生詞 shēngcí Vocabulary

1.	十全十美	shí quán shí měi	to be perfect in every way
2.	完美	wánměi	perfect; flawless; ideal
3.	缺點	quēdiǎn	a defect; a drawback; a flaw; a fault
4.	中年	zhōngnián	middle age(d)

5.	合適	héshì	suitable; applicable; fit; to have a good fit
6.	於是	yúshì	thus; consequently; accordingly; as a result
7.	婚姻	hūnyīn	a marriage; a wedding
8.	介紹所	jièshàosuǒ	agencies
9.	推開	tuīkāi	push; push away
10.	扇	shàn	(of doors or freestanding screens) a leaf
11.	接連	jiēlián	in a row; successive; repeatidly
12.	抱歉	bàoqiàn	sorry; excuse
13.	無法	wúfǎ	can not to do sth.; unable; to have no way
14.	服務	fúwù	to serve; to give service to; to minister to

16 【十年寒窗】[1]
shí nián hán chuāng

Part of Speech	Connotation	Example
Noun	+	十年寒窗苦讀

解釋：jiěshì

形 容 在 清寒[2] 貧苦[3] 的 環境，長 時間 努力 讀書[4]。
xíngróng zài qīnghán pínkǔ de huánjìng cháng shíjiān nǔlì dúshū

Explanation/Definition: Literally ten year's study at a cold window. Describes the long, lean and optimistic years of being a student. A student's long years of academic study.

例文：lìwén

在 古時候 的 中國，讀書人 必須 參加 國家[5] 的 科舉[6]
zài gǔshíhòu de Zhōngguó dúshūrén bìxū cānjiā guójiā de kējǔ

考試[7]，才 可以 成 為 政府的 官員[8]，擁 有 權力 和 地位[9]。
kǎoshì cái kěyǐ chéngwéi zhèngfǔde guānyuán yǒngyǒu quánlì hàn dìwèi

想 通過[10] 科舉 考試 並 不 容易，要 忍受[11] 十年 寒 窗
xiǎng tōngguò kējǔ kǎoshì bìng bù róngyì yào rěnshòu shínián hánchuāng

的 辛苦[12]，努力 讀書，才 有 機會 成 功 。
de xīnkǔ　nǔlì dúshū　cái yǒu jīhuì chénggōng

晉代[13] 有 一個人 叫做 孫 康 ，家裡 很 貧窮[14]， 晚 上
Jìndài　yǒu yíge rén jiàozuò Sūn Kāng　jiālǐ hěn pínqióng　wǎnshàng

沒有 辦法 點 燈 看書。在 一個 冬 天 的 晚上，他 發現
méiyǒu bànfǎ diǎndēng kànshū zài yíge dōngtiān de wǎnshàng tā fāxiàn

月光[15] 照在 雪地[16]上，非常 明 亮[17]，所以 就 拿了 書 到
yuèguāng zhàozài xuědìshàng fēicháng míngliàng suǒyǐ jiù ná le shū dào

雪地 裡 去 看。因為 天氣 實在 太冷，他 只好 不停 的 踏腳，
xuědì lǐ qù kàn yīnwèi tiānqì shízài tàilěng tā zhǐhǎo bùtíng de tàjiǎo

讓 身體 暖和[18] 一些。手指頭[19] 被 凍 僵[20] 了， 沒有 辦法
ràng shēntǐ nuǎnhuo yìxiē shǒuzhǐtou bèi dòng jiāng le méiyǒu bànfǎ

翻[21]書，他 就 用 嘴巴[22] 呼出[23] 熱氣[24] 溫暖[25] 雙手[26]，一直
fānshū tā jiù yòng zuǐba hūchū rèqì wēnnuǎn shuāngshǒu yìzhí

看到 天亮[27]。在 這 樣 困苦[28]的 環 境 中，他 仍然 努力
kàndào tiānliàng zài zhèyàng kùnkǔ de huánjìng zhōng tā réngrán nǔlì

讀書，最後 終 於 成 功 的 考 上 科舉，當上了 御史
dúshū zuìhòu zhōngyú chénggōng de kǎoshàng kējǔ dāngshàngle yùshǐ

大夫[29]。
dàifū

生詞 shēngcí Vocabulary

1.	十年寒窗	shí nián hán chuāng	a person's long years of academic study
2.	清寒	qīnghán	poor but clean and honest
3.	貧苦	pínkǔ	poor; impoverished; destitute
4.	讀書	dúshū	to study; to read; to attend school
5.	國家	guójiā	a country; a nation
6.	科舉	kējǔ	imperial examination
7.	考試	kǎoshì	an examination; a test; an exam; a quiz
8.	官員	guānyuán	an official; an office holder
9.	地位	dìwèi	position; standing; station in life
10.	通過	tōngguò	to pass through; to come through
11.	忍受	rěnshòu	to bear; to endure; to tolerate; to put up with
12.	辛苦	xīnkǔ	difficult; to work hard
13.	晉代	Jìndài	Jin Dynasty
14.	貧窮	pínqióng	poor; needy; impoverished; destitute
15.	月光	yuèguāng	moonlight
16.	雪地	xuědì	snow; snow field

17.	明亮	míngliàng	light; bright
18.	暖和	nuǎnhuo	warm; sunny; to warm up
19.	手指頭	shǒuzhǐtou	a finger
20.	凍僵	dòngjiāng	to be frozen stiff; to become numb with cold
21.	翻	fān	to turn over; to go across
22.	嘴巴	zuǐba	mouth
23.	呼出	hūchū	to breathe out
24.	熱氣	rèqì	heat; hot
25.	溫暖	wēnnuǎn	warm
26.	雙手	shuāngshǒu	hands; both hands
27.	天亮	tiānliàng	dawn; daybreak; daytime
28.	困苦	kùnkǔ	difficulty; hardship; deep distress
29.	御史大夫	yùshǐdàifū	the Imperial Secretary

⑰ 【百口莫辯】[1]
bǎi kǒu mò biàn

Part of Speech	Connotation	Example
Verb	+/-	〔某人〕百口莫辯

解釋： jiěshì

就算 有 一百張 嘴巴 也 沒 辦法 辯白[2]。 形容 口才[3] 再好，
jiùsuàn yǒu yìbǎizhāng zuǐba yě méi bànfǎ biànbái   xíngróng kǒucái zài hǎo

也 無法 為 自己 辯解[4]。
yě wúfǎ wèi zìjǐ biànjiě

Explanation/Definition: Even with one hundred mouths-the support of many, one is unable to argue one's innocence. Describes the situation of being unable to defend oneself, despite being very eloquent. Unable to give a convincing explanation for self-defense.

例文： lìwén

張 三 是 一個 賣 燒餅[5] 油條[6] 的 小販[7]。有 一 天， 他
Zhāng Sān shì yíge mài shāobǐng yóutiáo de xiǎofàn yǒu yì tiān tā

賣完 燒餅 油條 之後，發現 賺來 的 錢 被 偷[8] 了，
màiwán shāobǐng yóutiáo zhīhòu fāxiàn zhuànlái de qián bèi tōu le

著急[9]的他去請求[10]縣官[11]的協助。縣官來到張三做
zhāojí de tā qù qǐngqiú xiànguān de xiézhù xiànguān lái dào Zhāng Sān zuò

生意的地方，看見一顆[12]大石頭[13]，決定要審判[14]這顆
shēngyì de dìfāng kànjiàn yìkē dà shítou juédìng yào shěnpàn zhè kē

石頭。附近的人們聽說縣官要審判石頭，覺得
shítou fùjìn de rénmen tīngshuō xiànguān yào shěnpàn shítou juéde

很新奇[15]，都跑來看熱鬧[16]。
hěn xīnqí dōu pǎolái kàn rènào

縣官拿出一個水盆[17]對圍觀[18]的人說：「想看我
xiànguān náchū yíge shuǐpén duì wéiguān de rén shuō xiǎng kàn wǒ

審[19]石頭，每個人要付一個銅錢[20]，丟在這個水盆裡。」
shěn shítou měige rén yào fù yí ge tóngqián diū zài zhège shuǐpénlǐ

大家丟了銅錢之後，縣官指著其中一個人說：「你
dàijiā diū le tóngqián zhīhòu xiànguān zhǐzhe qízhōng yíge rén shuō nǐ

就是小偷[21]。」那個人急忙[22]否認[23]。縣官解釋說：
jiù shì xiǎotōu nèige rén jímáng fǒurèn xiànguān jiěshì shuō

「張三是賣油條的，他的銅錢上面沾[24]滿了油。
Zhāng Sān shì mài yóutiáo de tā de tóngqián shàngmiàn zhānmǎn le yóu

其他人丟的錢都很乾淨[25]，只有你的錢在水面上
qítā rén diū de qián dōu hěn gānjing zhǐyǒu nǐ de qián zài shuǐmiànshàng

浮[26]了一層油，所以這個銅錢就是你從張三那裡
fú le yìcéng yóu suǒyǐ zhège tóngqián jiù shì nǐ cóng Zhāng Sān nàlǐ

偷的。」事實[27]擺在眼前，小偷百口莫辯，只好認罪[28]。
tōude shìshí bǎizài yǎnqián xiǎotōu bǎi kǒu mò biàn zhǐhǎo rènzuì

生詞 shēngcí Vocabulary

1.	百口莫辯	bǎi kǒu mò biàn	to be unable to explain something even with a hundred mouths; to be unable to make things clear
2.	辯白	biànbái	to justify, verbally or in writing, one's action or statement
3.	口才	kǒucái	a tongue; eloquence
4.	辯解	biànjiě	to try to defend oneself or one's position; to explain
5.	燒餅	shāobǐng	Chinese-style baked roll
6.	油條	yóutiáo	fried bread stick, usually served for breakfast
7.	小販	xiǎofàn	a street vendor; a hawker
8.	偷	tōu	to steal
9.	著急	zhāojí	to be anxious; to be worried
10.	請求	qǐngqiú	to ask; to request; to apply
11.	縣官	xiànguān	a magistrate; an official who acts as a judge
12.	顆	kē	measure word for bombs, bullets, etc.
13.	石頭	shítou	(a) stone

14.	審判	shěnpàn	to bring to trial; to administer justice
15.	新奇	xīnqí	novelty; strange
16.	看熱鬧	kànrènào	to watch the bustle; to be an on-looker; people watching
17.	水盆	shuǐpén	basin
18.	圍觀	wéiguān	onlookers
19.	審	shěn	to examine; careful
20.	銅錢	tóngqián	copper coin; money
21.	小偷	xiǎotōu	a thief
22.	急忙	jímáng	hurriedly; hastily; quickly and eagerly
23.	否認	fǒurèn	to deny; to negate; to contradict
24.	沾	zhān	to dip; to touch; to wet
25.	乾淨	gānjìng	clean; neat; tidy
26.	浮	fú	to float; to drift
27.	事實	shìshí	in fact; actuality; a truth
28.	認罪	rènzuì	to admit guilt; confess

18 【百思不解】[1]
băi sī bù jiě

Part of Speech	Connotation	Example
Verb	-	令人百思不解

解釋：jiěshì

形容 不管 怎麼 想，都 不能 理解[2]、想不出 原因[3] 或
xíngróng bùguǎn zěnme xiǎng dōu bùnéng lǐjiě xiǎngbùchū yuányīn huò

答案[4]。「百思」是 指 反覆[5] 思考[6] 很 多次 的 意思。
dáàn băisī shì zhǐ fǎnfù sīkǎo hěn duōcì de yìsi

Explanation/Definition: Describes a situation in which no matter how much one tries to understand something, coming up with a reason or answer is impossible. The two characters "biǎsī" express the idea of thinking about something over and over again. Incomprehensible.

例文：lìwén

小 沈 坐 火車 要去 高 雄 出差[7]，原本 想 利用
Xiǎo Shěn zuò huǒchē yào qù Gāoxióng chūchāi yuánběn xiǎng lìyòng

坐 車 的 時間 休息，睡個 午覺。沒 想 到，坐在 隔壁[8] 的
zuò chē de shíjiān xiūxí shuìge wǔjiào méixiǎngdào zuòzài gébì de

同事 小 吳 一直 找 他 聊天[9]。最後 小 沈 受 不 了[10]，就
tóngshì Xiǎo Wú yìzhí zhǎo tā liáotiān zuìhòu Xiǎo Shěn shòu bù liǎo jiù

跟 小 吳 說：「這樣 好 了，我們 來 互相[11] 問 問題，回答
gēn Xiǎo Wú shuō zhèyàng hǎo le wǒmen lái hùxiāng wèn wèntí huídá

不出來 的 人要 給 對方 一百 元。」 小 吳 說：「好 啊！這
bùchūlái de rén yào gěi duìfāng yìbǎi yuán Xiǎo Wú shuō hǎo ā zhè

聽起來 很 有趣。」 小 沈 說：「請 問 世界上 有 什麼
tīngqǐlái hěn yǒuqù Xiǎo Shěn shuō qǐng wèn shìjièshàng yǒu shénme

動物[12]，早 上 的 時候 有 眼睛 沒 嘴巴， 晚 上 的 時候 有
dòngwù zǎoshàng de shíhòu yǒu yǎnjīng méi zuǐba wǎnshàng de shíhòu yǒu

嘴巴 沒 眼睛？」 小 吳 想了 很久，還 拿出 筆記型 電腦[13]
zuǐba méi yǎnjīng Xiǎo Wú xiǎngle hěnjiǔ hái náchū bǐjìxíng diànnǎo

上 網[14] 查 資料，仍然 百 思 不 解，想 不 出 答案[15]。
shàngwǎng chá zīliào réngrán bǎi sī bù jiě xiǎngbùchū dáàn

過了 五十 分 鐘 之後， 小 吳 終 於 放棄[16] 了，他
guòle wǔshí fēnzhōng zhīhòu Xiǎo Wú zhōngyú fàngqì le tā

叫醒[17] 在 一旁 睡覺 的 小 沈，問說：「答案 到底[18] 是
jiàoxǐng zài yìpáng shuìjiào de Xiǎo Shěn wènshuō dáàn dàodǐ shì

什麼？」 小 沈 張開[19] 眼睛， 從 口袋裡 拿出 一百 元 交
shénme Xiǎo Shěn zhāngkāi yǎnjīng cóng kǒudàilǐ náchū yìbǎi yuán jiāo

給 小 吳，然後 說：「我 也 不 知道。」
gěi Xiǎo Wú ránhòu shuō wǒ yě bù zhīdào

生詞 shēngcí Vocabulary

1.	百思不解	bǎi sī bù jiě	left scratching one's head; puzzled; incomprehensible
2.	理解	lǐjiě	to understand; to comprehend; to interpret; to catch on
3.	原因	yuányīn	reason; cause
4.	答案	dáàn	(an/the) answer; (a/the) solution; key
5.	反覆	fǎnfù	repeatedly; over and over; again and again
6.	思考	sīkǎo	to think over; thought; to ponder
7.	出差	chūchāi	business travel; to travel on business
8.	隔壁	gébì	next door
9.	聊天	liáotiān	to chat
10.	受不了	shòubùliǎo	unable to tolerate; cannot stand
11.	互相	hùxiāng	each other; one another
12.	動物	dòngwù	an animal; a creature
13.	筆記型電腦	bǐjìxíng diànnǎo	notebook/laptop computer
14.	上網	shàngwǎng	to get on the Internet; online
15.	答案	dáàn	to answer

16.	放棄	fàngqì	to give up
17.	叫醒	jiàoxǐng	to wake up
18.	到底	dàodǐ	to the end; in the final analysis; after all; finally
19.	張開	zhāngkāi	open

⑲【千言萬語】[1]
qiān yán wàn yǔ

Part of Speech	Connotation	Example
Noun	+	說不出的千言萬語

解釋：jiěshì

一千句話 一萬句話[2]，形容 要 說 的 話 很多 很多。
yìqiānjù huà yíwànjù huà　xíngróng yào shuō de huà hěnduō hěnduō

Explanation/Definition: One thousand words together with 10,000 more words describes the need to say a great deal. Innumerable words. More than words can say.

例文：lìwén

九月 二十八 日是 教師節[3]。在 這一天，學 生 會寫
jiǔyuè èrshíbā rì shì jiàoshījié　zài zhèyìtiān　xuéshēng huì xiě

卡片[4] 給 他們 的 老師，表達 心 中 的 感謝[5]。小 明　準備
kǎpiàn gěi tāmen de lǎoshī　biǎodá xīnzhōng de gǎnxiè　Xiǎo Míng zhǔnbèi

了 一張 小 卡片，要 送給 教 了 他 兩 年 的 阿芳 老師，
le yìzhāng xiǎo kǎpiàn　yào sònggěi jiāo le tā liǎngnián de Ā Fāng lǎoshī

卡片 裡面 是 這樣 寫 的 ——
kǎpiàn lǐmiàn shì zhèyàng xiě de

親愛[6] 的 阿 芳 老師 您好：
qīnài de Ā Fāng lǎoshī nínhǎo

謝謝 老師 平日 對 我 的 教導[7] 和 照顧，因為 您 認真
xièxie lǎoshī píngrì duì wǒ de jiàodǎo hàn zhàogù yīnwèi nín rènzhēn

的 付出[8]，我 每天 都 很 快樂 的 學習。雖然 我 很 調皮[9]，
de fùchū wǒ měitiān dōu hěn kuàilè de xuéxí suīrán wǒ hěn tiáopí

可是 老師 總是 用 無比[10] 的 耐心 和 愛心[11] 來 包容[12]
kěshì lǎoshī zǒngshì yòng wúbǐ de nàixīn hàn àixīn lái bāoróng

我。從 老師 的 身上，我 學到 了 很 多 做 人 做 事[13]
wǒ cóng lǎoshī de shēnshàng wǒ xuédào le hěn duō zuò rén zuò shì

的 道理[14]。我 對 老師 的 感謝，是 千 言 萬 語 也 說不完
de dàolǐ wǒ duì lǎoshī de gǎnxiè shì qiān yán wàn yǔ yě shuōbùwán

的。大家 都 說 「認真 的 女人 最 美麗」，在 這個 特別
de dàjiā dōu shuō rènzhēn de nǚrén zuì měilì zài zhèige tèbié

的 日子 裡，我 要 祝 最 美麗 的 阿芳 老師，教師節
de rìzi lǐ wǒ yào zhù zuì měilì de Ā Fāng lǎoshī jiàoshījié

快樂。
kuàilè

學生 王 小 明 敬上[15]
xuéshēng Wáng Xiǎomíng jìngshàng

生詞
shēngcí

Vocabulary

1.	千言萬語	qiān yán wàn yǔ	thousands and thousands of words
2.	句話	jùhuà	a sentence; words
3.	教師節	jiàoshījié	Teacher's Day
4.	卡片	kǎpiàn	a card
5.	感謝	gǎnxiè	to thank; to be grateful; thankful; appreciation
6.	親愛	qīnài	dear; darling; loving
7.	教導	jiàodǎo	to teach; to instruct; teaching; guidance; instruction
8.	付出	fùchū	to give...for; to pay; to devote
9.	調皮	tiáopí	mischievous [for children]
10.	無比	wúbǐ	incomparable; peerless
11.	愛心	àixīn	love
12.	包容	bāoróng	to tolerate; to forgive; to hold
13.	做人做事	zuò rén zuò shì	doing things
14.	道理	dàolǐ	a principle; a sense; reason
15.	敬上	jìngshàng	Regards,; Yours truly,

20 【千辛萬苦】[1]

qiān xīn wàn kǔ

Part of Speech	Connotation	Example
Noun	+	受了千辛萬苦

解釋： jiěshì

形 容 非 常 的 辛苦，遇到 了 很多 的 困難[2]。
xíngróng fēicháng de xīnkǔ　yùdào le hěnduō de kùnnán

Explanation/Definition: Describes going through many difficulties that are extremely painstaking. To suffer all conceivable hardships. Toilsome.

例文： lìwén

有 一個 漁夫，在 出海[3] 捕魚 的 時候 遇到 了 暴風雨[4]，他
yǒu yíge yúfū　zài chūhǎi bǔyú de shíhòu yùdào le bàofēngyǔ　tā

被 海浪[5] 沖[6] 到 一個 無人島[7] 上 。 漁夫 用 身 上 的 衣服
bèi hǎilàng chōngdào yíge wúréndǎo shàng　yúfū yòng shēnshàng de yīfú

做了 一 面[8] 求救[9] 的 旗子[10]，掛在 岸邊[11] 最 高 的 樹上 ，
zuòle yí miàn qiújiù de qízi　guàzài ànbiān zuì gāo de shùshàng

希望 有人 能 發現 他。可是 好 多 天 過去 了，仍然
xīwàng yǒu rén néng fāxiàn tā　kěshì hǎo duō tiān guòqù le　réngrán

沒有 人來 救 他。為了 躲避[12] 夜晚 寒冷 的 海風，他 到處[13]
méiyǒu rén lái jiù tā wèile duǒbì yèwǎn hánlěng de hǎifēng tā dàochù

收集[14] 島上 的 石頭 和 樹枝，花 了 好 大的 力氣[15]，磨破[16]
shōují dǎoshàng de shítou hàn shùzhī huā le hǎo dà de lìqì mópò

了 雙 手 ，蓋[17] 了 一間 小屋。在 小屋裡，漁夫 抱著 最後
le shuāngshǒu gài le yìjiān xiǎowū zài xiǎowūlǐ yúfū bàozhe zuìhòu

的 希望 向 上天[18]
de xīwàng xiàng shàngtiān

祈禱[19]。
qídǎo

　　　　到 了 第二天，
　　　　dào le dièrtiān

突然 下 了 一場
túrán xià le yìchǎng

大雷雨[20]，一棵 樹 被 雷
dàléiyǔ yìkē shù bèi léi

打 中[21]，燒[22] 了 起來，
dǎzhòng shāo le qǐlái

漁夫 費盡[23] 千 辛 萬
yúfū fèijìn qiān xīn wàn

苦 蓋好 的 小屋 也
kǔ gàihǎo de xiǎowū yě

被 燒掉[24] 了。就 在
bèi shāodiào le jiù zài

漁夫 感到 絕望[25]，正 生氣 的 對著 天空 大喊 時，他
yúfū gǎndào juéwàng zhèng shēngqì de duìzhe tiānkōng dàhǎn shí tā

發現 有 一艘[26] 船 慢慢的 靠近。原來 是 島上 燃燒[27]
fāxiàn yǒu yìsāo chuán mànmande kàojìn yuánlái shì dǎoshàng ránshāo

的 火光[28] 吸引了 船員[29] 的 注意，漁夫 終 於 得救[30]
de huǒguāng xīyǐn le chuányuán de zhùyì yúfū zhōngyú déjiù

了。就 在 這個 時候，漁夫 明白 了，上 天 並 沒有
le jiù zài zhèige shíhòu yúfū míngbái le shàngtiān bìng méiyǒu

放棄 他。
fàngqì tā

生詞 shēngcí　Vocabulary

1.	千辛萬苦	qiān xīn wàn kǔ	to suffer all conceivable hardships; pains
2.	困難	kùnnán	difficult; hard; tough
3.	出海	chūhǎi	to go to sea; to launch forth; to take the sea
4.	暴風雨	bàofēngyǔ	a rainstorm; a storm
5.	海浪	hǎilàng	waves
6.	沖	chōng	to flush; to wash away
7.	無人島	wúréndǎo	desert island; uninhabited island

8.	面	miàn	a quantifier for flat and smooth objects (mirrors, flags)
9.	求救	qiújiù	to ask somebody to come to the rescue
10.	旗子	qízi	a flag
11.	岸邊	ànbiān	shore; seacoast
12.	躲避	duǒbì	to avoid; to shelter
13.	到處	dàochù	anywhere
14.	收集	shōují	to collect; to gather; to get together
15.	力氣	lìqì	great effort; force; strength
16.	磨破	mópò	frazzle
17.	蓋	gài	to build (a house)
18.	上天	shàngtiān	God; Heaven; to go up to the sky
19.	祈禱	qídǎo	to pray; to supplicate; to perform a prayer
20.	雷雨	léiyǔ	thunderstorm
21.	打中	dǎzhòng	a hit; to hit the mark; to hit the target; to catch
22.	燒	shāo	burn
23.	費盡	fèijìn	racking; effort
24.	燒掉	shāodiào	burned; to produce flames and heat; burn sth
25.	絕望	juéwàng	hopelessness; despair
26.	艘	sāo	a quantifier for boats and ships

27.	燃燒	ránshāo	to burn; to kindle; to fire; to flame out/up
28.	火光	huǒguāng	flame; blaze; firelight
29.	船員	chuányuán	a sailor; a tar; a shipman; a hand; a crew member
30.	得救	déjiù	saved

 21 【讀萬卷書行萬里路】[1]

dú wàn juàn shū xíng wàn lǐ lù

Part of Speech	Connotation	Example
Phrase	+	當學生既要讀萬卷書，也要行萬里路。

解釋：jiěshì

字面上 的 解釋 是 讀 很多 的 書，走 很多 的 路。這句話
zìmiànshàng de jiěshì shì dú hěnduō de shū zǒu hěnduō de lù zhèjùhuà

通常 用來 鼓勵[2] 人：一方面 要 多 讀書，一方面[3] 要 多
tōngcháng yònglái gǔlì rén yìfāngmiàn yào duō dúshū yìfāngmiàn yào duō

出去 見識[4] 外面 的 世界，讓 自己 不但 有 充足[5] 的 知識，
chūqù jiànshì wàimiàn de shìjiè ràng zìjǐ búdàn yǒu chōngzú de zhīshì

還有[6] 豐富 的 生活[7] 經驗。
háiyǒu fēngfù de shēnghuó jīngyàn

Explanation/Definition: The literal meaning of this proverb: in order to attain wisdom, it is not enough merely to read books—you must be well-traveled as well. The phrase is usually used to encourage people to learn from reading as well as experiencing the world firsthand. Doing both is the only way to gain reliable knowledge.

小英 去年 暑假[8] 去 紐西蘭 遊學[9]。和 一般 遊學 不
Xiǎo Yīng qùnián shǔjià qù Niǔxīlán yóuxué hàn yìbān yóuxué bù

一樣 的 是，她 除了 去 讀書 之外[10]，還 在 學校 附近 的
yíyàng de shì tā chúle qù dúshū zhīwài hái zài xuéxiào fùjìn de

餐廳 工作，這 就 是 現在 很 流行 的 打工[11] 遊學。 小 英
cāntīng gōngzuò zhè jiù shì xiànzài hěn liúxíng de dǎgōng yóuxué Xiǎo Yīng

到 餐廳 打工 雖然 賺 的 錢 不多，可是[12] 她 學到 很 多
dào cāntīng dǎgōng suīrán zhuàn de qián bùduō kěshì tā xuédào hěn duō

東西。例如[13] 在 幫 客人 點 餐 的 時候，她 可以 練習 說
dōngxī lìrú zài bāng kèrén diǎn cān de shíhòu tā kěyǐ liànxí shuō

英語；在 為 客 人 服務 的 時候，她 可以 學到 西餐[14] 的
yīngyǔ zài wèi kè rén fúwù de shíhòu tā kěyǐ xuédào xīcān de

用 餐 禮儀[15]。除 此 之 外，小 英 在 餐廳裡 認識 了 許多
yòngcān lǐyí chú cǐ zhī wài Xiǎo Yīng zài cāntīnglǐ rènshì le xǔduō

當地 的 朋友，所以 她 對 紐西蘭 的 文化[16] 和 風俗 習慣[17] 就
dāngdì de péngyǒu suǒyǐ tā duì Niǔxīlán de wénhuà hàn fēngsú xíguàn jiù

更 清楚 了。
gèng qīngchǔ le

以前 的 人 覺得 讀書 就 是 要 專心[18] 在 學校 上課，
yǐqián de rén juéde dúshū jiù shì yào zhuānxīn zài xuéxiào shàngkè

可是 現在 大家 的 想法[19] 不同 了。讀 萬 卷 書 行 萬 里
kěshì xiànzài dàijiā de xiǎngfǎ bùtóng le dú wàn juàn shū xíng wàn lǐ

路，除了 擁 有 書本裡 的 知識，還要 多 接觸[20] 外 面 的
lù chú le yǒngyǒu shūběnlǐ de zhīshì háiyào duō jiēchù wàimiàn de

世界，才 能 真的 成 為 一個 有 學問 的人。
shìjiè cái néng zhēnde chéngwéi yíge yǒu xuéwèn de rén

生詞 shēngcí Vocabulary

1.	讀萬卷書 行萬里路	dú wàn juàn shū xíng wàn lǐ lù	to learn knowledge from thousands of books and accumulate experience by traveling thousands of miles.
2.	鼓勵	gǔlì	to urge; to encourage; to work up
3.	一方面… 一方面…	yìfāngmiàn... yìfāngmiàn...	on (the) one hand..., (and) on the other hand...
4.	見識	jiànshì	to experience; to widen one's knowledge
5.	充足	chōngzú	sufficient; fill; to go far
6.	不但…還 有…	búdàn...háiyǒu...	not only..., but also...
7.	生活	shēnghuó	life; to live
8.	暑假	shǔjià	summer vacation
9.	遊學	yóuxué	study tour
10.	除了…之 外…	chúle...zhīwài...	except for; in addition to; besides

11.	打工	dǎgōng	to work part-time
12.	雖然…可是…	suīrán... kěshì...	while..., but; however
13.	例如	lìrú .	for example; such as
14.	西餐	xīcān	Western meal; Western-style food
15.	用餐禮儀	yòngcān lǐyí	dining etiquette; having good table manners
16.	文化	wénhuà	culture
17.	風俗習慣	fēngsú xíguàn	customs
18.	專心	zhuānxīn	to be absorbed in; to concentrate one's attention
19.	想法	xiǎngfǎ	ideas; opinion; theory; a thought
20.	接觸	jiēchù	to contact; to touch; to get in touch with

22 【萬無一失】[1]
wàn wú yì shī

Part of Speech	Connotation	Example
SV (adj.)	+	這樣就萬無一失了

解釋：jiěshì

做 一萬 次 也 不會 有 一次 失誤[2]。 形容 非常 有 把握[3]，
zuò yíwàn cì yě bùhuì yǒu yícì shīwù　　xíngróng fēicháng yǒu bǎ wò

絕對 不會 有 錯誤[4]。
juéduì bùhuì yǒu cuòwù

Explanation/Definition: Something can be done 10,000 times without error. Describes extreme assurance with absolutely no chance of mishap. No danger of anything going wrong. No risk at all. Perfectly safe. Certain to succeed.

例文：liwén

大 仲 馬[5] 是 一位 法國 的 作家[6]，《三劍客》[7] 及
Dàzhòngmǎ　　shì yíwèi Fǎguó de zuòjiā　　Sānjiànkè　　jí

《基督山恩仇記》[8] 是 他 最 有名 的 作品。有一次，他 到
Jīdūshānēnchóujì　　shì tā zuì yǒumíng de zuòpǐn　yǒuyícì　tā dào

一個 城市 旅行，決定 要去 參觀 這座 城裡 最大 的
yíge chéngshì lǚxíng juédìng yào qù cānguān zhèizuò chénglǐ zuìdà de

書店。書店 的 老闆 知道 了 這個 消息，非常 興奮[9]。為了
shūdiàn shūdiàn de lǎobǎn zhīdào le zhèige xiāoxí fēicháng xìngfèn wèile

迎接[10] 這個 重 要 的 客人，書店 老闆 叫 店員 把其他
yíngjiē zhèige zhòngyào de kèrén shūdiàn lǎobǎn jiào diànyuán bǎ qítā

作者 的 書 都 搬走，書架[11] 上 全部 放滿 大仲馬 的
zuòzhě de shū dōu bānzǒu shūjià shàng quánbù fàngmǎn Dàzhòngmǎ de

作品。老闆 心 想：這樣 做 絕對 萬 無 一 失，大 仲 馬
zuòpǐn lǎobǎn xīnxiǎng zhèyàng zuò juéduì wàn wú yì shī Dàzhòngmǎ

看了 一定 會 很 開心。
kànle yídìng huì hěn kāixīn

第二天，大 仲 馬 來到 書店，發現 店裡 全部 只有 他的
dìèrtiān Dàzhòngmǎ láidào shūdiàn fāxiàn diànlǐ quánbù zhǐyǒu tāde

書，心裡 覺得 很 奇怪，就 問 老闆 說：「店裡 為什麼
shū xīnlǐ juéde hěn qíguài jiù wèn lǎobǎn shuō diànlǐ wèishénme

只有 我 的 書，其他 作家 的 書 呢？」老闆 一 時 之 間[12] 不
zhǐyǒu wǒ de shū qítā zuòjiā de shū ne lǎobǎn yì shí zhī jiān bù

知道 怎麼 回答，就說：「噢！其他 人 的 書……都 賣光[13]
zhīdào zěnme huídá jiùshuō òu qítā rén de shū dōu màiguāng

了！」看到 大 仲 馬 吃驚[14] 的 表 情，老闆 尷尬[15] 的 發現
le kàndào Dàzhòngmǎ chījīng de biǎoqíng lǎobǎn gāngà de fāxiàn

自己 說 錯 話 了。
zìjǐ shuō cuò huà le

生詞 shēngcí Vocabulary

1.	萬無一失	wàn wú yì shī	no danger of anything going wrong; no risk at all
2.	失誤	shīwù	a fault; an error
3.	把握	bǎwò	to be confident of success; to be sure
4.	錯誤	cuòwù	mistake(s); error(s)
5.	大仲馬	Dàzhòngmǎ	Alexandre Dumas
6.	作家	zuòjiā	a writer; an author
7.	三劍客	Sānjiànkè	*The Three Musketeers*
8.	基督山恩仇記	Jīdūshānēnchóujì	*The Count of Monte Cristo*
9.	興奮	xìngfèn	to be excited; to warm up
10.	迎接	yíngjiē	to meet and greet; to welcome
11.	書架	shūjià	a bookshelf; stacks
12.	一時之間	yì shí zhī jiān	all of a sudden; suddenly; all at once
13.	賣光	màiguāng	sold out
14.	吃驚	chījīng	to be shocked; to be amazed; to be astonished
15.	尷尬	gāngà	awkward; to be in an awkward situation

自然篇

①【世外桃源】[1]
shì wài táo yuán

Part of Speech	Connotation	Example
Noun	+	這裡是世外桃源

解釋：jiěshì

指 遠離[2] 城市 ， 風景 優美[3] 的 地方。 也 可以 用來 比喻
zhǐ yuǎnlí chénshì fēngjǐng yōuměi de dìfāng yě kěyǐ yònglái bǐyù

理想[4]中 的 美好 世界。
lǐxiǎngzhōng de měihǎo shìjiè

Explanation/Definition: A beautiful place away from the city. Can also function as a metaphor to describe an ideal world like Arcadia or Xanadu.

例文：lìwén

晉代[5]的 陶 淵 明[6] 是 位 有 名 的 文學家[7]。他 曾 寫過
Jìndài de Táo Yuānmíng shì wèi yǒumíng de wénxuéjiā tā céng xiěguì

一篇〈桃花源記〉[8] ， 文 中 他 描寫到：有 一位 漁夫[9]，
yìpiān Táohuāyuánjì wénzhōng tā miáoxiědào yǒu yíwèi yúfū

一天 ， 在 出去 捕[10]魚 的 時候，偶然[11] 看見 了 一大片 的
yìtiān zhài chūqù bǔyú de shíhòu ǒurán kàijiàn le yídàpiàn de

桃花林[12]。漁夫 被 美麗 的 桃花 吸引，不 自覺地[13] 就 順著
táohuālín　　yúfū bèi měilì de táohuā xīyǐn　bù zìjuéde　jiù shùnzhe

桃花林，一路 划[14]著 船　向　前 進。就 在 桃花林 的 盡頭[15]，
táohuālín　yílù huázhe chuán xiàng qián jìn　jiù zài táohuālín de jìntóu

漁夫 發現 一個 山 洞。他 好奇地 走進 山 洞，沒 想 到，
yúfū fāxiàn yíge shāndòng　tā hàoqí de zǒujìn shāndòng　méixiǎngdào

山 洞 的 另一頭 竟然 是 一座 小 村 莊。村莊 裡 的
shāndòng de lìngyìtóu jìngrán shì yízuò xiǎo cūnzhuāng　cūnzhuānglǐ de

人們 看見 漁夫 這位 陌生人，都　非常　的 驚訝。
rénmen kànjiàn yúfū zhèwèi mòshēnrén　dōu fēicháng de jīngyà

　　村 民 們 告訴 漁夫 說，他們 的 祖先 在 秦代 的 時候，
cūnmíngmen gùsù　yúfū shuō tāmen de zǔxiān zài Qíndài de shíhòu

為了 避開[16]　戰 爭　所以 躲到 深山裡，過著 隱居[17] 的
wènle bìkāi　zhànzhēn suǒyǐ duǒdào shēnshānlǐ　guòzhe yǐnjū　de

生 活。村 民 熱情 的 招待[18] 漁夫，並且 拜託[19] 漁夫 不 要
shēnghuó cūnmíng rèqíng de zhāodài yúfū　bìngqiě bàituō yúfū bú yào

告訴 別人 這裡 的 事。後來 漁夫 離開 了 村 莊，還 在 回家
gàosù béirén zhèlǐ de shì hòulái yúfū líkāi le cūnzhuāng hái zài huíjiā

的 路上 沿途[20] 做 了 記號[21]。可是，等 到 漁夫 想 要 再
de lùshàng yántú zuò le jìhào kěshì děngdào yúfū xiǎng yào zài

去 尋找 這個 美麗 的 世 外 桃　源　時，卻 怎麼 也 找 不 到
qù xúnzhǎo zhèige měilì de shì wèi táo yuán shí qù zěnme yě zhǎobú dào

了。
le

生詞
shēngcí

Vocabulary

1.	世外桃源	shì wài táo yuán	Arcadia; a place for taking refuge
2.	遠離	yuǎnlí	to be distant from; far away
3.	優美	yōuměi	graceful; fine; exquisite; elegant; gracious
4.	理想	lǐxiǎng	a dream; an ideal; perfection; perfect
5.	晉代	Jìngdài	Jin Dynasty
6.	陶淵明	Táo Yuānmíng	Born in modern Jiujiang, Jiangxi, Tao Yuanming was one of the most influential pre-Tang Chinese poets
7.	文學家	wénxuéjiā	literary figure(s); writer(s)
8.	桃花源記	Táohuāyuānjì	*The Story of the Peach Blossom Valley*
9.	漁夫	yúfū	(a) fisherman
10.	捕	bǔ	to catch
11.	偶然	ǒurán	accidental; fortuitous; by chance
12.	桃花林	táohuālín	peach blossom forest
13.	不自覺地	bùzìjuéde	involuntarily; unconsciously
14.	划	huá	to paddle or row (a boat)
15.	盡頭	jìntóu	the end (of the road); the limit; the end

16.	避開	bìkāi	to avoid; to dodge; to evade
17.	隱居	yǐnjū	to withdraw from society and live in obscurity
18.	招待	zhāodài	to receive, entertain, or host visitors
19.	拜託	bàituō	to request a favor of; to entrust something to
20.	沿途	yántú	along the way
21.	記號	jìhào	a mark; a sign; a symbol; notation

② 【久 旱 逢 甘 霖】[1]
jiǔ hàn féng gān lín

Part of Speech	Connotation	Example
Noun	+	真是久旱逢甘霖

解 釋：jiěshì

乾旱[2] 很久 的 地方，終於 下了 一場 雨。形 容 盼望[3] 了
gānhàn hěnjiǔ de dìfāng zhōngyú xià le yìchǎng yǔ xíngróng pànwàng le

很久的 事情，終 於 實現[4] 了。
hěnjiǔ de shìqíng zhōngyú shíxiàn le

Explanation/Definition: Rain after a long drought. Describes long-term
expectations finally coming true.

例 文：lìwén

火 旺 伯 是 一位 在 山裡頭 種茶[5] 的 農夫。原本 他
Huǒwàng bó shì yíwèi zài shānlǐtou zhòngchá de nóngfū yuánběn tā

和 一般[6] 的 農夫 一樣，使 用 農藥[7] 來 消 滅 茶園裡 的
hàn yìbān de nóngfū yíyàng shǐyòng nóngyào lái xiāomiè cháyuánlǐ de

害 蟲[8]。後來 他 發現，使 用 農 藥 不但 會 污染[9] 自然
hàichóng hòulái tā fāxiàn shǐyòng nóngyào búdàn huì wūrǎn zìrán

環境，而且還會 傷害 自己的身體，所以他 決定 不再
huánjìng érqiě hái huì shānghài zìjǐ de shēntǐ suǒyǐ tā juédìng bú zài

使用 農藥。可是，自從 不用 農藥 之後，茶園裡 的
shǐyòng nóngyào kěshì zìcóng búyòng nóngyào zhīhòu cháyuánlǐ de

蟲 越 來 越 多，茶葉 的 產量[10] 也 變 少 了。雖然 收入
chóng yuè lái yuè duō cháyè de chǎnliàng yě biàn shǎo le suīrán shōurù

受到 影響，但是
shòudào yǐngxiǎng dànshì

火 旺 伯 仍然 堅持[11]
Huǒwàng bó réngrán jiānchí

他 的 做法[12]。
tā de zuòfǎ

就 在 火 旺 伯 快
jiù zài Huǒwàng bó kuài

要 花 光 他 的 存款[13]
yào huāguāng tā de cúnkuǎn

時，他 接 到 了 一 筆
shí tā jiēdào le yìbǐ

重 要 的 生意。原來
zhòngyào de shēngyì yuánlái

是 有 一 個 茶 館，
shì yǒu yíge cháguǎn

決定 販賣 不用 農
juédìng fànmài búyòng nóng

藥 的 健康 茶葉，他們 願意[14] 用 較高 的 價格 來 買
yào de jiànkāng cháyè tāmen yuànyì yòng jiàogāo de jiàgé lái mǎi

火 旺 伯 的 茶葉。這筆 錢 對於 火 旺 伯 來說，就 像 是
Huǒwàng bó de cháyè zhè bǐ qián duìyú Huǒwàng bó láishuō jiù xiàng shì

久 旱 逢 甘 霖 一樣，解決了 他 經濟上[15] 的 困難，也 讓
jiǔ hàn féng gān lín yíyàng jiějuéle tā jīngjìshàng de kùnnán yě ràng

火 旺 伯 更 有 信心，繼續 做 個 向 農藥 說「不」的
Huǒwàng bó gèng yǒu xìnxīn jìxù zuò ge xiàng nóngyào shuō bù de

快樂 農夫。
kuàilè nóngfū

生詞 shēngcí Vocabulary

1.	久旱逢甘霖	jiǔ hàn féng gān lín	to have a welcome rain after a long drought; to have a long-felt need satisfied
2.	乾旱	gānhàn	a drought; aridity
3.	盼望	pànwàng	to expect; to hope for; to look forward to
4.	實現	shíxiàn	to realize; to achieve; to come true
5.	種茶	zhòngchá	to plant/grow tea
6.	一般	yìbān	generally; in general; usual(ly)

7.	農藥	nóngyào	agricultural chemical; insecticides; pesticides
8.	害蟲	hàichóng	a destructive insect; a pest
9.	污染	wūrǎn	pollution; contamination
10.	產量	chǎnliàng	a/the quantity of crop output
11.	堅持	jiānchí	firm; resolute; determined; resolved
12.	做法	zuòfǎ	a way of doing or making sth.; behavior
13.	存款	cúnkuǎn	bank deposit; bank savings
14.	願意	yuànyì	to be willing; to wish; to want
15.	經濟上	jīngjìshàng	economically; economic; financially

3 【山明水秀】[1]
shān míng shuǐ xiù

Part of Speech	Connotation	Example
SV (adj.) / Noun	+	這兒真是山明水秀

解釋：jiěshì

山 上　景色[2] 優美，河水　清澈[3] 美麗。 形 容　所　看到　的
shānshàng jǐngsè yōuměi héshuǐ qīngchè měilì xíngróng suǒ kàndào de

山 川 風景　非常　漂亮。
shānchuānfēngjǐng fēicháng piàoliàng

Explanation/Definition: Beautiful mountains and clear waters. Describes seeing extremely beautiful scenery.

例文：lìwén

花蓮，可以 說 是 臺灣 的 後花園，那兒 山 明 水
Huālián kěyǐ shuō shì Táiwān de hòuhuāyuán nàér shān míng shuǐ

秀的 風景[4]，一年 四 季 各有特色，因此 任何 時間 都 值得
xiù de fēngjǐng yì nián sì jì gè yǒu tèsè yīncǐ rènhé shíjiān dōu zhíde

到 花蓮 走走。
dào huālián zǒuzou

春天 的 時候，喜歡 騎 單車[5] 的 人，可以 到 鯉魚潭[6]
chūntiān de shíhòu xǐhuān qí dānchē de rén kěyǐ dào Lǐyútán

風景區[7]，沿著 環潭 公路[8] 前進，欣賞 湖面[9] 優美 的
fēngjǐngqū yánzhe Huántán Gōnglù qiánjìn xīnshǎng húmiàn yōuměi de

景色。夏天 的 時候，如果 想 要 活動 一下 筋骨[10]，可以
jǐngsè xiàtiān de shíhòu rúguǒ xiǎng yào huódòng yíxià jīngǔ kěyǐ

到 秀姑巒溪[11] 泛舟[12]，驚險[13] 又 刺激[14]。秋天 的 時候，不妨
dào Xiūgūluán Xī fànzhōu jīngxiǎn yòu cìjī qiūtiān de shíhòu bùfáng

到 六十石 山[15] 看 金針花[16]，一大片 的 橘黃色 花海，開
dào Liùshídàn Shān kàn jīnzhēnhuā yídàpiàn de júhuángsè huāhǎi kāi

滿了 整個 山頭[17]，看起來 非常 壯觀[18]。冬天 的
mǎnle zhěngge shāntóu kànqǐlái fēicháng zhuàngguān dōngtiān de

時候，天氣 寒冷，到 瑞穗[19] 泡 溫泉 最 舒服 了，還 可以
shíhòu tiānqì hánlěng dào Ruìsuì pào wēnquán zuì shūfú le hái kěyǐ

順便 品嚐[20] 原住民[21] 特有 的 美食。
shùnbiàn pǐncháng yuánzhùmín tèyǒu de měishí

心動 不如 行動，快 找個 時間 到 花蓮 玩 吧！
xīndòng bùrú xíngdòng kuài zhǎoge shíjiān dào Huālián wán ba

生詞 shēngcí Vocabulary

1. 山明水秀 shān míng shuǐ xiù green hills and clear water

2.	景色	jǐngsè	scenery; landscape
3.	清澈	qīngchè	extremely clear; limpid; clear
4.	風景	fēngjǐng	scenery; scenic sights or views; landscape
5.	單車	dānchē	a bicycle
6.	鯉魚潭	Lǐyútán	Liyu Lake is located at the foot of Liyu Mountain, Shoufeng Township, Chihnan Village. It is approximately 1.6 km long and 930 m wide, making it the largest inland lake in Hualien County.
7.	風景區	fēngjǐngqū	a scenic spot; a scenic area
8.	環潭公路	Huántán Gōnglù	a circular lake road
9.	湖面	húmiàn	lake; surface of a lake
10.	筋骨	jīngǔ	the physique
11.	秀姑巒溪	Xiùgūluán Xī	Siouguluan River is located in Hualien County
12.	泛舟	fànzhōu	boating; rafting; to row a boat
13.	驚險	jīngxiǎn	alarmingly dangerous; thrilling
14.	刺激	cìjī	to excite; exciting
15.	六十石山	Liùshídàn Shān	Sixty Stones Mountain in Hualien County
16.	金針花	jīnzhēnhuā	daylily flower
17.	山頭	shāntóu	mountain; top of mountain; mountain top
18.	壯觀	zhuàngguān	spectacular; imposing

19.	瑞穗	ruìsuì	Ruisui is a township located in southern Hualien, which has a population of 13,000 inhabitants living among 11 villages. The Tropic of Cancer passes through Ruisui.
20.	品嚐	pǐncháng	to taste; to savor
21.	原住民	yuánzhùmín	an original/native inhabitant

④【拈花惹草】[1]
niǎn huā rě cǎo

Part of Speech	Connotation	Example
Verb	-	到處拈花惹草

 解釋：jiěshì

形 容 男人 到處 留情[2]、勾引[3] 女人，就 好像 隨意 的
xíngróng nánrén dàochù liúqíng gōuyǐn nǚrén jiù hǎoxiàng suíyì de

摘取[4] 路旁 美麗 的 花草 一樣。
zhāiqǔ lùpáng měilì de huācǎo yíyàng

Explanation/Definition: Describes someone having many love affairs in many places—like arbitrarily picking flowers and plants along the side of the road.

 例文：lìwén

有 一首 國語 老歌 是 這麼 唱 的：「送 你 送 到
yǒu yìshǒu guóyǔ lǎogē shì zhème chàng de sòng nǐ sòng dào

小城外 ，有 句 話兒 要 交代[5]。雖然 已經 是 百花 開，
xiǎochéngwài yǒu jù huàér yào jiāodài suīrán yǐjīng shì bǎihuā kāi

路邊 的 野花 你 不要 採。」歌詞裡 描寫 年輕 的 姑娘
lùbiān de yěhuā nǐ búyào cǎi gēcílǐ miáoxiě niánqīng de gūniáng

提醒 外出 的 情郎[6]，不要 愛上 別的 女孩子。這首 歌 讓
tíxǐng wàichū de qíngláng búyào àishàng bié de nǚháizi zhèshǒu gē ràng

女朋友 來 唱，聽起來 像 是 溫柔 的 叮嚀[7]，要 是
nǚpéngyǒu lái chàng tīngqǐlái xiàng shì wēnróu de dīngníng yào shì

換 成 老婆來 唱，那 可 就是 一種 嚴重 的 警告
huànchéng lǎopó lái chàng nà kě jiùshì yìzhǒng yánzhòng de jǐnggào

喔！因為 已經 結婚 的 男人，如果 還 四處 拈 花 惹 草 的
ō yīnwèi yǐjīng jiéhūn de nánrén rúguǒ hái sìchù niǎn huā rě cǎo de

話，不只 會 破壞 家庭 的 幸福，還 有 可能 付出 更 大 的
huà bùzhǐ huì pòhuài jiātíng de xìngfú hái yǒu kěnéng fùchū gèng dà de

代價[8]。
dàijià

　　不管 是 世界 頂尖[9] 的 運動 員[10]，還是 高高 在 上
bùguǎn shì shìjiè dǐngjiān de yùndòng yuán hái shì gāogāo zài shàng

的 政 治[11] 人物[12]，如果 被 發現 有 婚外情[13]，形象[14] 立刻[15]
de zhèngzhì rénwù rúguǒ bèi fāxiàn yǒu hūnwàiqíng xíngxiàng lìkè

會 大 打 折扣，而 原本 擁 有 的 財富 和 地位，也 有
huì dà dǎ zhékòu ér yuánběn yōngyǒu de cáifù hàn dìwèi yě yǒu

可能 一夕之間[16] 消失。所以，路邊 的 野花 真的 別 亂 採
kěnéng yí xì zhī jiān xiāoshī suǒyǐ lùbiān de yěhuā zhēnde bié luàn cǎi

才好。
cáihǎo

生詞 shēngcí Vocabulary

1.	拈花惹草	niǎn huā rě cǎo	to have many love affairs
2.	留情	liúqíng	to show consideration/mercy for
3.	勾引	gōuyǐn	to entice; to accost; seduction
4.	摘取	zhāiqǔ	to pick; to take off; extracting
5.	交代	jiāodài	to tell; to explain
6.	情郎	qíngláng	a boyfriend; a husband
7.	叮嚀	dīngníng	to urge again and again; to warn
8.	代價	dàijià	price; cost; expense
9.	頂尖	dǐngjiān	top-notch
10.	運動員	yùndòngyuán	an athlete; a sports player
11.	政治	zhèngzhì	politics; political; government
12.	人物	rénwù	a character; a figure
13.	婚外情	hūnwàiqíng	an extramarital affair; a scandal
14.	形象	xíngxiàng	image; appearance; figure
15.	立刻	lìkè	immediately; at once; right now
16.	一夕之間	yí xì zhī jiān	overnight

⑤【撥雲見日】[1]
bō yún jiàn rì

Part of Speech	Connotation	Example
Verb / Noun	+	終於撥雲見日

解釋：jiěshì

撥開[2] 雲霧[3]，看見 太陽。 用來 指 心 中 的 疑惑[4] 得到
bōkāi yúnwù kànjiàn tàiyáng yònglái zhǐ xīnzhōng de yíhuò dédào

解答[5]，或是 形 容 原 本 進行 不 順利[6]的 事情 開始 好
jiědá huòshì xíngróng yuánběn jìnxíng bú shùnlì de shìqíng kāishǐ hǎo

轉 。
zhuǎn

Explanation/Definition: Push away the clouds and see the sun. Suggests getting an answer out of confusion or describes righting a wrong.

例文：lìwén

「Mr. Brain」是 最近[7] 的 一部 日本 連續劇[8]，劇中[9] 的
shì zuìjìn de yíbù rìběn liánxùjù jùzhōng de

男主角[10]──九十九 先 生 ，是 一名 研究[11] 腦部 科學[12] 的
nánzhǔjiǎo Jiǔshíjiǔ xiānshēng shì yìmíng yánjiù nǎobù kēxué de

研究員[13]，負責[14] 幫 警察 分析[15] 歹徒[16] 的 心理 狀態[17]。在
yánjiùyuán fùzé bāng jǐngchá fēnxī dǎitú de xīnlǐ zhuàngtài zài

他 的 協助[18] 下，許多 原本 無法 破案[19] 的 犯罪[20] 事件[21]，
tā de xiézhù xià xǔduō yuánběn wúfǎ pòàn de fànzuì shìjiàn

終於 撥雲見日，抓 到 兇 手。和 傳統[22] 的 推理劇[23]
zhōngyú bō yún jiàn rì zhuā dào xiōng shǒu hàn chuántǒng de tuīlǐjù

比較 起來，「Mr. Brain」強調 的 不只是 敏銳[24] 的 觀察力[25]，
bǐjiào qǐlái qiángdiào de bùzhǐ shì mǐnruì de guānchálì

還 利用 了 許多 腦部 科學 的 理論[26] 來 辦案[27]，所以 引 起 了
hái lìyòng le xǔduō nǎobù kēxué de lǐlùn lái bànàn suǒ yǐ yǐn qǐ le

廣泛[28] 的 討論。
guǎngfàn de tǎolùn

戲裡[29] 曾 經 提到 了 幾則 有趣 的 大腦 知識，例如：
xìlǐ céngjīng tídào le jǐzé yǒuqù de dànǎo zhīshì lìrú

人類[30] 是 用 右腦 來 判別[31] 男 生 或 女 生 的，所以 如果
rénlèi shì yòng yòunǎo lái pànbié nánshēng huò nǚshēng de suǒyǐ rúguǒ

想 要 吸引 異性[32] 的 注意[33]，一定 要 站在 他 的 左邊；
xiǎng yào xīyǐn yìxìng de zhùyì yídìng yào zhànzài tā de zuǒbiān

還有，人 在 說 謊[34] 時，眼睛 會 不自覺[35] 的 向 右上角
háiyǒu rén zài shuōhuǎng shí yǎnjīng huì bú zìjué de xiàng yòushàngjiǎo

瞄[36]…… 等 等 。 正 因為「Mr. Brain」以 生 動[37] 的 劇情[38]
miáo děngdeng zhèng yīnwèi yǐ shēngdòng de jùqíng

來 介紹 腦部 科學，所以 才 會 如此 令 人[39] 印象 深刻[40]。
lái jièshào nǎobù kēxué suǒyǐ cái huì rúcǐ lìng rén yìnxiàng shēnkè

生詞 shēngcí

Vocabulary

1.	撥雲見日	bō yún jiàn rì	dispel the clouds and see the sun
2.	撥開	bōkāi	to push aside
3.	雲霧	yúnwù	clouds and mist; fog
4.	疑惑	yíhuò	doubt; to doubt
5.	解答	jiědá	an answer; to explain; to answer; to solve
6.	順利	shùnlì	smoothly; successfully
7.	最近	zuìjìn	recently; lately; the newest
8.	連續劇	liánxùjù	dramatic series
9.	劇中	jùzhōng	in a play; in a dramatic performance
10.	男主角	nánzhǔjiǎo	(a/the) lead male role
11.	研究	yánjiù	to study; to research; analysis
12.	科學	kēxué	science; scientific knowledge
13.	研究員	yánjiùyuán	a researcher
14.	負責	fùzé	to be in charge of; to be responsible for; to manage
15.	分析	fēnxī	an analysis; to analyze
16.	歹徒	dǎitú	a gangster; an outlaw; a bandit

17.	心理狀態	xīnlǐzhuàngtài	mentality; state of mind
18.	協助	xiézhù	to help; to give assistance; to assist
19.	破案	pòàn	to break/solve a criminal case
20.	犯罪	fànzuì	to commit (a crime); to commit; an offense
21.	事件	shìjiàn	an event; happenings; an incident
22.	傳統	chuántǒng	traditions; conventions
23.	推理劇	tuīlǐjù	a detective drama
24.	敏銳	mǐnruì	sharp; acute; keen; penetrative
25.	觀察力	guānchálì	observation
26.	理論	lǐlùn	theory
27.	辦案	bànàn	to handle a case
28.	廣泛	guǎngfàn	generally; extensively
29.	戲裡	xìlǐ	a play; a show; a performance
30.	人類	rénlèi	man; humanity; humankind
31.	判別	pànbié	to differentiate
32.	異性	yìxìng	the opposite sex
33.	注意	zhùyì	to pay attention to; to take notice of
34.	說謊	shuōhuǎng	to tell a lie; to lie
35.	不自覺	búzìjué	unconsciously

36.	瞄	miáo	to aim; to set one's sights on
37.	生動	shēngdòng	vivid; lively; lifelike; colorful
38.	劇情	jùqíng	the plot of a play; synopsis
39.	令人	lìngrén	to make someone feel sth; to cause someone to do sth.
40.	深刻	shēnkè	deep; profound

⑥【披星戴月】[1]
pī xīng dài yuè

Part of Speech	Connotation	Example
Verb / SV (adj.)	+/-	每天披星戴月

解 釋：jiěshì

身 上 披[2]著 星光[3]，頭頂[4]上 有 月亮。這句 成語 的
shēnshàng pī zhe xīngguāng　tóudǐngshàng yǒu yuèliàng zhè jù chéngyǔ de

意思 是 指 早 出 晚 歸[5]，或是 連 夜 趕路[6]，非常 辛苦。
yìsi shì zhǐ zǎo chū wǎn guī　huòshì lián yè gǎnlù　fēicháng xīnkǔ

Explanation/Definition: To drape the stars and wear the moon. This idiom means to go to work before dawn and come home after dark, or hurry on one's way at night. Very toilsome.

例 文：lìwén

根據[7] 一項 調查[8]，有 超過 百分 之 三十 的 父母親
gēnjù yíxiàng diàochá yǒu chāoguò bǎifēn zhī sānshí de fùmǔqīn

曾 經 替 子女 還[9]過 卡債[10]。可見 在 享 受[11]刷卡[12]的 方便
céngjīng tì zǐnǚ huánguò kǎzhài kějiàn zài xiǎngshòu shuākǎ de fāngbiàn

時，很多人是 沒有 想 過 錢 要 從 哪裡 來 的。
shí hěnduō rén shì méiyǒu xiǎngguò qián yào cóng nǎlǐ lái de

陳 伯伯 的 兒子，小東，就 是 一個 典型[13] 的 例子[14]。
Chén bóbo de érzi Xiǎo Dōng jiù shì yíge diǎnxíng de lìzi

小 東 在 大學 畢業[15] 以後，便 迷戀[16] 上 了 刷卡 的 快感[17]，
Xiǎo Dōng zài dàxué bìyè yǐhòu biàn míliànshàng le shuākǎ de kuàigǎn

東買 西買，不 知 不 覺[18]，竟然 欠[19] 下 了 數十萬 元 的
dōngmǎi xīmǎi bù zhī bù jué jìngrán qiàn xià le shùshíwàn yuán de

卡債。為了 還 清[20] 債務[21]，他 早 上 四點 就 要 出門 去 送
kǎzhài wèile huánqīng zhàiwù tā zǎoshàng sìdiǎn jiù yào chūmén qù sòng

報紙；九點 再 到 公司 上 班，傍 晚 下班 之後 到 餐廳
bàozhǐ jiǔdiǎn zài dào gōngsī shàngbān bāngwǎn xiàbān zhīhòu dào cāntīng

洗碗；晚 上 再去 加油站 打工，一直 到 半夜 才 能 回家
xǐwǎn wǎnshàng zài qù jiāyóuzhàn dǎgōng yìzhí dào bànyè cáinéng huíjiā

休息。這 種 披 星 戴 月 的 辛苦[22] 日子，一共 維持[23] 了
xiūxí zhè zhǒng pī xīng dài yuè de xīnkǔ rìzi yígòng wéichí le

兩 年。現在，小 東 改變[24] 了 他 的 花錢 方式，量 入
liǎng nián xiànzài Xiǎo Dōng gǎibiàn le tā de huāqián fāngshì liàng rù

為 出[25]，因為 欠債 的 感覺 真 的 很 不 好。
wéi chū yīnwèi qiànzhài de gǎnjué zhēn de hěn bù hǎo

生詞 shēngcí Vocabulary

1.	披星戴月	pī xīng dài yuè	to get up by starlight and not put tools down until the moon rises; to work from before dawn until after dark
2.	披	pī	to drape over; to split
3.	星光	xīngguāng	starlight; starshine
4.	頭頂	tóudǐng	the top of the head
5.	早出晚歸	zǎo chū wǎn guī	to get up early and stay out late
6.	趕路	gǎnlù	to catch up; to hurry on one's way
7.	根據	gēnjù	based on; according to
8.	調查	diàochá	to investigate; to examine; to enquire into sth.
9.	還	huán	to do or give something in return
10.	卡債	kǎzhài	credit card debt
11.	享受	xiǎngshòu	to enjoy; to have the use of
12.	刷卡	shuākǎ	swipe a credit card
13.	典型	diǎnxíng	a typical case; a model case
14.	例子	lìzi	an example; an instance; for example; such as

15.	畢業	bìyè	to graduate
16.	迷戀	míliàn	to be infatuated with
17.	快感	kuàigǎn	a pleasant sensation/feeling
18.	不知不覺	bù zhī bù jué	unconsciously; unknowingly
19.	欠	qiàn	to owe
20.	還清	huánqīng	to pay off a debt
21.	債務	zhàiwù	a debt; an amount due
22.	辛苦	xīnkǔ	to work hard; toilsome
23.	維持	wéichí	to keep; to hold; to preserve
24.	改變	gǎibiàn	to change; a shift
25.	量入為出	liàng rù wéi chū	keep expenditures within the limits of income; live within one's means

7 【眾星拱月】[1]
zhòng xīng gǒng yuè

Part of Speech	Connotation	Example
Noun	+	像是眾星拱月一般

解釋：jiěshì

天上 許多的 星星 環繞[2] 著 月亮。用 來 比喻 許多人
tiānshàng xǔduō de xīngxing huánrào zhe yuèliàng yòng lái bǐyù xǔduō rén

一起 圍繞[3] 擁護[4] 著 一個人。
yìqǐ wéirào yǒnghù zhe yíge rén

Explanation/Definition: Many stars surrounding the moon in the sky. A metaphor that describes a leading man surrounded by many people.

例文：lìwén

凱蒂是 一個 模特兒[5]。她 長 得 漂 亮，身材 又 好，還
Kǎidì shì yíge mótèr tā zhǎngde piàoliàng shēncái yòu hǎo hái

有 一頭烏黑的 長髮，許多 名牌[6]的 服裝[7] 公司 都 找 她
yǒu yìtóu wūhēi de chángfǎ xǔduō míngpái de fúzhuāng gōngsī dōu zhǎo tā

拍 廣告[8]。她 不但 氣質[9] 優雅[10]、聲 音 溫柔，還 會 講 中
pāi guǎnggào tā búdàn qìzhí yōuyǎ shēngyīn wēnróu hái huì jiǎng zhōng

文、英文 和 日文，因此 一直 有 電視臺[11] 想 找 她 去
wén yīngwén hàn rìwén yīncǐ yìzhí yǒu diànshìtái xiǎng zhǎo tā qù

主持[12] 節目[13]。
zhǔchí jiémù

迷人[14] 的 凱蒂，身 邊 總是 有 一大群 男士[15]， 像 眾
mírén de Kǎidì shēnbiān zǒngshì yǒu yídàqún nánshì xiàng zhòng

星 拱 月 一般[16] 的
xīng gǒng yuè yìbān de

圍繞著 她。 正 當
wéiràozhe tā zhèngdāng

大家 好奇 的 猜測[17]，
dàjiā hàoqí de cāicè

到底 是 哪位 有錢
dàodǐ shì nǎwèi yǒuqián

的 大 老闆 或是 帥氣[18]
de dà lǎobǎn huòshì shuàiqì

的 大 明星 可以
de dà míngxīng kěyǐ

追求[19] 到 她 時，她 卻
zhuīqiú dào tā shí tā què

突然 宣布[20] 要 和 認識
túrán xuānbù yào hàn rènshì

多年 的 高中同學
duōnián de gāozhōngtóngxué

結婚。記者 問 她 原因，她 笑笑 的 說：「因為 只有 他
jiéhūn　　jìzhě wèn tā yuányīn tā xiàoxiao de shuō　　yīnwèi zhǐyǒu tā

願意 和 沒有 化粧²¹ 的我，一起 穿 著 短褲 拖鞋 去 吃
yuànyì hàn méiyǒu huàzhuāng de wǒ　　yìqǐ chuān zhe duǎnkù tuōxié qù chī

滷肉飯。 」
lǔròufàn

生詞 shēngcí Vocabulary

1.	眾星拱月	zhòng xīng gǒng yuè	a myriad of stars surrounding the moon; a host of lesser lights around the brightest one
2.	環繞	huánrào	to surround; to encircle; to go around; around
3.	圍繞	wéirào	to surround; to encircle; to go around; around
4.	擁護	yǒnghù	to support; to stand up for; to advocate
5.	模特兒	mótèr	a model
6.	名牌	míngpái	a famous/well-known/name brand
7.	服裝	fúzhuāng	clothes; clothing
8.	廣告	guǎnggào	an advertisement; a commercial
9.	氣質	qìzhí	class; poise
10.	優雅	yōuyǎ	elegant

11.	電視臺	diànshìtái	a TV station
12.	主持	zhǔchí	to host; to take charge of; to direct
13.	節目	jiémù	a program/show
14.	迷人	mírén	charming; fascinating; glamorous
15.	男士	nánshì	a gentleman
16.	一般	yìbān	generally; in general; usual(ly)
17.	猜測	cāicè	to guess; to make a guess
18.	帥氣	shuàiqì	handsome
19.	追求	zhuīqiú	to seek; to pursue; pursuit
20.	宣布	xuānbù	to announce; to declare
21.	化粧	huàzhuāng	make-up

【斬草除根】[1]
zhǎn cǎo chú gēn

Part of Speech	Connotation	Example
Verb	+	一定要斬草除根

解釋： jiěshì

除草[2] 一定 要 連 根 拔 起[3]。比喻 將 處置[4] 的 對象 從
chúcǎo yídìng yào lián gēn bá qǐ bǐyù jiāng chǔzhì de duìxiàng cóng

根本 消滅[5]，不讓 它 有 再 度 發 生 的 機會。
gēnběn xiāomiè búràng tā yǒu zài dù fāshēng de jīhuì

Explanation/Definition: To root up the grass. A metaphor that describes eliminating something thoroughly and never allowing it to happen again.

例文： lìwén

老 吳 有 心臟病[6]，醫生 勸[7] 他 要 戒菸[8]。醫生 說：
Lǎo Wú yǒu xīnzàngbìng yīshēng quàn tā yào jièyān yīshēng shuō

「如 果 沒辦法 一下子 就 把 菸 戒掉，那麼 就 先
rú guǒ méibànfǎ yíxiàzi jiù bǎ yān jièdiào nàme jiù xiān

改 成 只在 飯 後 抽 一根 菸，如何？」過了 一段 時間，
gǎichéng zhǐzài fàn hòu chōu yìgēn yān rúhé guòle yíduàn shíjiān

醫生 發現 老吳 不但 心臟病 沒有 好，還 得了 胃病[9]。
yīshēng fāxiàn Lǎo Wú búdàn xīnzàngbìng méiyǒu hǎo hái déle wèibìng

醫生 覺得 很 奇怪，問 老吳 最近 有 沒 有 亂 吃
yīshēng juéde hěn qíguài wèn Lǎo Wú zuìjìn yǒu méi yǒu luàn chī

東西，老吳 回答：「我 為了 遵守[10] 你 的 要求，只 能 在 飯
dōngxi Lǎo Wú huí dá wǒ wèile zūnshǒu nǐ de yāoqiú zhǐnéng zài fàn

後 抽 一根 菸，所以 每天 至少 吃六餐 飯……」
hòu chōu yìgēn yān suǒyǐ měitiān zhìshǎo chīliùcān fàn

有 一句 話 說：「斬草 不 除 根，春 風 吹 又 生[11]。」
yǒu yíjù huà shuō zhǎn cǎo bù chú gēn chūn fēng chuī yòu shēng

意思 是 農夫 在 除草 的 時候，如果 沒有 將 草 連 根 拔
yìsi shì nóngfū zài chúcǎo de shíhòu rúguǒ méiyǒu jiāng cǎo lián gēn bá

起，到 了 春天 的 時候，雜草[12] 就 會 又 長 出來 了。想
qǐ dào le chūntiān de shíhòu zácǎo jiù huì yòu zhǎng chūlái le xiǎng

要 改掉 自己 原來 的 習慣，一定 要 下定 決心，斬 草 除
yào gǎidiào zìjǐ yuánlái de xíguàn yídìng yào xiàdìng juéxīn zhǎn cǎo chú

根 才 行。否則 像 老吳 這樣，永遠 想著 還 可以
gēn cái xíng fǒuzé xiàng LǎoWú zhèyàng yǒngyuǎn xiǎngzhe hái kěyǐ

再 抽 一根 菸，是 不可能 戒菸 成 功 的。
zài chōu yìgēn yān shì bùkěnéng jièyān chénggōng de

生詞
shēngcí

Vocabulary

1.	斬草除根	zhǎn cǎo chú gēn	to root out; to exterminate sth.; root and branch
2.	除草	chúcǎo	to weed
3.	連根拔起	lián gēn bá qǐ	to root out/up; uproot
4.	處置	chǔzhì	to punish; to dispose of
5.	消滅	xiāomiè	to wipe out; to die out; to eliminate
6.	心臟病	xīnzàngbìng	heart disease
7.	勸	quàn	to advise; to persuade; to encourage
8.	戒菸	jièyān	to give up smoking
9.	胃病	wèibìng	(a) stomach ailment
10.	遵守	zūnshǒu	to observe; to comply with; to adhere to
11.	斬草不除根，春風吹又生 zhǎn cǎo bù chú gēn chūn fēng chuī yòu shēng		if the roots are not removed when weeding, the weeds will return next spring
12.	雜草	zácǎo	weed(s)

⑨【排山倒海】[1]
pái shān dǎo hǎi

Part of Speech	Connotation	Example
Noun	+	排山倒海而來

解釋：jiěshì

推開[2] 高山，翻倒[3] 大海。形容 數量 或 氣勢 非常 的
tuīkāi gāoshān fāndǎo dà hǎi xíngróng shùliàng huò qìshì fēicháng de

大，讓 人 沒有 辦法[4] 抵擋[5]。
dà ràng rén méiyǒu bànfǎ dǐdǎng

Explanation/Definition: To part the mountain(s) and turn the sea(s) upside down. Describes an amount or momentum large enough to render one unable to withstand or resist.

例文：lìwén

在 澳洲[6] 有 一種 叫做 伊魯康吉[7]（Irukandji）的
zài Àozhōu yǒu yìzhǒng jiàozuò yīlǔkāngjí de

水母[8]，雖然 牠 的 體型[9] 很小，只有 一顆 花生米[10] 那麼
shuǐmǔ suīrán tā de tǐxíng hěnxiǎo zhǐyǒu yìkē huāshēngmǐ nàme

大，但是 卻 具有 很 強 的 毒性[11]。近年 來 已經 有 許多
dà dànshì què jùyǒu hěn qiáng de dúxìng jìnnián lái yǐjīng yǒu xǔduō

遊客 被 這 種 水母 螫傷[12]，甚至 死亡。傑米 和 他的
yóukè bèi zhèzhǒng shuǐmǔ zhēshāng shènzhì sǐwáng Jiémǐ hàn tā de

同事 德瑞莎 是 研究 海洋[13] 生物[14] 的 科學家[15]，他們 決定
tóngshì Déruìshā shì yánjiù hǎiyáng shēngwù de kēxuéjiā tāmen juédìng

親自 到 海裡 尋找
qīnzì dào hǎilǐ xúnzhǎo

這 種 可怕的 水母。
zhèzhǒng kěpà de shuǐmǔ

傑米 和 德瑞莎
Jiémǐ hàn Déruìshā

潛水[16] 到 有 水母 的
qiánshuǐ dào yǒu shuǐmǔ de

海域[17]，仔細 的 觀察
hǎiyù zǐxì de guānchá

和 記錄。雖然 穿 著
hàn jìlù suīrán chuān zhe

厚厚 的 潛水衣，但
hòuhou de qiánshuǐyī dàn

兩 個 人 還 是 不
liǎngge rén hái shì bù

小心 被 水母 螫傷
xiǎoxīn bèi shuǐmǔ zhēshāng

了。他們 的 血壓[18] 立刻 升高， 全 身 不停 的 發抖[19]，
le tāmen de xiěyā lìkè shēnggāo quánshēn bùtíng de fādǒu

疼痛[20] 的 感覺 排 山 倒 海 而來。因為 實在 太 痛苦 了，
téngtòng de gǎnjué pái shān dǎo hǎi érlái yīnwèi shízài tài tòngkǔ le

德瑞莎 忍不住 哭著 大叫：「研究 水母 真是 全 世界 最
Déruìshā rěnbúzhù kūzhe dà jiào yánjiù shuǐmǔ zhēnshì quán shì jiè zuì

愚蠢[21] 的 事！」幸好[22] 在 經過 一個 星期 的 治療[23] 之 後，
yúchǔn de shì xìnghǎo zài jīngguò yíge xīngqí de zhìliáo zhī hòu

他們 恢復 了 健康，也 恢復 了 研究 水母 的 熱情，繼續 到
tāmen huīfù le jiànkāng yě huīfù le yánjiù shuǐmǔ de rèqíng jìxù dào

海裡 完成 任務。 終 於， 他們 成 功 的 捕捉[24] 到
hǎilǐ wánchéng rènwù zhōngyú tāmen chénggōng de bǔzhuō dào

伊魯康吉 水母，並且 拍攝[25] 了 紀錄片[26]，讓 大家 更 了解
yīlǔkāngjí shuǐmǔ bìngqiě pāishè le jìlùpiàn ràng dàjiā gèng liǎojiě

這 種 危險 的 小 生物。
zhèzhǒng wéixiǎn de xiǎo shēngwù

生詞
shēngcí

Vocabulary

1. 排山倒海　pái shān dǎo hǎi　an avalanche; a massive landslide; a slump

2.	推開	tuīkāi	push; push away
3.	翻倒	fāndǎo	upset; overturn
4.	辦法	bànfǎ	a way; a means; a method
5.	抵擋	dǐdǎng	to withstand; to resist
6.	澳洲	Àozhōu	Australia
7.	伊魯康吉	yīlǔkāngjí	Irukandji
8.	水母	shuǐmǔ	jellyfish
9.	體型	tǐxíng	type of build/body
10.	花生米	huāshēngmǐ	peanut(s)
11.	毒性	dúxìng	toxicity; poisonous; virulent
12.	螫傷	zhēshāng	sting
13.	海洋	hǎiyáng	ocean; sea
14.	生物	shēngwù	a biological organism
15.	科學家	kēxuéjiā	scientist
16.	潛水	qiánshuǐ	diving; skin diving
17.	海域	hǎiyù	sea area; maritime space; waters
18.	血壓	xiěyā	blood pressure
19.	發抖	fādǒu	to shiver; to shake; to shudder
20.	疼痛	téngtòng	a pain; an ache; an irritation; soreness
21.	愚蠢	yúchǔn	stupid; foolish; silly

22.	幸好	xìnghǎo	fortunately; luckily; happily; just as well
23.	治療	zhìliáo	to treat; to cure; to remedy
24.	捕捉	bǔzhuō	to chase or hunt down; to catch; to capture
25.	拍攝	pāishè	to take a picture; to shoot; to film
26.	紀錄片	jìlùpiàn	a documentary film

⑩【花前月下】[1]
huā qián yuè xià

Part of Speech	Connotation	Example
Noun	+	在花前月下約會

解釋：jiěshì

在 美麗 的 花朵 之前，在 潔白[2] 的 月光[3] 之下。原 本 是
zài měilì de huāduǒ zhīqián zài jiébái de yuèguāng zhīxià yuán běn shì

指 景色 優美 的 地方，現在 大 多 是 用來 形容 氣氛[4] 很
zhǐ jǐngsè yōuměi de dìfāng xiànzài dà duō shì yònglái xíngróng qìfēn hěn

浪 漫，適合 情侶[5] 談 情 說 愛[6] 的 環境。
làngmàn shìhé qínglǚ tán qíng shuō ài de huánjìng

Explanation/Definition: A romantic place for lovers-like standing before beautiful flowers under the clear moonlight.

例文：lìwén

二月 十四日 是 西洋[7] 的 情人節，許多 戀愛[8] 中 的 情
èryuè shísìrì shì xīyáng de qíngrénjié xǔduō liànài zhōng de qíng

侶，總是 會 提早 計畫 約會 地點，找 一個 景色 優美 的 地
lǚ zǒngshì huì tízǎo jìhuà yuēhuì dìdiǎn zhǎo yíge jǐngsè yōuměi de dì

方，度過這個 重要 的日子。想 像 一下，在花前月下和心愛的人談 情 說 愛，是多麼 浪漫 的一件事啊！只是，想要 挑選[9] 出 一個特別的 約會 地點，似乎不太 容易。如果你也有 這樣子的困擾[10]，不妨[11] 試試看現在 流行 的「偶像劇[12] 景點[13] 約會」。

所謂[14] 的 偶像劇，大部分 都 是 由 俊[15]男 美女 主演 的愛情 故事。現在 有 越 來 越 多 的 情侶，喜歡 到 偶像劇中 的 拍攝 地點 遊玩[16]。走 在 熟悉[17] 的 場景[18]中，回想著 感人[19]的 情節，假 裝[20] 自己就是 劇中的 主角，經歷[21] 一段 童話[22]般[23] 的戀愛。這 種 充滿 想 像 的約會 安排，應該 會 是 一次 難忘[24]的美好 經驗 喔！

生詞 shēngcí Vocabulary

1.	花前月下	huā qián yuè xià	before the flowers and under the moon; ideal setting for a couple in love
2.	潔白	jiébái	spotless white
3.	月光	yuèguāng	moonlight; a moonbeam; moonshine
4.	氣氛	qìfēn	an atmosphere; a mood; ambience
5.	情侶	qínglǚ	a couple; lovers
6.	談情說愛	tán qíng shuō ài	to be courting
7.	西洋	xīyáng	the West; the Western world
8.	戀愛	liànài	to love; to be in love
9.	挑選	tiāoxuǎn	to choose; to select; to pick out
10.	困擾	kùnrǎo	to perplex; to bother
11.	不妨	bùfáng	might as well; just as well
12.	偶像劇	ǒuxiàngjù	celebrity drama
13.	景點	jǐngdiǎn	scenic spot(s)
14.	所謂	suǒwèi	so-called
15.	俊	jùn	handsome; pretty; good-looking
16.	遊玩	yóuwán	sightseeing; to travel

17.	熟悉	shúxī	to know sth. or sb. well; to be familiar with
18.	場景	chǎngjǐng	scene
19.	感人	gǎnrén	touching; impressive; heart-stirring
20.	假裝	jiǎzhuāng	to disguise; to pretend; to fake
21.	經歷	jīnglì	an experience; a lesson
22.	童話	tónghuà	fairytales; stories for children
23.	般	bān	such; like this; thus
24.	難忘	nánwàng	unforgettable; impressive

⑪【柳暗花明】[1]
liǔ àn huā míng

Part of Speech	Connotation	Example
Noun	+	希望能夠柳暗花明

解釋：jiěshì

柳樹[2] 的 葉子 長 得 很 茂密[3] 形成了 樹蔭[4]，四周 長 滿
liǔshù de yèzi zhǎngde hěn màomì xíngchéngle shùyìn sìzhōu zhǎngmǎn

了 色彩[5] 鮮豔[6] 美麗 的 花朵。用來 形 容 美麗 的 風景，
le sècǎi xiānyàn měilì de huāduǒ yònglái xíngróng měilì de fēngjǐng

或者 比喻 原本 不抱 希望的 事情 有 了 轉機[7]。
huòzhě bǐyù yuánběn bú bào xīwàng de shìqíng yǒu le zhuǎnjī

Explanation/Definition: A hopeless situation turns for the better-like finally finding a beautiful village hidden behind many willows and flowers.

例文：lìwén

宋代 的 詩人[8] 陸 游[9]，因為 沒 有 受 到 皇帝 的
Sòngdài de shīrén Lù Yóu yīnwèi méiyǒu shòudào huángdì de

重用[10]，只好 失望 地[11] 回 到 故鄉[12]。有一天，他 到
zhòngyòng　　zhǐhǎo shīwàng de　huí dào gùxiāng　　yǒuyìtiān　　tā dào

郊外[13] 去 散心，無意間[14] 走到 了 一個 農村[15]，受到 農人們
jiāowài qù sànxīn　wúyìjiān　zǒudào le yíge nóngcūn　　shòudào nóngrénmen

熱情 的 招待。於是，他 有 感 而 發[16] 的 寫下 了〈遊山西村〉
rèqíng de zhāodài　yúshì　　tā yǒu gǎn ér fā　de xiěxià le　Yóushānxīcūn

這 首 詩。詩 的 最後 兩句 是：「山 重 水 複 疑 無路，柳
zhè shǒu shī　shī de zuìhòu liǎngjù shì　　shān chóng shuǐ fù yí wú lù　　liǔ

暗 花 明 又 一 村。」意思 是 說，前面 有 許多 的 高 山
àn huā míng yòu yì cūn　　yìsi　shì shuō qiánmiàn yǒu xǔduō de gāoshān

和 河流 阻擋[17] 著，看起來 好 像 已經 無路 可 走。沒 想 到
hàn héliú zǔdǎngzhe　　kànqǐlái hǎoxiàng yǐjīng wúlù kě zǒu　méixiǎngdào

繞過去 之後，在 一大片 濃密[18] 的 柳樹 和 鮮 花 後 面，竟然
ràoguòqù zhīhòu　zài yídàpiàn nóngmì de liǔshù hàn xiānhuā hòumiàn　　jìngrán

有 一個 美麗 的 村 莊 。也 因為 這 樣，陸 游 體會到：
yǒu yíge měilì de cūnzhuāng　yě yīnwèi zhèyàng　Lù Yóu tǐhuìdào

人 在 遇到 困 難 的 時候 不要 灰心[19]，說不定，很 快 事情
rén zài yùdào kùnnán de shíhòu búyào huīxīn　　shuō bú dìng　hěn kuài shìqíng

就 有 好 轉 的 機會。他 也 因此 振作 起來，做 了 許多 對
jiù yǒu hǎozhuǎn de jīhuì　tā yě yīncǐ zhènzuò qǐlái　zuò le xǔduō duì

百 姓 有 幫助 的 事情。
bǎixìng yǒu bāngzhù　de shìqíng

　　有 時候，我們 覺得 事 情 已經 不 可 能 成 功 ， 正
　　yǒu shíhòu　wǒmen juéde shìqíng yǐjīng bù kěnéng chénggōng　　zhèng

準備 要 放棄[20]，沒 想到 柳 暗 花 明，突然 情勢 有 了
zhǔnbèi yào fàngqì　méixiǎngdào liǔ àn huā míng　túrán qíngshì yǒu le

改變，事情 順利 的 進行。這 種 意外 的 驚喜，感覺 比
gǎibiàn shìqíng shùnlì de jìnxíng zhè zhǒng yìwài de jīngxǐ gǎnjué bǐ

快速 得到 勝利[21]，還 要 更 令人 激動[22]。
kuàisù dédào shènglì hái yào gèng lìngrén jīdòng

生詞 shēngcí — Vocabulary

1.	柳暗花明	liǔ àn huā míng	to take a turn for the better; to start to improve
2.	柳樹	liǔshù	a willow (tree)
3.	茂密	màomì	dense; thick; bushy
4.	樹蔭	shùyìn	shade; the shade of a tree; a leafy shade
5.	色彩	sècǎi	color(s)
6.	鮮豔	xiānyàn	colorful; brightly colored
7.	轉機	zhuǎnjī	to improve; to take a turn for the better
8.	詩人	shīrén	a poet
9.	陸游	lùyóu	Lu You was a Southern Song Dynasty poet
10.	重用	zhòngyòng	to put somebody in an important position
11.	失望地	shīwàngde	disappointed; disappointedly

12.	故鄉	gùxiāng	a birthplace; a hometown
13.	郊外	jiāowài	the suburbs
14.	無意間	wúyìjiān	unintentionally
15.	農村	nóngcūn	the countryside; a rural area/village
16.	有感而發	yǒu gǎn ér fā	to make a comment from a personal feeling
17.	阻擋	zǔdǎng	to stop; to stem; to resist; to obstruct; to block
18.	濃密	nóngmì	dense; heavy; bushy; luxuriant
19.	灰心	huīxīn	to be disheartened/discouraged; to lose confidence
20.	放棄	fangqì	to give up; to abandon; to back down
21.	勝利	shènglì	a victory; success; win
22.	激動	jīdòng	excited; flushed; agitated; worked up

⑫【水落石出】[1]
shuǐ luò shí chū

Part of Speech	Connotation	Example
SV (adj.) / Noun	+	事實終於水落石出了。

解釋：jiěshì

溪裡 的 水 變 少 了，水位[2] 降低[3]，底下 的 石頭 就 顯露[4]
xīlǐ de shuǐ biàn shǎo le shuǐwèi jiàngdī dǐxià de shítou jiù xiǎnlù

出來。用來 比喻 事情 的 真 相[5] 被 發現。
chūlái yònglái bǐyù shìqíng de zhēnxiàng bèi fāxiàn

Explanation/Definition: When the water subsides, the rocks emerge. A metaphor that describes finally discovering the truth.

例文：lìwén

幾年 前，在 美國 的 一個 私人[6] 網 站[7] 裡，刊登[8] 了 一則
jǐnián qián zài měiguó de yíge sīrén wǎngzhàn lǐ kāndēng le yìzé

製作[9] 「瓶 中 貓」 的 文 章。 文 章 中 教導[10] 大家，
zhìzuò píng zhōng māo de wénzhāng wénzhāngzhōng jiàodǎo dàjiā

如何 將 幼小 的 貓咪 放入 玻璃瓶[11] 中 飼養[12]。該 網 站 的
rúhé jiāng yòuxiǎo de māomī fàngrù bōlíping zhōng sìyǎng gāi wǎngzhàn de

站長[13] 還 宣稱[14]，自己 發明 了 一種 使 骨頭[15] 軟化[16] 的
zhànzhǎng hái xuānchēng zìjǐ fāmíng le yìzhǒng shǐ gǔtou ruǎnhuà de

藥物，可以 讓 小貓 永遠 長不大。整篇 文章 的
yàowù kěyǐ ràng xiǎomāo yǒngyuǎn zhǎngbúdà zhěngpiān wénzhāng de

內容 除了有 詳細 的 文字 介紹 之外，還 附上 小貓 被
nèiróng chúle yǒu xiángxì de wénzì jièshào zhīwài hái fùshàng xiǎomāo bèi

擠在 玻璃瓶中 的 照片。這個 消息 透過 網路 快速 的
jǐzài bōlípíngzhōng de zhàopiàn zhèige xiāoxí tòuguò wǎnglù kuàisù de

流傳，很快的，新聞 媒體 也 加以 報導。因為 這 種
liúchuán hěn kuài de xīnwén méitǐ yě jiā yǐ bàodǎo yīnwèi zhè zhǒng

飼養 貓咪 的 方式 太過 殘忍[17]，引發[18] 了 保育[19] 團體 的
sìyǎng māomī de fāngshì tàiguò cánrěn yǐnfā le bǎoyù tuántǐ de

抗議[20]，美國 的 聯邦 調查局[21]（FBI）也 介入[22] 調查。
kàngyì měiguó de liánbāng diàochájú yě jièrù diàochá

經過 一段 時間 的 追查，真 相 終於 水 落 石 出。
jīngguò yíduàn shíjiān de zhuīchá zhēnxiàng zhōngyú shuǐ luò shí chū

原來 這 是 一群 學生 想出來 的 惡作劇[23]，網站 裡
yuánlái zhè shì yìqún xuéshēng xiǎngchūlái de èzuòjù wǎngzhàn lǐ

面 的 內容 都 是 騙人[24] 的，照片 也 是 假 的。即使
miàn de nèiróng dōu shì piànrén de zhàopiàn yě shì jiǎ de jíshǐ

如此，大批 的 網友 還是 不斷 的 抗議，要求 嚴重 的
rúcǐ dàpī de wǎngyǒu háishì búduàn de kàngyì yaoqiú yánzhòng de

處罰 這些 學生。因為 拿 小動物 來 開玩 笑，實在 是
chǔfá zhè xiē xuéshēng yīn wèi ná xiǎodòngwù lái kāiwán xiào shízài shì

太 過分 了。
tài guòfèn le

生詞 Vocabulary
shēngcí

1.	水落石出	shuǐ luò shí chū	when the water ebbs, stones will appear; the truth has at last been revealed
2.	水位	shuǐwèi	water level; watermark
3.	降低	jiàngdī	to lower; to reduce; to drop
4.	顯露	xiǎnlù	to manifest; to show; to display
5.	真相	zhēnxiàng	truth
6.	私人	sīrén	private
7.	網站	wǎngzhàn	website
8.	刊登	kāndēng	to print in a publication; to publish
9.	製作	zhìzuò	to make; to manufacture; to fabricate
10.	教導	jiàodǎo	to instruct; to teach; to give guidance; teaching
11.	玻璃瓶	bōlípíng	a glass bottle
12.	飼養	sìyǎng	to raise; to rear; to breed

13.	站長	zhànzhǎng	the head of a station, center, etc.; a stationmaster
14.	宣稱	xuānchēng	claim; declare
15.	骨頭	gǔtou	bone
16.	軟化	ruǎnhuà	to become more amenable; to melt
17.	殘忍	cánrěn	cruel; ruthless; merciless; brutal
18.	引發	yǐnfā	cause
19.	保育	bǎoyù	conservation
20.	抗議	kàngyì	to protest; to object
21.	聯邦調查局	liánbāngdiàochájú	Federal Bureau of Investigation (FBI)
22.	介入	jièrù	to intervene; to step in; to get between
23.	惡作劇	èzuòjù	to play a practical joke on
24.	騙人	piànrén	to deceive people; to cheat others

⑬【鳥語花香】[1]
niǎo yǔ huā xiāng

Part of Speech	Connotation	Example
SV (adj.) / Noun	+	這裡真是鳥語花香

解釋：jiěshì

鳥 的 叫聲[2] 好聽，花 的 氣味[3] 芳香[4]。形容 春天 時
niǎo de jiàoshēng hǎotīng huā de qìwèi fāngxiāng xíngróng chūntiān shí

大自然 優美 的 景象[5]。
dàzìrán yōuměi de jǐngxiàng

Explanation/Definition: Birds sing and flowers radiate their fragrance. Describes a joyous springtime scene.

例文：lìwén

趁著[6] 假日 天氣 不錯，小 吳 帶 全家人 到 陽 明 山
chènzhe jiàrì tiānqì búcuò Xiǎo Wú dài quánjiārén dào Yángmíng Shān

賞花[7]。為了 避開 人潮[8]，他們 一 大 清 早 就 從 家裡
shǎnghuā wèile bìkāi réncháo tāmen yí dà qīng zǎo jiù cóng jiālǐ

出發。到 了 目的地[9]，耳邊 便 傳來 鳥兒 悅耳[10] 的 叫 聲，
chūfā dào le mùdìdì ěrbiān biàn chuánlái niǎoér yuèěr de jiàoshēng

小吳 趁機[11] 告訴 孩子們「早起 的 鳥兒 有 蟲 吃」[12] 的
Xiǎo Wú chènjī gàosù háizimen zǎoqǐ de niǎoér yǒu chóng chī de

道理[13]。走著 走著，前方 出現 了 一整排 盛開[14] 的
dàolǐ zǒu zhe zǒu zhe qiánfāng chūxiàn le yìzhěngpái shèngkāi de

櫻花[15]。孩子們 看到 這麼 大片 的 紅色 花海，立刻 精神
yīnghuā háizimen kàndào zhème dàpiàn de hóngsè huāhǎi lìkè jīngshén

百倍[16]，興奮[17] 地 跑 來
bǎibèi xìngfèn de pǎo lái

跑 去。 小吳 則是
pǎo qù Xiǎo Wú zéshì

拿起 照相機[18]，不停 的
náqǐ zhàoxiàngjī bùtíng de

按著[19] 快門[20] 猛 拍。
ànzhe kuàimén měngpāi

除了 美麗 的 櫻花樹，
chúle měilì de yīnghuāshù

這裡 還有 可愛 的
zhèlǐ háiyǒu kěài de

杜鵑花[21]， 紅 的、
dùjuānhuā hóng de

白 的、 粉紅的 各色
bái de fěnhóng de gèsè

花瓣[22]，把 山上 的
huābàn bǎ shānshàng de

景色 點綴²³得 鮮豔 繽紛²⁴′²⁵。
jǐngsè diǎnzhuìde xiānyàn bīnfēn

走累 了，全家人 到附近 的 涼亭²⁶ 休息 一下。小 吳
zǒulèi le quánjiārén dào fùjìn de liángtíng xiūxí yíxià Xiǎo Wú

喝著 太太 親手²⁷ 泡²⁸ 的 熱茶，欣 賞 四周 鳥語花香 的
hēzhe tàitai qīnshǒu pào de rèchá xīnshǎng sìzhōu niǎo yǔ huā xiāng de

美景，享 受 難得 的 悠閒²⁹ 心情。最後，全家人 懷著
měijǐng xiǎngshòu nándé de yōuxián xīnqíng zuìhòu quánjiārén huáizhe

滿足 而 愉快的 心情 回家，結束 這次 快樂的 旅行。
mǎnzú ér yúkuài de xīnqíng huíjiā jiéshù zhècì kuàilè de lǚxíng

生詞 shēngcí Vocabulary

1.	鳥語花香	niǎo yǔ huā xiāng	birds sing and flowers radiate their fragrance; a joyous scene in spring
2.	叫聲	jiàoshēng	yell; call
3.	氣味	qìwèi	a scent; a smell; an odor
4.	芳香	fāngxiāng	a fragrance; an aroma; sweetness; perfume
5.	景象	jǐngxiàng	scenery; a landscape
6.	趁著	chènzhe	while; taking advantage of (an opportunity)
7.	賞花	shǎnghuā	looking at flowers
8.	人潮	réncháo	a lot of people

9.	目的地	mùdìdì	a destination (point); a goal
10.	悅耳	yuèěr	pleasant to the ear; sweet-sounding; musical
11.	趁機	chènjī	to take the opportunity to do sth.
12.	早起的鳥兒有蟲吃 zǎoqǐ de niǎoér yǒu chóng chī		the early bird gets the worm
13.	道理	dàolǐ	a principle; reasonable
14.	盛開	shèngkāi	bloom; flourishing
15.	櫻花	yīnghuā	sakura; cherry blossom(s)
16.	精神百倍	jīngshén bǎibèi	spirit of the times
17.	興奮	xìngfèn	to be excited; exciting
18.	照相機	zhàoxiàngjī	a camera
19.	按著	ànzhe	to press (down)
20.	快門	kuàimén	a (camera) shutter
21.	杜鵑花	dùjuānhuā	rhododendron
22.	花瓣	huābàn	(flower) petal
23.	點綴	diǎnzhuì	to embellish
24.	鮮豔繽紛	xiānyàn bīnfēn	colorful
25.	繽紛	bīnfēn	disorderly; chaotic
26.	涼亭	liángtíng	a pavilion; a gazebo
27.	親手	qīnshǒu	by hand; personally; by oneself
28.	泡	pào	to make (tea); infusion of (tea)
29.	悠閒	yōuxián	easy; leisurely and carefree

14 【草木皆兵】[1]
cǎo mù jiē bīng

Part of Speech	Connotation	Example
SV (adj.)	-	所有人都草木皆兵

解釋： jiěshì

看到 被 風　吹 動　的 雜草[2] 和 樹木，就 以為 是 敵人 的
kàndào bèi fēng chuīdòng de zácǎo hàn shùmù　jiù yǐwéi shì dírén de

軍隊 來 了。用來　形 容　因為 心裡　產 生[3] 懷疑，而 感到
jūnduì lái le yònglái xíngróng yīnwèi xīnlǐ chǎnshēng huáiyí ér gǎndào

恐懼[4] 及 不安。
kǒngjù jí bùān

Explanation/Definition: Every bush and tree looks like an enemy soldier.
Describes a state of extreme nervousness or panic.

例 文： lìwén

西元　三 世紀[5] 中　，苻堅[6] 在 中 國　的　北方 建立[7] 了
xīyuán sān shìjì zhōng Fú Jiān zài Zhōngguó de běifāng jiànlì le

前秦[8] 王朝[9]。　不久 之後，　他 決定　帶領[10] 八十萬 人 的
Qiánqín wángcháo bùjiǔ zhīhòu tā juédìng dàilǐng bāshíwàn rén de

軍隊，要去攻打[11] 南方的東晉[12]。苻堅 原本[13] 信心[14] 滿滿，
jūnduì yào qù gōngdǎ nánfāng de Dōngjìn Fú Jiān yuánběn xìnxīn mǎnman

覺得 一定 會 獲得 勝利。沒 想 到，東晉 的 軍隊 人 雖
juéde yídìng huì huòdé shènglì méixiǎngdào Dōngjìn de jūnduì rén suī

少，卻 非常 善於[15] 作戰，趁著 半夜，跑來 攻擊 苻堅 的
shǎo què fēicháng shànyú zuòzhàn chènzhe bànyè pǎolái gōngjí Fú Jiān de

兵 營[16]，讓 苻 堅 損失[17] 了 許多 兵馬。為了 了解[18] 戰 況[19]，
bīngyíng ràng Fú Jiān sǔnshī le xǔduō bīngmǎ wèile liǎojiě zhànkuàng

苻堅 走上 城樓[20] 去 觀察[21] 四周 環境。他 看到 附近
Fú Jiān zǒushàng chénglóu qù guānchá sìzhōu huánjìng tā kàndào fùjìn

山 上 的 芒草[22] 及 樹木，被 風 吹得 動來 動去，就
shānshàng de mángcǎo jí shùmù bèi fēng chuīde dòng lái dòng qù jiù

以為[23] 是 東晉 的 士兵 在 走動。苻堅 害怕 的 告訴
yǐwéi shì Dōngjìn de shìbīng zài zǒudòng Fú Jiān hàipà de gàosù

身 旁 的 人 說：「看 哪！山 上 到處 都 是 東晉 的
shēnpáng de rén shuō kàn nǎ shānshàng dàochù dōu shì Dōngjìn de

軍隊，看來 他們 是 很 強勁[24] 的 敵人。」後來，苻堅 在
jūnduì kànlái tāmen shì hěn qiángjìng de dírén hòulái Fú Jiān zài

淝水[25] 這個 地方 被 東晉 的 軍隊 打敗，受 了 傷 逃[26]回
Féishuǐ zhèige dìfāng bèi Dōngjìn de jūnduì dǎbài shòu le shāng táo huí

北方 去。
běifāng qù

面對[27] 敵人 的 時候，要 有 足夠[28] 的 勇氣 和 信心。
miànduì dírén de shíhòu yào yǒu zúgòu de yǒngqì hàn xìnxīn

如果 太過 擔心 害怕，就 會 變得 草 木 皆 兵、人 心
rúguǒ tàiguò dānxīn hàipà jiù huì biàndé cǎo mù jiē bīng rén xīn

惶 惶 [29]，還 沒 被 敵人 打敗，就 先 把 自己 嚇死了。
huánghuáng hái méi bèi dírén dǎbài jiù xiān bǎ zìjǐ xiàsǐle

生詞 Vocabulary
shēngcí

1.	草木皆兵	cǎo mù jiē bīng	a state of extreme nervousness; every bush and tree looks like an enemy
2.	雜草	zácǎo	weed(s)
3.	產生	chǎnshēng	to produce; to bring; to result
4.	恐懼	kǒngjù	to fear; to be scared; to be afraid of
5.	世紀	shìjì	a century
6.	苻堅	Fú Jiān	Fu Jian was born in 337 (when the family name was still Pu (蒲)) to Fu Xiong (苻雄) and Lady Gou.
7.	建立	jiànlì	to build up; to establish; to set up; to found
8.	前秦	Qiánqín	The Former Qin (351-394) was a state during the Sixteen Kingdoms period in China.
9.	王朝	wángcháo	a dynasty

10.	帶領	dàilǐng	to lead; to shepherd; to pilot
11.	攻打	gōngdǎ	to attack; to assault; to assail
12.	東晉	Dōngjìn	Eastern Jìn Dynasty
13.	原本	yuánběn	original manuscript; master copy
14.	信心	xìnxīn	confidence; reliance; assurance
15.	善於	shànyú	to be good at; to be apt at; to be adept in
16.	兵營	bīngyíng	a military camp; an army barracks
17.	損失	sǔnshī	a loss/cost; damage
18.	了解	liǎojiě	to understand/comprehend
19.	戰況	zhànkuàng	progress of a battle; situation on the battlefield
20.	城樓	chénglóu	a tower above a city gate; gate tower
21.	觀察	guānchá	an observation; to observe
22.	芒草	mángcǎo	Chinese silver grass
23.	以為	yǐwéi	to think (mistakenly)
24.	強勁	qiǎngjìng	powerful; forceful; strong
25.	淝水	Féishuǐ	the Fei River in Anhwei Province
26.	逃	táo	to run away; to escape; to evade
27.	面對	miànduì	to confront; to front; in the face of
28.	足夠	zúgòu	enough
29.	人心惶惶	rén xīn huáng huáng	anxious; apprehensive; alarming

⑮【移花接木】[1]
yí huā jiē mù

Part of Speech	Connotation	Example
SV (adj.)	-	這都是移花接木的

解釋：jiěshì

原本　是　栽種[2]　花木 的 一種 方法，就是 把 一種 植物
yuánběn　shì　zāizhòng　huāmù　de　yìzhǒng　fāngfǎ　jiùshì　bǎ　yìzhǒng　zhíwù

的 枝葉[3] 剪下，接到 另一種 植物 上 。 現在 則 多 用來
de　zhīyè　jiǎnxià　jiēdào　lìngyìzhǒng　zhíwù　shàng　xiànzài　zé　duō　yònglái

比喻[4]：偷偷 的 把 甲物 換 成 乙物，用 假冒[5] 的 東西 欺騙[6]
bǐyù　　tōutōu　de　bǎ　jiǎwù　huànchéng　yǐwù　yòng　jiǎmào　de　dōngxi　qīpiàn

他人。
tārén

Explanation/Definition: To graft one twig onto another. Describes stealthily substituting one thing for another.

例文：lìwén

　　小 陳 和 朋友 打算 一起 出去 旅行，他們 在 網路
　　Xiǎo Chén　hàn　péngyǒu　dǎsuàn　yìqǐ　chūqù　lǚxíng　tāmen　zài　wǎnglù

上 發現了一家 民宿[7]的 廣告[8]。從 網站 上 的 照片
shàng fāxiàn le yìjiā mínsù de guǎnggào cóng wǎngzhànshàng de zhàopiàn

看起來，那裡 的 風景 非常 漂亮，不但 有 宜人[9]的
kànqǐlái nàlǐ de fēngjǐng fēicháng piàoliàng búdàn yǒu yírén de

庭園[10] 造景[11]，還有 美麗 的 沙灘[12]，而 房間 裡面的 布置[13]
tíngyuán zàojǐng háiyǒu měilì de shātān ér fángjiān lǐmiàn de bùzhì

也 頗[14] 為 雅緻[15]。最 重 要 的是，這 間 民宿 的 價錢[16] 和
yě pǒ wéi yǎ zhì zuì zhòngyào de shì zhè jiān mínsù de jiàqián hàn

一般 的 飯店 比較起來，便宜 很多。 小 陳 和 朋友們
yìbān de fàndiàn bǐjiào qǐlái piányí hěnduō Xiǎo Chén hàn péngyǒumen

看 了很 滿意[17]，打了 電話 去 訂房，就 開心 的 出發[18] 去
kàn le hěn mǎnyì dǎ le diànhuà qù dìngfáng jiù kāixīn de chūfā qù

渡假[19] 了。
dùjià le

　　沒 想 到，來到 這間 民宿 之後，卻 發現 那 根本 只是
méixiǎngdào láidào zhèjiān mínsù zhīhòu què fāxiàn nà gēnběn zhǐshì

一間 簡陋[20] 的 小木屋，不但 沒有 庭院，而且[21] 沒有 美麗
yìjiān jiǎnlòu de xiǎomùwū búdàn méiyǒu tíngyuàn érqiě méiyǒu měilì

的 海景，就連 房 間 裡面的 設備[22] 也[23] 非 常 破舊[24]。原來，
de hǎijǐng jiùlián fángjiān lǐmiàn de shèbèi yě fēicháng pòjiù yuánlái

這 間 民宿 在 網路 上 的 照片，是 利用[25] 移 花 接 木 的
zhè jiān mínsù zài wǎnglùshàng de zhàopiàn shì lìyòng yí huā jiē mù de

方式，拿 國外 知名[26] 旅館 的 圖片 合成[27] 上 去 的。
fāngshì ná guówài zhīmíng lǚguǎn de túpiàn héchéng shàngqù de

225

小 陳 和 朋友 勉 強²⁸ 在 這裡 住 了 一晚，第二天 就
Xiǎo Chén hàn péngyǒu miǎnqiǎng zài zhèlǐ zhù le yìwǎn dìèrtiān jiù

氣得 收拾²⁹ 行李 回家 去 了。為 了 防止³⁰ 更多人 受騙³¹，
qìde shōushí xínglǐ huíjiā qù le wèi le fángzhǐ gèngduōrén shòupiàn

小 陳 把 他們 實地³² 拍到 的 照 片 拿 到 電視臺³³， 請
Xiǎo Chén bǎ tāmen shídì pāidào de zhàopiàn ná dào diànshìtái qǐng

記者³⁴ 把 這個 民宿 老闆 的 惡劣³⁵ 行為³⁶ 報導 出來。
jìzhě bǎ zhèige mínsù lǎobǎn de èliè xíngwéi bàodǎo chūlái

生詞 shēngcí Vocabulary

1.	移花接木	yí huā jiē mù	to graft one twig on another; to graft
2.	栽種	zāizhòng	plant; grow
3.	枝葉	zhīyè	branches and leaves
4.	比喻	bǐyù	figure of speech; metaphor; for example; such as
5.	假冒	jiǎmào	to pass oneself off as; to impersonate
6.	欺騙	qīpiàn	to deceive; to cheat; to dupe; to swindle; to defraud
7.	民宿	mínsù	hostel; B&B
8.	廣告	guǎnggào	an advertisement; a commercial

9.	宜人	yírén	pleasant; delightful; agreeable; nice
10.	庭園	tíngyuán	a courtyard; a yard; a garden; grounds
11.	造景	zàojǐng	landscaping; scenery
12.	沙灘	shātān	beach
13.	布置	bùzhì	to arrange and decorate; to lay out
14.	頗	pǒ	quite; fairly; rather
15.	雅緻	yǎzhì	elegant
16.	價錢	jiàqián	the price; the cost
17.	滿意	mǎnyì	satisfied; pleased; content; satisfactory
18.	出發	chūfā	to set out; to start off; to leave; to move on
19.	度假	dùjià	holiday; on vacation
20.	簡陋	jiǎnlòu	simple and crude; humble
21.	不但…而且…	búdàn…érqiě…	as well as; not only ..., but also ...
22.	設備	shèbèi	facilities; equipment; an apparatus;
23.	就連…也…	jiùlián...yě...	even ... also ...
24.	破舊	pòjiù	old and shabby; worn-out; dilapidated
25.	利用	lìyòng	to use
26.	知名	zhīmíng	well-known; noted; celebrated; eminent; famous
27.	合成	héchéng	to compose; to compound
28.	勉強	miǎnqiǎng	to do with difficulty; reluctantly; grudgingly

29.	收拾	shōushí	to put things in order; to clear away; to clean up
30.	防止	fángzhǐ	to prevent; to avoid; to avert
31.	受騙	shòupiàn	to be deceived; to be taken in
32.	實地	shídì	on the spot; live
33.	電視臺	diànshìtái	a television station
34.	記者	jìzhě	a reporter; a correspondent
35.	惡劣	èliè	very bad; abominable; disgusting; base
36.	行為	xíngwéi	behavior; conduct

⑯【空穴來風】[1]
kōng xuè lái fēng

Part of Speech	Connotation	Example
SV (adj.) / Noun	-	一切都只是空穴來風

空盪[2] 的 洞穴[3] 裡 容易 引起 空氣 流動[4]，形 成 風。比喻
kōngdàng de dòngxuè lǐ róngyì yǐnqǐ kōngqì liúdòng xíngchéng fēng bǐyù

事情 憑空[5] 發生，或 謠言[6] 沒有 根據。
shìqíng píngkōng fāshēng huò yáoyán méiyǒu gēnjù

Explanation/Definition: An empty hole easily invites the wind. A metaphor that describes weakness lending wings to rumors.

最近 有 一個 傳聞[7] 指出，某家 銀行 因為 資金
zuìjìn yǒu yíge chuánwén zhǐchū mǒujiā yínháng yīnwèi zījīn

周轉[8] 不靈[9]，可能 會 宣告[10] 倒閉[11]。大批[12] 民 眾 聽到
zhōuzhuǎn bùlíng kěnéng huì xuāngào dǎobì dàpī mínzhòng tīngdào

消息，立刻 趕到 各地 的 分行 要 把 存 款 領出來。這家
xiāoxí lìkè gǎndào gèdì de fēnháng yào bǎ cúnkuǎn lǐngchūlái zhè jiā

銀行 的 總經理[13] 趕緊 親自[14] 出來 澄清[15]。他 向 記者
yínháng de zǒngjīnglǐ gǎnjǐn qīnzì chūlái chéngqīng tā xiàng jìzhě

表示 說：「我們 的 營運[16] 沒有 問題，一切 的 消息 都
biǎoshì shuō wǒmen de yíngyùn méiyǒu wèntí yíqiè de xiāoxí dōu

只是 空 穴 來 風，請 大家 不要 相 信 那些 沒有 根據 的
zhǐshì kōng xuè lái fēng qǐng dàjiā búyào xiāngxìn nàxiē méiyǒu gēnjù de

傳 言[17]。」
chuányán

為 了 讓 民 眾 放心，銀行裡 運來了大筆的 鈔 票，
wèi le ràng mínzhòng fàngxīn yínxínglǐ yùnlái le dà bǐ de chāopiào

堆得 像 山 一樣 高。經過 一個 上 午 的 混亂[18] 之後，
duīde xiàng shān yíyàng gāo jīngguò yíge shàngwǔ de hùnluàn zhīhòu

排隊 領錢 的 民 眾 們 終於 漸漸 散去，而且，還 有
páiduì lǐngqián de mínzhòngmen zhōngyú jiànjiàn sànqù érqiě hái yǒu

人 開始 把 錢 存回來。因為，把 這麼 多 的 錢 領 回去，
rén kāishǐ bǎ qián cúnhuílái yīnwèi bǎ zhème duō de qián lǐng huíqù

還 真 不 知道 要 放 哪裡 才 安全。
hái zhēn bù zhīdào yào fàng nǎlǐ cái ānquán

生詞
shēngcí

Vocabulary

1. 空穴來風	kōng xuè lái fēng	an empty hole invites the wind; groundless and baseless

2.	空盪	kōngdàng	empty
3.	洞穴	dòngxuè	a cave; a cavern; a hole
4.	流動	liúdòng	to flow; to run; to circulate
5.	憑空	píngkōng	out of the void; out of thin air; without foundation
6.	謠言	yáoyán	a rumor; gossip; hearsay; groundless talk
7.	傳聞	chuánwén	hearsay; rumours
8.	周轉	zhōuzhuǎn	turnover
9.	靈	líng	to work out
10.	宣告	xuāngào	to declare; to announce; to proclaim
11.	倒閉	dǎobì	to go out of business; to close sth. down
12.	大批	dàpī	a large number of; large quantities of
13.	總經理	zǒngjīnglǐ	a general manager; a managing director
14.	親自	qīnzì	personally; direct; in person
15.	澄清	chéngqīng	clear; to clarify
16.	營運	yíngyùn	operation
17.	傳言	chuányán	hearsay; rumors
18.	混亂	hùnluàn	disorder; chaos; anarchy; disarray

17 【雪上加霜】[1]
xuě shàng jiā shuāng

Part of Speech	Connotation	Example
SV (adj.)	-	更加雪上加霜

解釋：jiěshì

指 農作物[2] 因為 下雪 而 受到 損害[3] 之後，又 因為 結霜[4]
zhǐ nóngzuòwù yīnwèi xiàxuě ér shòudào sǔnhài zhīhòu yòu yīnwèi jiéshuāng

而 凍傷[5]。比喻 連續[6] 遭受[7] 災難[8]，讓 原本 的 傷害[9]
ér dòngshāng bǐyù liánxù zāoshòu zāinàn ràng yuánběn de shānghài

更加 嚴重。
gèngjiā yánzhòng

Explanation /Definition: After being damaged by snow, the crops are then frostbitten by frost. One disaster after another.

例文：lìwén

智利[10] 發生 了 芮氏 規模[11] 8.8 級 的 大 地震[12]，許多 的
Zhìlì fāshēng le ruìshì guīmó jí de dà dìzhèn xǔduō de

房屋 倒塌[13]，橋梁[14] 斷裂[15]，造成 數百 人 死亡[16]，成
fángwū dǎotā qiáoliáng duànliè zàochéng shùbǎi rén sǐwáng chéng

千 上 萬 的 災民[17] 無 家 可 歸[18]。因為 電力[19] 設備 受 到
qiān shàng wàn de zāimín wú jiā kě guī yīnwèi diànlì shèbèi shòudào

嚴 重 的 損害，大多數 的 地區 既 沒水 又[20] 沒電，使得
yánzhòng de sǔnhài dàduōshù de dìqū jì méishuǐ yòu méidiàn shǐde

救援[21] 的 工作 更加 困難。就 在 智利的 民眾[22] 還在
jiùyuán de gōngzuò gèngjiā kùnnán jiù zài Zhìlì de mínzhòng hái zài

瓦礫[23] 堆中 尋找[24]
wǎlì duīzhōng xúnzhǎo

失蹤[25] 的 親人 時，
shīzōng de qīnrén shí

沿海[26] 地區 竟然 又
yánhǎi dìqū jìngrán yòu

發生 了 海嘯[27]，這
fāshēng le hǎixiào zhè

讓 原本 就 慘重[28]
ràng yuánběn jiù cǎnzhòng

的 災情[29] 更加 雪 上
de zāiqíng gèngjiā xuě shàng

加 霜 。
jiā shuāng

海 嘯 來 臨 時，
hǎixiào láilín shí

一間 位 在 海岸[30] 邊
yìjiān wèi zài hǎiàn biān

233

的 監獄[31] 眼看著 就 要 被 大浪[32] 所 淹沒[33]。擔任[34] 監獄
de jiānyù yǎnkànzhe jiù yào bèi dàlàng suǒ yānmò dānrèn jiānyù

主管 的 佛里茲（Enrique Fritz）做 了 一個 大膽[35] 的 決定，
zhǔguǎn de Fólǐzī zuò le yíge dàdǎn de juédìng

他 釋放[36] 了 103 個 囚犯[37]。佛里茲 說：「我 不 忍心[38] 把 他們
tā shìfàng le ge qiúfàn Fólǐzī shuō wǒ bù rěnxīn bǎ tāmen

關在 牢房裡 等 死。」幸好 在 海嘯 退去 之後，大部分 的
guānzài láofánglǐ děng sǐ xìnghǎo zài hǎixiào tuìqù zhīhòu dàbùfèn de

囚犯 都 回到 了 監獄，其中[39] 還有 半數[40] 的 囚犯 是 自己
qiúfàn dōu huídào le jiānyù qízhōng háiyǒu bànshù de qiúfàn shì zìjǐ

主動[41] 回來 的。
zhǔdòng huílái de

生詞 shēngcí Vocabulary

1.	雪上加霜	xuě shàng jiā shuāng	snow plus frost; one disaster after another
2.	農作物	nóngzuòwù	a crop
3.	損害	sǔnhài	to damage; to harm; to cause damage to
4.	結霜	jiéshuāng	frosting; frosted
5.	凍傷	dòngshāng	frostbite; frostbitten

6.	連續	liánxù	continuous; successive; running
7.	遭受	zāoshòu	to be subjected to; to incur
8.	災難	zāinàn	a catastrophe; a calamity; a disaster
9.	傷害	shānghài	to injure; to harm; to hurt; to do injury to
10.	智利	Zhìlì	Chile
11.	芮氏規模	ruìshì guīmó	Richter magnitude scale
12.	地震	dìzhèn	an earthquake
13.	倒塌	dǎotā	to collapse; to topple over; to fall down
14.	橋梁	qiáoliáng	a bridge
15.	斷裂	duànliè	break; fracture
16.	死亡	sǐwáng	death; doom
17.	災民	zāimín	victims of a natural disaster
18.	無家可歸	wú jiā kě guī	to wander about without a home to return to
19.	電力	diànlì	electric power
20.	既…又…	jì... yòu...	both... and...; as well as
21.	救援	jiùyuán	to rescue; to come to one's rescue
22.	民眾	mínzhòng	the (common) people
23.	瓦礫	wǎlì	debris; rubble
24.	尋找	xúnzhǎo	to look for; to search
25.	失蹤	shīzōng	to be missing; to disappear; disappearance

26.	沿海	yánhǎi	along the coast; seaboard
27.	海嘯	hǎixiào	a tsunami
28.	慘重	cǎnzhòng	heavy; disastrous
29.	災情	zāiqíng	the condition or effect of a disaster
30.	海岸	hǎiàn	a coast; a seaboard
31.	監獄	jiānyù	a prison; a jail
32.	浪	làng	wave(s)
33.	淹沒	yānmò	to submerge; to drown; to overwhelm
34.	擔任	dānrèn	to serve as; to take on
35.	大膽	dàdǎn	bold; confident; daring
36.	釋放	shìfàng	to set free; to fee; to release
37.	囚犯	qiúfàn	a prisoner; a convict
38.	忍心	rěnxīn	to have the heart to do sth.
39.	其中	qízhōng	among (which, them, etc.)
40.	半數	bànshù	half the number; half
41.	主動	zhǔdòng	active; to be on the initiative; actively

⑱【錦上添花】[1]
jǐn shàng tiān huā

Part of Speech	Connotation	Example
SV (adj.)	+	真是錦上添花

解釋： jiěshì

在 已經 很 美麗 的 絲綢[2] 上 再 繡[3] 上 花朵[4]，比喻 使 原本
zài yǐjīng hěn měilì de sīchóu shàng zài xiù shàng huāduǒ bǐyù shǐ yuánběn

就 美好 的 事物 變得 更加 美好。
jiù měihǎo de shìwù biànde gèngjiā měihǎo

Explanation/Definition: To add flowers to a beautiful brocade. Describes giving an added grace to what is already beautiful.

例文： lìwén

只要 多 看書，並且 常 常 動筆[5] 練習，要 寫出 通順[6]
zhǐyào duō kànshū bìngqiě chángcháng dòngbǐ liànxí yào xiěchū tōngshùn

的 文章 並 不難。如果 想 讓 自己 寫作 的 能力 更加
de wénzhāng bìng bùnán rúguǒ xiǎng ràng zìjǐ xiězuò de nénglì gèngjiā

進步，可以 學習 一些 技巧 來 增進[7] 文章 的 文采[8]。最
jìnbù kěyǐ xuéxí yìxiē jìqiǎo lái zēngjìn wénzhāng de wéncǎi zuì

簡單 的 方法[9] 就是 多 認識 成語。
jiǎndān de fāngfǎ jiùshì duō rènshì chéngyǔ

　　一篇 好 的 文 章，若是 能 適當 的 使用 成語，就
yìpiān hǎo de wénzhāng ruòshì néng shìdàng de shǐyòng chéngyǔ jiù

會 有 錦 上 添 花 的 效果。因為 成語 本身 就是 一種
huì yǒu jǐn shàng tiān huā de xiàoguǒ yīnwèi chéngyǔ běnshēn jiùshì yìzhǒng

譬喻[10]，能 生 動 的 把 想要 說明[11] 的 狀 況[12]
pìyù néng shēngdòng de bǎ xiǎngyào shuōmíng de zhuàngkuàng

描寫 出來，使 文 章 讀[13]起來 更 有 趣[14]。除 此 之 外[15]，
miáoxiě chūlái shǐ wénzhāng dú qǐlái gèng yǒu qù chú cǐ zhī wài

成 語 可以 把 複雜[16] 的 意思[17] 用 簡短 的 字句 表達[18]
chéngyǔ kěyǐ bǎ fùzá de yìsi yòng jiǎnduǎn de zìjù biǎodá

出來，省去[19] 許多 麻煩 的 解釋， 文 章 的 敘述 便 會 更
chūlái shěngqù xǔduō máfán de jiěshì wénzhāng de xùshù biàn huì gèng

簡潔 有力[20]。所以，學習 成 語 對 寫作 文 章 絕對[21] 是 有
jiǎnjié yǒulì suǒyǐ xuéxí chéngyǔ duì xiězuò wénzhāng juéduì shì yǒu

加分[22] 的 作用[23]。
jiāfēn de zuòyòng

生詞 shēngcí Vocabulary

1. 錦上添花　jǐn shàng tiān huā to add flowers to the brocade; to add

			some additional splendor
2.	絲綢	sīchóu	silk
3.	繡	xiù	to embroider
4.	花朵	huāduǒ	a flower
5.	動筆	dòngbǐ	to take up the pen; to begin writing
6.	通順	tōngshùn	fluent speech or smooth writing
7.	增進	zēngjìn	to further; to promote; to forward
8.	文采	wéncǎi	literary grace and talent
9.	方法	fāngfǎ	a method; a way
10.	譬喻	pìyù	for example; a figure of speech
11.	說明	shuōmíng	to explain; to expand on
12.	狀況	zhuàngkuàng	status; condition; a case; a situation
13.	讀	dú	to read
14.	有趣	yǒuqù	interesting; funny; fascinating
15.	除此之外	chú cǐ zhī wài	in addition to; besides
16.	複雜	fùzá	complex; complicated
17.	意思	yìsi	meaning; idea; concept
18.	表達	biǎodá	to express; to speak; to communicate
19.	省去	shěngqù	to save; leave out
20.	簡潔有力	jiǎnjié yǒulì	terse and vigorous style

21.	絕對	juéduì	absolute; absolutely
22.	加分	jiāfēn	plus; a bonus point
23.	作用	zuòyòng	to act on; to affect; a motive

⑲【風平浪靜】[1]
fēng píng làng jìng

Part of Speech	Connotation	Example
SV (adj.)	+	一切都風平浪靜了

解釋：jiěshì

海面[2] 上 沒有 風浪[3]，顯得 很 平靜。也 可 用來 形容
hǎimiàn shàng méiyǒu fēnglàng xiǎnde hěn píngjìng yě kě yònglái xíngróng

平靜 無事，沒有 衝突[4] 的 狀態[5]。
píngjìng wúshì méiyǒu chōngtú de zhuàngtài

Explanation/Definition: The wind has subsided and the waves have
dissipated. Describes a very peaceful state of affairs.

例文：lìwén

小 王 在 一家 建設[6] 公司 上班。最近，總經理 即將
Xiǎo Wáng zài yìjiā jiànshè gōngsī shàngbān zuìjìn zǒngjīnglǐ jíjiāng

要 退休[7] 了，有 好 幾 位 主管 都 想 爭取[8] 升遷[9] 的
yào tuìxiū le yǒu hǎo jǐ wèi zhǔguǎn dōu xiǎng zhēngqǔ shēngqiān de

機會。公司裡 的 氣氛 開始 變得 很 奇怪，表 面 上[10]
dìjīhuì gōngsīlǐ de qìfēn kāishǐ biànde hěn qíguài biǎomiàn shàng

看起來 風 平 浪 靜，一 片 祥和[11]，其實 私底 下[12] 競 爭
kànqǐlái fēng píng làng jìng yí piàn xiánghé qíshí sīdǐ xià jìngzhēng

相 當 激烈。
xiāngdāng jīliè

　　小 王 很 怕自己 得罪[13] 了 任何[14] 一方，總 是 小 心
Xiǎo Wáng hěn pà zìjǐ dézuì le rènhé yìfāng zǒngshì xiǎoxīn

翼翼[15] 的 不敢 亂[16] 說 話。因為 萬一 得罪 了 未來 的 總經理，
yìyì de bùgǎn luàn shuōhuà yīnwèi wànyī dézuì le wèilái de zǒngjīnglǐ

以後 的 日子 就 難過 了。幸 好 不久 之後，人事 命 令[17]
yǐhòu de rìzi jiù nánguò le xìnghǎo bùjiǔ zhīhòu rénshì mìnglìng

公布[18] 了。新任[19] 的 總經理 是 從 其他 公司 高薪 挖角[20]
gōngbù le xīnrèn de zǒngjīnglǐ shì cóng qítā gōngsī gāoxīn wājiǎo

過來 的。雖然 大家 都 很 意外，但 總算[21] 是 平息[22] 了 這
guòlái de suīrán dàjiā dōu hěn yìwài dàn zǒngsuàn shì píngxí le zhè

場 風波[23]。
chǎng fēngpō

生詞 shēngcí Vocabulary

1.	風平浪靜	fēng píng làng jìng	calm and tranquil; the wind and waves subside
2.	海面	hǎimiàn	sea; sea surface

3.	風浪	fēnglàng	wind and waves; stormy waves
4.	衝突	chōngtú	a conflict; to clash
5.	狀態	zhuàngtài	a condition; the situation; status
6.	建設	jiànshè	to construct; to build (up)
7.	退休	tuìxiū	to retire; retirement
8.	爭取	zhēngqǔ	to strive for; to fight for
9.	升遷	shēngqiān	to be promoted; promotion
10.	表面上	biǎomiànshàng	on the surface; apparently
11.	祥和	xiánghé	harmony; happy and peaceful
12.	私底下	sīdǐxià	private; under the table
13.	得罪	dézuì	to offend; to displease sb.
14.	任何	rènhé	any; all; whatever
15.	小心翼翼	xiǎoxīn yìyì	deliberate; very carefully
16.	亂	luàn	confused; messy; chaotic
17.	命令	mìnglìng	an order; a command; to order; to command
18.	公布	gōngbù	to publish; to make public; to announce
19.	新任	xīnrèn	new appointment; an officer newly appointed
20.	挖角	wājiǎo	to lure staff away by offering high salaries
21.	總算	zǒngsuàn	finally; eventually; considering everything
22.	平息	píngxí	to calm down
23.	風波	fēngpō	disturbances; disputes

20 【風吹草動】[1]
fēng chuī cǎo dòng

Part of Speech	Connotation	Example
Noun	+/-	不放過任何風吹草動

解釋：jiěshì

風 輕輕 的一吹，草 就 跟著 搖動[2]。比喻 非常 微小[3]
fēng qīngqing de yì chuī cǎo jiù gēnzhe yáodòng bǐyù fēicháng wéixiǎo

的 動靜[4] 變化。
de dòngjìng biànhuà

Explanation/Definition: The rustle of leaves and grass in the wind. A metaphor describing very minute changes in movement.

例文：lìwén

小 明 第一次 和 爸爸 到 山 上 去 露營，面對
Xiǎo Míng dìyīcì hàn bàba dào shānshàng qù lùyíng miànduì

陌生[5] 的 環境，既 擔心 又 害怕。一會兒 擔心 會 有 蛇
mòshēng de huánjìng jì dānxīn yòu hàipà yìhuǐr dānxīn huì yǒu shé

躲在 草叢[6] 裡，一會兒 又 擔心 會 被 毒蟲[7] 咬。
duǒzài cǎocóng lǐ yìhuǐr yòu dānxīn huì bèi dúchóng yǎo

到了晚上，帳篷[8] 周圍 一片漆黑，小 明 心裡
dào le wǎnshàng zhàngpéng zhōuwéi yípiàn qīhēi Xiǎo Míng xīnlǐ

更 是 覺得 害怕，只要 有 任何 的 風 吹 草 動，他 就 會
gèng shì juéde hàipà zhǐyào yǒu rènhé de fēng chuī cǎo dòng tā jiù huì

緊 張 的 東 張 西 望[9]。
jǐnzhāng de dōng zhāng xī wàng

躺 在 睡袋裡，
tǎngzài shuìdàilǐ

小 明 問 爸爸 說：
Xiǎo Míng wèn bàba shuō

「 山 上 的 蚊子 好
shānshàng de wénzi hǎo

多 ， 牠們 會不會 來
duō tāmen huìbúhuì lái

叮[10] 我？」爸爸 安慰[11]
dīng wǒ bàba ānwèi

他 說：「 放心[12]！這裡
tā shuō fàngxīn zhèlǐ

這麼 黑，蚊子 根本 就
zhème hēi wénzi gēnběn jiù

看不見 你。」 過 了
kànbújiàn nǐ guò le

一會兒，一隻 螢 火 蟲[13]
yìhuǐr yìzhī yínghuǒchóng

飛進了帳篷裡， 小 明 趕緊 搖醒 躺在 一旁的爸爸，並且
fēijìn le zhàngpénglǐ Xiǎo Míng gǎnjǐn yáoxǐng tǎngzài yìpáng de bàba bìngqiě

大 叫 說 :「爸!你看!蚊子提著 燈 籠[14]來 找 我們了!」
dà jiào shuō bà nǐ kàn wénzi tízhe dēnglóng lái zhǎo wǒmen le

生詞 shēngcí Vocabulary

1.	風吹草動	fēng chuī cǎo dòng	the rustle of leaves in the wind
2.	搖動	yáodòng	to shake
3.	微小	wéixiǎo	tiny; slight; a little
4.	動靜	dòngjìng	movement; activity
5.	陌生	mòshēng	strange; unfamiliar
6.	草叢	cǎocóng	a thick growth of grass; a bush
7.	毒蟲	dúchóng	poisonous insects; worms
8.	帳篷	zhàngpéng	tent
9.	東張西望	dōng zhāng xī wàng	to look around
10.	叮	dīng	to sting or bite [tiny insects such as mosquitos]
11.	安慰	ānwèi	to comfort; to be comforted
12.	放心	fàngxīn	to feel relieved; to feel at ease
13.	螢火蟲	yínghuǒchóng	a firefly
14.	燈籠	dēnglóng	a lantern

文化篇

1 【塞翁失馬】[1]
sài wēng shī mǎ

Part of Speech	Connotation	Example
Noun	+	真可說是塞翁失馬

解釋： jiěshì

比喻　原本　以為　受到[2] 損失，後來　卻　因此　得到[3] 意想不到[4]
bǐyù　yuánběn　yǐwéi　shòudào sǔnshī　hòulái què　yīncǐ　dédào　yìxiǎngbúdào

的 好處。 完 整 的 句子 是「塞 翁 失 馬，焉 知 非 福」[5]，
de hǎochù　wánzhěng de jùzi shì　sài wēng shī mǎ　yān zhī fēi fú

意思 是：塞 翁[6] 丟掉[7] 了 一匹[8] 馬，怎麼 知道 這 不是 好事
yìsi shì　sài　wēng diūdiào le　yìpī　mǎ　zěnme zhīdào zhè búshì hǎoshì

呢？
ne

Explanation/Definition: A metaphor. Upon experiencing what seems to be loss, receiving unexpected benefit. Comes from the longer sentence, "(When) the old man on the frontier lost his horse, who though it was not lucky?" A loss may turn out to be a gain. A blessing in disguise.

例文：lìwén

有 一個 住在 邊塞[9] 地方 的 老翁[10]，家裡 養 的 一匹 馬
yǒu yíge zhùzài biānsài dìfāng de lǎowēng jiālǐ yǎng de yìpī mǎ

走失[11] 了，鄰居們 好心 的 來 安慰 他。老翁 說：「走丟了
zǒushī le línjūmen hǎoxīn de lái ānwèi tā lǎowēng shuō zǒudiūle

一匹 馬，說不定 是 一件 好事 呢！」不久 之後，走失 的 馬
yìpī mǎ shuōbúdìng shì yíjiàn hǎoshì ne bùjiǔ zhīhòu zǒushī de mǎ

自己 跑 回來 了，還 帶 回 一匹 強 壯[12] 的 野馬。鄰居們
zìjǐ pǎo huílái le hái dài huí yìpī qiángzhuàng de yěmǎ línjūmen

跑 來 恭喜[13] 老翁，老翁 卻 擔心 的 說：「馬 跑回來 了，
pǎo lái gōngxǐ lǎowēng lǎowēng què dānxīn de shuō mǎ pǎohuílái le

說不定 是 一件 壞事 呀！」後來，老翁 的 兒子 在 騎 這
shuōbúdìng shì yíjiàn huàishì ya hòulái lǎowēng de érzi zài qí zhè

匹 野馬 時，不 小心 把 腿 摔 斷[14] 了。老翁 安慰 兒子 說：
pī yěmǎ shí bù xiǎoxīn bǎ tuǐ shuāiduàn le lǎowēng ānwèi érzi shuō

「把 腿 摔 斷 了，或許 也是 件 好事。」果然，過了 幾天，
bǎ tuǐ shuāiduàn le huòxǔ yěshì jiàn hǎoshì guǒrán guòle jǐtiān

官府[15] 來 到 村裡 抓人 去 當兵[16]，老翁 的 兒子 因為 腿
guānfǔ lái dào cūnlǐ zhuārén qù dāngbīng lǎowēng de érzi yīnwèi tuǐ

斷 了，所以 沒 被 抓走。
duàn le suǒyǐ méi bèi zhuāzǒu

人 在 遇 到 不 如意 時，很 容易 變得 沮喪[17] 難過[18]。
rén zài yù dào bù rúyì shí hěn róngyì biànde jǔsàng nánguò

249

其實[19]，如果 換 個 角度[20] 來 想 ，事情 的 好壞 或許 不是
qíshí rúguǒ huàn ge jiǎodù lái xiǎng shìqíng de hǎohuài huòxǔ búshì

那麼 絕對。塞 翁 失 馬，焉 知 非 福，危機[21] 說不定 就是
nàme juéduì sài wēng shī mǎ yān zhī fēi fú wéijī shuōbúdìng jiùshì

轉機[22]。
zhuǎnjī

生詞 shēngcí Vocabulary

1.	塞翁失馬	sài wēng shī mǎ	(a) blessing in disguise
2.	受到	shòudào	receive; exposure to
3.	得到	dédào	to get; to receive; to acquire; to earn; to gain
4.	意想不到	yìxiǎngbúdào	unexpected
5.	塞翁失馬，焉知非福 sài wēng shī mǎ yān zhī fēi fú		loss may turn out to be a gain; misfortune may be an actual blessing
6.	塞翁	sài wēng	old man; wise man
7.	丟掉	diūdiào	to lose; to dispose of; to throw away
8.	匹	pī	a word used to quantify the number of pack animals such as horses
9.	邊塞	biānsài	a frontier fortress
10.	老翁	lǎowēng	old man

11.	走失	zǒushī	to wander away; to be lost; to be missing
12.	強壯	qiángzhuàng	strong
13.	恭喜	gōngxǐ	congratulation(s)
14.	摔斷	shuāiduàn	break; break one's leg
15.	官府	guānfǔ	government; offices of local government
16.	當兵	dāngbīng	to serve in the armed forces; to be a soldier
17.	沮喪	jǔsàng	to depress; to dispirit; to dishearten
18.	難過	nánguò	sad; unhappy
19.	其實	qíshí	actually; in fact; as a matter of fact
20.	角度	jiǎodù	(a) point of view
21.	危機	wéijī	crisis; a crunch; a clutch; a juncture
22.	轉機	zhuǎnjī	turn for the better; take a favorable turn

② 【江郎才盡】[1]
jiāng láng cái jìn

Part of Speech	Connotation	Example
SV (adj.)	+/-	是否已經江郎才盡？

解釋：jiěshì

比喻 人 的 才能[2] 衰退[3]，無法 再 有 好 的 表現[4]。江 郎 指
bǐyù rén de cáinéng shuāituì wúfǎ zài yǒu hǎo de biǎoxiàn jiāng láng zhǐ

的 是 江 淹[5]，南朝梁[6] 時 著 名 的 文學家，晚年 寫不出
de shì Jiāng Yān Náncháoliáng shí zhùmíng de wénxuéjiā wǎnnián xiěbùchū

好 的 作品，當時 的 人 說 他「才盡」[7]，意思 是：他 的 才
hǎo de zuòpǐn dāngshí de rén shuō tā cái jìn yìsi shì tā de cái

華[8] 已經 用 完 了。
huá yǐjīng yòngwán le

Explanation/Definition: A metaphor. No more good performace comes from someone whose ability has deteriorated. *Jianglang* refers to *Jiangyan*, who was a literary figure during the Southern Liang Dynasty. In his later years, he experienced serious writer's block. At the time, people said *Jiangyan* had "spent his talent," and his days of brilliance were over. A writer whose creative powers are exhausted. One's inspiration has dried up.

例文：lìwén

江淹在年輕的時候就已經是個知名的作家，
Jiāng Yān zài niánqīng de shíhòu jiù yǐjīng shì ge zhīmíng de zuòjiā

寫過很多優美的詩文[9]。許多年之後，江淹在
xiěguò hěnduō yōuměi de shīwén xǔduō nián zhīhòu Jiāng Yān zài

睡夢[10]中看見一個人對他說：「我是郭璞[11]（晉朝[12]
shuìmèng zhōng kànjiàn yíge rén duì tā shuō wǒ shì Guō Pú Jìncháo

有名的文人[13]），先前我寄放[14]了一支筆在你這裡，
yǒumíng de wénrén xiānqián wǒ jìfàng le yìzhī bǐ zài nǐ zhèlǐ

現在應該要還給我了吧！」江淹於是從懷中[15]
xiànzài yīnggāi yào huángěi wǒ le ba Jiāng Yān yúshì cóng huáizhōng

拿出一支五色的彩筆[16]還給郭璞。說也奇怪，從此
ná chū yìzhī wǔsè de cǎibǐ hái gěi Guō Pú shuō yě qíguài cóngcǐ

之後，江淹就再也寫不出好的作品了。
zhīhòu Jiāng Yān jiù zài yě xiěbùchū hǎo de zuòpǐn le

只要是從事[17]創作[18]的人，都有可能遇到瓶頸[19]。
zhǐyào shì cóngshì chuàngzuò de rén dōu yǒu kěnéng yùdào píngjǐng

就像小周，他曾經[20]是紅極一時[21]的編劇[22]，但最近
jiù xiàng Xiǎo Zhōu tā céngjīng shì hóngjí yìshí de biānjù dàn zuìjìn

幾年他寫的劇本[23]評價[24]都不好，報紙甚至說他已經
jǐnián tā xiě de jùběn píngjià dōu bùhǎo bàozhǐ shènzhì shuō tā yǐjīng

江郎才盡了。小周忍受著別人對他的輕視[25]和
jiāng láng cái jìn le Xiǎo Zhōu rěnshòuzhe biérén duì tā de qīngshì hàn

嘲笑[26]，默默[27]的繼續[28]創作。終於，他最新的作品被
cháoxiào mòmò de jìxù chuàngzuò zhōngyú tā zuìxīn de zuòpǐn bèi

拍成電影，不但刷新[29]了票房[30]紀錄[31]，還得到了
pāi chéng diànyǐng búdàn shuāxīn le piàofáng jìlù hái dédào le

國際影展[32]的大獎[33]。
guójìyǐngzhǎn de dàjiǎng

生詞 shēngcí Vocabulary

1.	江郎才盡	jiāng láng cái jìn	to have used up one's literary talent or energy; a writer whose creative powers are exhausted
2.	才能	cáinéng	ability and talent; endowments; a faculty
3.	衰退	shuāituì	to fail; to decline; to turn down
4.	表現	biǎoxiàn	to show; to display; to exhibit; to represent; to express
5.	江淹	Jiāng Yān	A poet and cifu writer during the Southern Dynasty, who played an important role in the history of the Southern Dynasty literature.

6.	南朝梁	Náncháoliáng	The Liang Dynasty (502-557), also known as Southern Liang Dynasty (南梁), was the third of the Southern Dynasties in China, followed by the Chen Dynasty.
7.	才盡	cáijìn	at one's wit's end
8.	才華	cáihuá	ability; flair; brilliance of mind; genius
9.	詩文	shīwén	poem; article
10.	睡夢	shuìmèng	dream; sleep
11.	郭璞	Guō Pú	Guo Pu (276-324), courtesy name Jingchun (景純), born in Yuncheng, Shanxi, was a Chinese writer.
12.	晉朝	Jìncháo	The Jìn Dynasty (265-420), one of the Six Dynasties, following the Three Kingdoms period and followed by the Southern and Northern Dynasties in China.
13.	文人	wénrén	a man of letters; literati; a man of civilized background
14.	寄放	jìfàng	to leave with; to leave in the care of; to place in custody
15.	懷中	huáizhōng	in the arms; in the mind
16.	彩筆	cǎibǐ	color pen; brushes
17.	從事	cóngshì	to deal with; to deal in
18.	創作	chuàngzuò	to create; to produce; to write; to compose

19.	瓶頸	píngjǐng	the neck of a bottle; a bottleneck; a choke point
20.	曾經	céngjīng	ever; once
21.	紅極一時	hóngjí yìshí	be well-known for a time; popularity for a time
22.	編劇	biānjù	a playwright; a dramatist; a screenwriter; a scenarist
23.	劇本	jùběn	of literature a play; a drama; a script
24.	評價	píngjià	evaluation; appreciation; appraisal
25.	輕視	qīngshì	to belittle; to depreciate; to disdain; to look down on
26.	嘲笑	cháoxiào	to ridicule; to deride; to mock at; to jeer at; to scoff at
27.	默默	mòmò	quietly; silently
28.	繼續	jìxù	to keep doing (sth.); to continue
29.	刷新	shuāxīn	to refresh; to break with the old and make anew
30.	票房	piàofáng	a box office; a ticket window (or booth)
31.	紀錄	jìlù	(a) record
32.	國際影展	guójìyǐngzhǎn	international film festival
33.	大獎	dàjiǎng	award; a grand prize

③ 【東施效顰】[1]
dōng shī xiào pín

Part of Speech	Connotation	Example
Verb	-	請別再東施效顰

解釋：jiěshì

長得　醜[2]的 東施[3]　想　變得 和 西施[4]一樣 美，於是
zhǎngde　chǒu de Dōngshī　xiǎng　biànde hàn Xīshī　yíyàng měi　yúshì

模仿[5] 西施 心痛[6] 皺[7] 眉頭[8/9]的 表情，結果 反而[10] 讓 自己
mófǎng Xīshī xīntòng zhòu méitóu　de biǎoqíng　jiéguǒ fǎnér　ràng　zìjǐ

看 起來 更 醜 了。比喻 笨拙[11] 的 模仿 別人，不但 學得
kàn qǐlái gèng chǒu le　bǐyù bènzhuó de mófǎng biérén　búdàn xuéde

不 像 ，而且 還 顯得[12] 愚蠢[13] 可笑[14]。
bú xiàng　érqiě hái xiǎnde yúchǔn kěxiào

Explanation/Definition: An unattractive *Dongshi* wanted to become a beautiful as a *Xishi*. However, owing to the pain of imitating a *Xixshi*, the expression on her face made her even uglier. A metaphor warning that a bungling imitation of someone is not only inaccurate, but also results in looking foolish.

例文：lìwén

阿花 自從 看過 李安[15] 導演[16] 的 電影《色戒》[17] 之後，
Ā Huā zì cóng kànguò Lǐ Ān dǎoyǎn de diànyǐng Sèjiè zhīhòu

就 迷上[18] 了 劇中 人物 復古[19] 的 造型。阿花 買 了 髮油[20]
jiù míshàng le jùzhōng rénwù fùgǔ de zàoxíng Ā Huā mǎi le fǎyóu

和 梳子[21]，要求[22] 她 的
hàn shūzi yāoqiú tā de

男 朋友 阿祥，要
nánpéngyǒu Ā Xiáng yào

像 男主角 一樣 梳[23]
xiàng nánzhǔjiǎo yíyàng shū

西裝頭[24]。她 自己
xīzhuāngtóu tā zìjǐ

則是 模仿 女主角，
zéshì mófǎng nǚzhǔjiǎo

買了 好 幾件 旗袍[25] 來
mǎile hǎo jǐjiàn qípáo lái

穿。可是 阿花 的
chuān kěshì Ā Huā de

身材[26] 胖胖 的，
shēncái pàngpàng de

勉強 穿 上 緊身[27]
miǎnqiǎng chuānshàng jǐnshēn

旗袍，反而　讓　自己　看起來　更　臃腫[28]。阿祥　雖然
qípáo　　fǎnér　ràng　zìjǐ　kànqǐlái　gèng　yōngzhǒng　　Ā Xiáng　suīrán

覺得 阿花　穿　旗袍 不好看，卻　不　知道 要　如何 開口 跟　她
juéde　Ā Huā chuān qípáo bùhǎokàn　què　bù　zhīdào yào　rúhé　kāikǒu gēn　tā

說。化　妝[29] 或是　穿著[30]，都　要　配合 自己的 條件 來
shuō　huàzhuāng huò shì chuānzhuó　dōu　yào　pèihé　zìjǐ　de tiáojiàn lái

打扮，如果 只是　盲目[31] 的　模仿　別人，結果 就　會　像　東
dǎbàn　rúguǒ zhǐshì　mángmù　de　mófǎng biérén　jiéguǒ jiù　huì xiàng dōng

施　效　顰 一樣，不但　得不到　好 的　效　果，還　讓　自己 變得
shī　xiào pín yíyàng　búdàn　débúdào　hǎo de　xiàoguǒ　hái ràng　zìjǐ　biànde

可笑。
kěxiào

生詞
shēngcí

Vocabulary

1.	東施效顰	dōng shī xiào pín	blind imitation with ludicrous effect
2.	醜	chǒu	ugly; shameful
3.	東施	Dōngshī	the opposite of Xi Shi

4.	西施	Xīshī	Xi Shi (506-? BC) was one of the renowned Four Beauties of ancient China. She was said to have lived during the end of Spring and Autumn Period in Zhuji, the capital of the ancient State of Yue
5.	模仿	mófǎng	to imitate; to copy; to mimic
6.	心痛	xīntòng	to feel emotional pain
7.	皺	zhòu	wrinkles; lines
8.	眉頭	méitóu	brow
9.	皺眉頭	zhòuméitóu	to wrinkle one's brow; to frown
10.	反而	fǎnér	on the contrary; instead; contrarily
11.	笨拙	bènzhuó	clumsy; maladroit; heavy-handed; lumpish
12.	顯得	xiǎnde	to look; to seem; to appear
13.	愚蠢	yúchǔn	stupid; foolish; silly; absurd
14.	可笑	kěxiào	laughable; humorous; comic; funny
15.	李安	Lǐ Ān	Ang Lee is a Taiwanese American film director. Lee has directed a variety of films including *Eat Drink Man Woman* (1994), *Sense and Sensibility* (1995), *Crouching Tiger, Hidden Dragon* (2000), *Hulk* (2003), and *Brokeback Mountain* (2005) for which he won an Academy Award for Best Director.

16.	導演	dǎoyǎn	a director; a producer
17.	色戒	Sèjiè	Lust Caution-a 2007 Chinese espionage thriller film directed bt Ang Lee, based on the short story of the same name published in 1979 by Chinese author Eileen Chang
18.	迷上	míshàng	hooked; fall for; stick for
19.	復古	fùgǔ	to restore ancient ways; to return to the ancients
20.	髮油	fǎyóu	pomade; hair oil
21.	梳子	shūzi	comb
22.	要求	yāoqiú	to request; to ask; demands; needs; requisition
23.	梳	shū	to comb
24.	西裝頭	xīzhuāngtóu	crew cut
25.	旗袍	qípáo	a cheongsam; a close-fitting Chinese dress with side vents
26.	身材	shēncái	a figure; stature
27.	緊身	jǐnshēn	tight; close-fitting; tight-fitting; skin-tight
28.	臃腫	yōngzhǒng	to swell up; swollen
29.	化妝	huàzhuāng	make-up
30.	穿著	chuānzhuó	clothes; dress; dressing; apparel; to have on; to wear
31.	盲目	mángmù	blind; eyeless; blindly

【助紂為虐】
zhù zhòu wéi nüè [1]

Part of Speech	Connotation	Example
Verb	-	為何要助紂為虐？

解釋：jiěshì

紂王[2] 是 商 代[3] 的 暴君[4]。助 紂 為 虐 是 指 幫助 殘忍
Zhòuwáng shì Shāngdài de bàojūn zhù zhòu wéi nüè shì zhǐ bāngzhù cánrěn

的 紂 王 做出 傷害 百姓[5] 的 事，用 來 比喻 幫助
de Zhòuwáng zuòchū shānghài bǎixìng de shì yòng lái bǐyù bāngzhù

壞人 做 壞事。
huàirén zuò huàishì

Explanation/Definition: King Zhou was a Shang Dyanast tyrant. "Helping Zhou do evil" refers to helping the merciless King Zhou harm the masses. In other words, helping a tyrant do evil. Today, this is a metaphor for helping a bad person do bad things.

例文：lìwén

一群 青少年，深夜 騎著 機車 在 街頭[6] 狂 飆[7]，沿路[8]
yìqún qīngshàonián shēnyè qízhe jīchē zài jiētóu kuángbiāo yánlù

大 聲 叫喊， 吵得 附近 住戶[9] 不得[10] 安寧[11] 。 警察 接獲[12]
dàshēng jiàohǎn chǎode fùjìn zhùhù bùdé ānníng jǐngchá jiēhuò

報案[13]，把 他們 全部 抓回 警察局。少年們 的 家長[14] 接
bàoàn bǎ tāmen quánbù zhuāhuí jǐngchájú shàoniánmen de jiāzhǎng jiē

到 通知[15]，來 到 警局 不停 的 替 孩子 求情[16]。警察 板著臉[17]
dào tōngzhī lái dào jǐngjú bùtíng de tì háizi qiúqíng jǐngchá bǎnzheliǎn

說 :「飆車[18]是 非常 危險 的 行為，家長 不但 沒有
shuō biāochē shì fēicháng wéixiǎn de xíngwéi jiāzhǎng búdàn méiyǒu

阻止[19]，還 助 紂 為 虐 出錢 讓 他們 買車，實在 是 太
zǔzhǐ hái zhù zhòu wéi nüè chūqián ràng tāmen mǎichē shízài shì tài

過分 了！」幾個 家 長 聽了，覺得 不好意思， 向 警察
guòfèn le jǐge jiāzhǎng tīngle juéde bùhǎoyìsi xiàng jǐngchá

保證[20] 一定 會 把 孩子 帶 回去 好好 管教[21]。幸好 這次
bǎozhèng yídìng huì bǎ háizi dài huíqù hǎohao guǎnjiào xìnghǎo zhècì

沒有 發生 嚴重 的 意外，萬一 要是 撞 到 了人，
méiyǒu fāshēng yánzhòng de yìwài wànyī yàoshì zhuàngdào le rén

後果[22] 就 難以 想 像 了。
hòuguǒ jiù nányǐ xiǎngxiàng le

生詞 shēngcí Vocabulary

1. 助紂為虐 zhù zhòu wéi nüè to aid King Zhou in his tyrannical rule-

263

			aid and abet the evil-doer
2.	紂王	Zhòuwáng	the last emperor of the Yin Dynasty, whose name is synonymous with tyranny
3.	商代	Shāngdài	Shang Dynasty
4.	暴君	bàojūn	a tyrant; a despot; a despotic ruler
5.	百姓	bǎixìng	the common people; the populace; the masses; civilians
6.	街頭	jiētóu	a street; a street corner
7.	狂飆	kuángbiāo	a hurricane; a whirlwind
8.	沿路	yánlù	on the way; along the road; on the roadside
9.	住戶	zhùhù	a householder; an inhabitant; a resident family
10.	不得	bùdé	cannot; should not; must not; not be allowed
11.	安寧	ānníng	peaceful; calm; quiet
12.	接獲	jiēhuò	received; get some news
13.	報案	bàoàn	to report a case (such as a theft, missing person, etc.) to the police
14.	家長	jiāzhǎng	the parent or guardian of a child
15.	通知	tōngzhī	to notify; to give sb. notice; to send word; a notice
16.	求情	qiúqíng	to ask a favor of
17.	板著臉	bǎnzheliǎn	to keep a straight face

18.	飆車	biāochē	street/drag racing
19.	阻止	zǔzhǐ	to stop from; to prevent from; to keep from
20.	保證	bǎozhèng	to guarantee; to ensure; to promise
21.	管教	guǎnjiào	to teach; to discipline; to take sb. in hand
22.	後果	hòuguǒ	consequence; an aftermath; an outcome

5 【愚公移山】[1]
yú gōng yí shān

Part of Speech	Connotation	Example
Noun	+	有愚公移山的精神

解釋：jiěshì

比喻 只要 能 有 恆心[2]，持續 的 努力 下去，再 困難 的
bǐyù zhǐyào néng yǒu héngxīn chíxù de nǔlì xiàqù zài kùnnán de

事情 都 能夠 完成 。
shìqíng dōu nénggòu wánchéng

Explanation/Definition: The foolish old man moved the mountain. A metaphor. Only with preservernence and sustained effort can difficult tasks be completed.

例文：lìwén

大寶 想 用 積木[3] 堆 一個 大 城堡[4]，可是 一直 不
Dà Bǎo xiǎng yòng jīmù duī yíge dà chéngbǎo kěshì yìzhí bù

成功，很 想 放棄 算 了。寶爸 知道 了，就 告訴 他 說：
chénggōng hěn xiǎng fàngqì suàn le Bǎo bà zhīdào le jiù gàosù tā shuō

「從前 有個叫做愚[5]公 的老人，在他家北邊 有一座
cóngqián yǒu ge jiàozuò Yú Gōng de lǎorén   zài tā jiā běibiān yǒu yízuò

山 阻擋了道路，於是愚公 決定要把這座山移開[6]。
shān zǔdǎng le dào lù   yúshì Yú Gōng juédìng yào bǎ zhèzuòshān yíkāi

大家 都 覺得這是不可能 做到的事，但是 愚 公 說：『就
dàjiā dōu juéde zhè shì bù kěnéng zuòdào de shì   dànshì Yú Gōng shuō   jiù

算 我 完 成 不 了，我
suàn wǒ wánchéngbùliǎo   wǒ

的 兒子 和 孫子[7] 也會
de érzi hàn sūnzi yě huì

繼續[8] 做下去。山 不會
jìxù   zuòxiàqù shān búhuì

長 高，我的 子孫[9] 會
zhǎnggāo   wǒ de zǐsūn huì

越來越多，總 有 一
yuèláiyuèduō   zǒngyǒu yì

天 山 會 被 移 走
tiān shān huì bèi yízǒu

的。』神 明 被他的
de   shén míng bèi tā de

決心 所 感 動，於是
juéxīn suǒ gǎndòng   yúshì

就 派 了 大力士[10] 把 山
jiù pài le dàlìshì bǎ shān

搬 走 了。」
bānzǒu le

大 寶 聽 完 了 疑惑[11] 的 說：「爸爸 的 意思 是 要 我
Dà Bǎo tīngwán le yíhuò de shuō bàba de yìsi shì yào wǒ

向 神 明 祈禱[12] 嗎？」寶 爸 搖搖頭 說：「不是 的，我
xiàng shénmíng qídǎo ma Bǎo bà yáoyáotóu shuō búshì de wǒ

是 要 告訴 你，再 困難 的 事情，只要 能 堅持 下去，發揮[13]
shì yào gàosù nǐ zài kùnnán de shìqíng zhǐyào néng jiānchí xiàqù fāhuī

愚 公 移 山 的 精神，最後 一定 可以 完 成 的。來，讓
yú gōng yí shān de jīngshén zuìhòu yídìng kěyǐ wánchéng de lái ràng

我 幫 你 一起 堆積木 吧！」
wǒ bāng nǐ yìqǐ duījīmù ba

生詞 shēngcí　Vocabulary

1.	愚公移山	yú gōng yí shān	The foolish old man who moved the mountain(s).
2.	恆心	héngxīn	perseverance; stability
3.	積木	jīmù	a building block; a brick
4.	城堡	chéngbǎo	a castle; a citadel; a fort; a fortress
5.	愚	yú	foolish; stupid; to make a fool of; to fool

6.	移開	yíkāi	move away; remove
7.	孫子	sūnzi	a grandson; a grandchild
8.	繼續	jìxù	to continue; to carry on (with sth.); to hold on
9.	子孫	zǐsūn	children and grandchildren; descendants
10.	大力士	dàilìshì	a strong man; a man of might
11.	疑惑	yíhuò	doubt; to doubt
12.	祈禱	qídǎo	to pray; to perform a prayer
13.	發揮	fāhuī	to develop (an idea, a theme, etc.)

⑥【班門弄斧】[1]
bān mén nòng fǔ

Part of Speech	Connotation	Example
Verb	-	你別班門弄斧了

解釋：jiěshì

魯班[2] 是 中國 古代 有名 的 工匠[3]。班門 弄 斧 就是
Lǔ Bān shì Zhōngguó gǔdài yǒumíng de gōngjiàng bān mén nòng fǔ jiùshì

在 魯班 家 門口 耍弄[4] 斧頭[5]，比喻 不 自 量 力[6]，在
zài Lǔ Bān jiā ménkǒu shuǎnòng fǔtou bǐyù bú zì liàng lì zài

專家 面前 賣弄 自己 的 技巧。
zhuānjiā miànqián màinòng zìjǐ de jìqiǎo

Explanation/Definition: Luban is a well-known carpenter from ancient China. This *chengyu* means to juggle an axe in front of Luban's gate. It is a metaphor for showing off one's inferior skills in front of an expert. Teaching fish to swim.

例文：lìwén

過年 的 時候，大家 都 會 在 門口 貼上 紅色 的
guònián de shíhòu dàjiā dōu huì zài ménkǒu tiēshàng hóngsè de

春聯[7]，上面 寫著 吉祥[8] 或 是 祝福 的 字，祈禱 新 的 一
chūnlián　　shàngmiàn　xiězhe　jíxiáng　huò shì zhùfú　de　zì　　qídǎo xīn de yì

年 能 有 好 的 運氣[9]。 小 陳 住 的 社區[10] 今年 舉辦[11] 了
nián néng yǒu hǎo de yùnqì　　Xiǎo Chén zhù de shèqū　jīnnián jǔbàn　 le

「春 聯 DIY」的 活 動，邀請 社區 的 住戶 一起 動筆 寫
　chūnlián　　　de huódòng　yāoqǐng　shèqū de zhùhù yìqǐ dòngbǐ xiě

春 聯 。
chūnlián

　　　王 伯伯 是 一位 有 名 的 書法[12] 老師，他 熱心 的
　　　Wáng bóbo　shì yíwèi　yǒumíng de shūfǎ　lǎoshī tā rèxīn de

提供[13] 了 毛筆[14] 等 文具[15]，還 在 現 場[16] 幫 忙 指導[17] 大
tígōng　 le máobǐ　děng wénjù　hái zài　xiànchǎng bāngmáng zhǐdǎo　 dà

家。看見 小 陳 寫 的 春聯，王 伯伯 稱 讚[18] 說：「哇！
jiā　kànjiàn Xiǎo Chén xiě de chūnlián Wáng bóbo　chēngzàn shuō　 wā

小 陳，你 的 毛筆字 寫得 真好！」小 陳 不好意思 的
Xiǎo Chén　nǐ de máobǐzì xiěde zhēnhǎo　Xiǎo Chén bùhǎoyìsi　de

說：「在 王 伯伯 面 前 寫 書法，實在 是 班 門 弄 斧。
shuō　　zài Wáng bóbo miànqián xiě shūfǎ　shízài shì bān mén nòng fǔ

還 請 多 多 指教[19]！」兩個 人 開始 聊起 寫 書法 的 經驗，
hái qǐng duō duō zhǐ jiào　　liǎngge rén kāishǐ liáoqǐ xiě shūfǎ de jīngyàn

直到 活 動 結束[20] 還 捨不得[21] 回家。
zhídào huódòng jiéshù　hái shěbùde　huíjiā

生詞 shēngcí Vocabulary

1.	班門弄斧	bān mén nòng fǔ	show off one's slight skills before an expert
2.	魯班	Lǔ Bān	a Chinese carpenter, engineer, philosopher, inventor, military thinker, statesman and contemporary of Mozi, born in the State of Lu, and is the patron saint of Chinese builders and contractors
3.	工匠	gōngjiàng	a craftsman; an artisan; an artificer; a workman
4.	耍弄	shuǎnòng	to make a fool of; to make fun of; to deceive
5.	斧頭	fǔtou	an axe; a hatchet
6.	不自量力	bú zì liàng lì	to overestimate one's strength or oneself; not to know one's own limitations
7.	春聯	chūnlián	Spring Festival couplets
8.	吉祥	jíxiáng	lucky; auspicious; propitious; favorable
9.	運氣	yùnqì	a fortune; luck; chance; luckiness
10.	社區	shèqū	community
11.	舉辦	jǔbàn	to hold (a/n activity, exhibition, contest, etc.)
12.	書法	shūfǎ	handwriting; calligraphy

13.	提供	tígōng	to provide; to supply; to put sth. up
14.	毛筆	máobǐ	a Chinese writing brush; a brush
15.	文具	wénjù	stationery; writing materials
16.	現場	xiànchǎng	the scene of; a site; live; live show
17.	指導	zhǐdǎo	to guide; to direct; guidance; diretion
18.	稱讚	chēngzàn	to praise; to acclaim
19.	請多多指教	qǐng duō duō zhǐ jiào	please provide your valuable comments and guidance
20.	結束	jiéshù	the end; to finish; to conclude; to close
21.	捨不得	shěbùde	reluctant to give up; reluctant to let go

⑦ 【醉翁之意不在酒】[1]
zuì wēng zhī yì bú zài jiǔ

Part of Speech	Connotation	Example
Noun	+/-	〔某事〕是醉翁之意不在酒

解 釋： jiěshì

比喻 真 正 的 目的 不 在 這裡，而是 有 其他 的 想法。
bǐyù zhēnzhèng de mùdì bú zài zhèlǐ érshì yǒu qítā de xiǎngfǎ

醉 翁[2] 是 宋代[3] 文學家 歐陽 修[4] 的 號[5]，他 曾 寫 文 章
zuì wēng shì Sòngdài wénxuéjiā Ōuyáng Xiū de hào tā céng xiě wénzhāng

說：「醉 翁 之 意 不 在 酒，在 乎 山 水 之 間 也！」[6]，
shuō zuì wēng zhī yì bú zài jiǔ zài hū shān shuǐ zhī jiān yě

意思 是 醉 翁 的「醉」[7] 不 是 因為 喝酒，而 是 因為
yìsi shì zuì wēng de zuì búshì yīnwèi hējiǔ érshì yīnwèi

欣賞了 山水[8] 的 美景[9] 而 覺得 陶醉[10] 啊！
xīnshǎngle shānshuǐ de měijǐng ér juéde táozuì a

Explanation/Definition: A metaphor for someone's objective not being where he or she is, but being on something else. Zuiweng was the penname of Song Dynasty literary figure Ouyang Xiu. He wrote a piece that included the line, "Zuiweng's intention is not the liquor, but the mountains and water." The meaning is that Zuiweng's "intoxication" has nothing to do with drinking liquor, but everything to do with appreciating the natural landscape around him. The drinker's heart is not in the cup. To have an ulterior motive.

例文：lìwén

老 王 和 太太 去 參觀[11] 車展[12]。現 場 有 許多 造型
Lǎo Wáng hàn tàitai qù cānguān chēzhǎn xiànchǎng yǒu xǔduō zàoxíng

特別[13] 的 跑車[14]，還有 美麗 的 賽車女郎[15] 走秀[16] 表演[17]。
tèbié de pǎochē háiyǒu měilì de sàichēnǔláng zǒuxiù biǎoyǎn

王 太太 對 老 王 說：「老公，你 最 喜歡 哪 一臺 車
Wáng tàitai duì Lǎo Wáng shuō lǎogōng nǐ zuì xǐhuān nǎ yìtái chē

呀？」
ya

老 王 隨口[18] 回答[19]：「都 差不多[20] 吧！」
Lǎo Wáng suíkǒu huídá dōu chàbùduō ba

王 太太 用 懷疑 的 眼 神 看著 老 王 說：「嗯！
Wáng tàitai yòng huáiyí de yǎnshén kànzhe Lǎo Wáng shuō ēn

你 在 認真 看車 嗎？」
nǐ zài rènzhēn kànchē ma

老 王 說：「當然[21]，來 車 展 不 看車 看什麼？」
Lǎo Wáng shuō dāngrán lái chēzhǎn bú kànchē kànshéme

王 太太 說：「我 看 你 是 醉 翁 之 意 不 在 酒 吧。
Wáng tàitai shuō wǒ kàn nǐ shì zuì wēng zhī yì bú zài jiǔ ba

275

別人 來 車展，拍的 都是 車子 的 照片，為什麼 你 的 相機
biérén lái chēzhǎn pāi de dōushì chēzi de zhàopiàn wèishéme nǐ de xiàngjī

拍的 都是 賽車 女郎 的 照片 呢？」
pāi de dōushì sàichē nǚláng de zhàopiàn ne

老 王 裝 出 一臉無辜[22] 的 表情 說：「是呀！這
Lǎo Wáng zhuāngchū yìliǎn wúgū de biǎoqíng shuō shì ya zhè

主辦單位[23] 真是 糟糕[24] ！ 叫 那麼多 女孩子 站在 車子
zhǔbàndānwèi zhēnshì zāogāo jiào nàmeduō nǚháizi zhànzài chēzi

前 面，擋[25] 到 我 的 鏡頭[26]，害我 都 拍不到 車子。」
qiánmiàn dǎng dào wǒ de jìngtóu hài wǒ dōu pāibúdào chēzi

生詞 shēngcí Vocabulary

1.	醉翁之意不在酒 zuì wēng zhī yì bú zài ji		The drinker's heart is not in the cup
2.	醉翁	zuì wēng	a drinker; an alcoholic
3.	宋代	Sòng dài	The Song Dynasty ruled China from 960 to 1279
4.	歐陽修	Ōuyáng Xiū	Ouyang Xiu (1007-1072) was a Chinese statesman, historian, essayist and poet
5.	號	hào	a mark; a sign

6. 醉翁之意不在酒，在乎山水之間也
   zuì wēng zhī yì bú zài jiǔ, zài hū shān shuǐ zhī jiān yě
   The Drunken Old Man is not enthralled by the liquor but the scenery.

7.	醉	zuì	drunk; intoxicated; tipsy; buzzed
8.	山水	shānshuǐ	mountain(s) and water(s); landscape painting
9.	美景	měijǐng	beautiful scenery (or landscapes); fine views
10.	陶醉	táozuì	to be intoxicated with success; to be carried away by sth.
11.	參觀	cānguān	to visit (installations, places); to look round sth.; to make a visit to; to pay a visit to
12.	車展	chēzhǎn	car exhibition; auto show
13.	特別	tèbié	unusual; specially; especially; particularly
14.	跑車	pǎochē	a roadster; a sports car
15.	賽車女郎	sàichēnǚláng	racing girl
16.	走秀	zǒuxiù	catwalks
17.	表演	biǎoyǎn	show; to act; to perform; to play
18.	隨口	suíkǒu	to speak thoughtlessly or casually
19.	回答	huídá	to answer; to reply to; to respond
20.	差不多	chàbuduō	almost; nearly; all but; close on; more or less
21.	當然	dāngrán	naturally; certainly; of course
22.	無辜	wúgū	innocent; guiltless; sinless; harmless

23.	主辦單位	zhǔbàndānwèi	host organization; sponsor
24.	糟糕	zāogāo	too bad; extremely awful; oops
25.	擋	dǎng	to arrange in order; to pack up for traveling
26.	鏡頭	jìngtóu	a camera lens

【姜太公釣魚，願者上鉤】[1]

jiāng tài gōng diào yú　yuàn zhě shàng gōu

Part of Speech	Connotation	Example
Noun	+/-	這真是姜太公釣魚，願者上鉤啊！

解釋： jiěshì

比喻 做事情 完 全 是 出於[2] 自願[3] 的，或者 用來 比喻 甘心[4]
bǐyù zuòshìqíng wánquán shì chūyú zìyuàn de huòzhě yònglái bǐyù gānxīn

受騙[5] 上 當[6]。姜太公[7] 就是 姜子牙，他 幫助 周 武王[8]
shòupiàn shàngdàng Jiāngtàigōng jiùshì Jiāng Zǐyá tā bāngzhù zhōu wǔwáng

消滅 了 商 紂[9]，建立 周 朝。據說 姜 太 公 釣魚的魚鉤[10]
xiāomiè le shāngzhòu jiànlì Zhōucháo jùshuō Jiāngtàigōng diàoyú de yúgōu

是 直 的，而且 沒有 掛餌[11]，還 放 在 離 水 面 三尺 的
shì zhí de érqiě méiyǒu guàěr hái fàngzài lí shuǐmiàn sānchǐ de

地方。他 說：「不 想 活 命 的 魚兒，如果 你們 願意 的
dìfāng tā shuō bù xiǎng huómìng de yúér rúguǒ nǐmen yuànyì de

話，就 自己 上 鉤[12] 吧！」。
huà jiù zìjǐ shànggōu ba

Explanation/Definition: This a metaphor for doing something completely of one's own free will. It originally expressed being willingly tricked. Jiangtaigong was Jiangziya, who helped King Wu of Zhou destroy King Zhou of Shang and establish the Zhou Dyanasty. As the story goes,

Jiangtaigong fished with a straight, unbaited hook. Moreover, he put the hook on the ground three feet from the water. He would say, "I don't want live fish. If you're willing, just come and bite the hook!"

例 文：liwén

阿 明 跟著 旅行團[13] 到 美國 去旅遊，來到 著名 的
Ā Míng gēnzhe lǚxíng tuán dào Měiguó qù lǚyóu láidào zhùmíng de

賭 城[14] 拉斯維加斯[15]。他 興 沖 沖[16] 的 進到 飯店裡 的
dǔchéng Lāsīwéijiāsī tā xìngchōngchōng de jìndào fàndiànlǐ de

賭場[17]，想 要 試試 自己 的 手氣[18] 如何。 沒 想 到 ，才
dǔchǎng xiǎng yào shìshì zìjǐ de shǒuqì rúhé méixiǎngdào cái

一個 小時 的 時間，阿 明 就 輸掉[19] 了 好 幾千塊 美金[20]。
yíge xiǎoshí de shíjiān Ā Míng jiù shūdiào le hǎo jǐqiānkuài měijīn

平 常 很 節儉[21] 的 他，覺得 很 心疼[22]，忍不住 向 好友
píngcháng hěn jiéjiǎn de tā juéde hěn xīnténg rěnbúzhù xiàng hǎoyǒu

小 陳 抱怨[23]。
Xiǎo Chén bàoyuàn

阿 明 ：「都是 導遊[24] 啦！沒事 帶 我們 來 賭 場 做
Ā Míng dōushì dǎoyóu la méishì dài wǒmen lái dǔchǎng zuò

什麼，害 我 輸[25]了 這麼 多 錢！」
shéme hài wǒ shū le zhème duō qián

小 陳 ：「別 生氣 啦！俗話 說：『姜 太公 釣魚，
Xiǎo Chén bié shēngqì la súhuà shuō jiāng tài gōng diàoyú

願 者 上 鉤』，導遊 又 沒有 拿 刀子 逼[26] 你 進去 賭場，
yuàn zhě shàng gōu　　dǎoyóu yòu méiyǒu ná dāozi bī　nǐ jìnqù dǔchǎng

更 何況[27]，賭博[28] 本來 就 有輸有贏[29] 嘛！」
gèng hékuàng　　dǔbó　běnlái jiù yǒushūyǒuyíng　ma

　　阿 明 ：「你 沒 輸錢，當然 可以 說得 那麼 輕鬆[30]
　　Ā Míng　　　nǐ méi shūqián　dāngrán kěyǐ shuōde nàme qīngsōng

囉 ！」
luo

　　小 陳 ：「好 啦！不然 我 請 你 去 酒館[31] 喝一杯，讓
　　Xiǎo Chén　　hǎo la　bùrán wǒ qǐng nǐ qù jiǔguǎn hēyìbēi ràng

你 消消氣[32] 總 可以 了 吧！」
nǐ xiāoxiāoqì zǒng kěyǐ le ba

　　阿 明 ：「這 還 差不多。」
　　Ā Míng　　zhè hái chàbuduō

生詞 shēngcí　Vocabulary

1. 姜太公釣魚，願者上鉤
   jiāng tài gōng diào yú yuàn zhě shàng gōu
   Jiang Tai Gong goes fishing-- the willing ones will bite.

2. 出於　　chūyú　　　to start from; to stem from; to originate in; to be out of

3.	自願	zìyuàn	voluntarily; of one's own (free) will; to volunteer
4.	甘心	gānxīn	willing(ly); to be resigned to
5.	受騙	shòupiàn	to be deceived; to be taken in; to be fooled
6.	上當	shàngdàng	to be taken in; to be fooled; to be duped; to fall for
7.	姜太公 （姜子牙）	Jiāng tài gōng (Jiāng Zǐyá)	is a legendary Chinese historical and figure who resided in the feudal estate of King Wen of Zhou beside the Weishui River about 3,000 years ago.
8.	周武王	zhōu wǔwáng	King Wu of Zhou was the first ruler of the Zhou Dynasty-a just and able leader, various sources list his age of death at 93, 54 or 43.
9.	商紂	shāngzhòu	Di Xin, or Emperor Xin of Shang (帝辛), born Zi Shou or Shoude (子受/受德) was the last king of the Shang Dynasty. He was later given the pejorative nickname Zhòu (紂). He is also called Zhòu Xīn (紂辛) or King Zhou (紂王). He may also be referred to by adding "Shāng" (商) in front of any of his names. Note that Zhou (紂) is not the same Zhou (周) from the succeeding Zhou Dynasty.
10.	魚鉤	yúgōu	a fishhook
11.	掛餌	guàěr	bait a/the hook

12.	上鉤	shànggōu	to raise to the bait; to swallow the bait; to get hooked; to bite at a hook
13.	旅行團	lǚxíngtuán	tour; travel group
14.	賭城	dǔchéng	casino
15.	拉斯維加斯	Lāsīwéijiāsī	Las Vegas, Nevada, a major resort city in the United States.
16.	興沖沖	xìngchōngchōng	joyously; delightedly; bursting with enthusiasm; in high spirits
17.	賭場	dǔchǎng	a gambling house; casino
18.	手氣	shǒuqì	luck at gambling
19.	輸掉	shūdiào	lost; lose
20.	美金	měijīn	U.S. dollars
21.	節儉	jiéjiǎn	frugal; economical; provident; thrifty; to economize; to scrimp and save
22.	心疼	xīnténg	to love dearly; to feel sorry
23.	抱怨	bàoyuàn	to complain; to grumble; to mutter; to murmur at
24.	導遊	dǎoyóu	a guide; a tour guide; a courier
25.	輸	shū	lost; lose
26.	逼	bī	to force, compel (sb. to do sth.); to press for
27.	何況	hékuàng	furthermore; to say nothing of; much less; let alone

28.	賭博	dǔbó	gambling; to bet; to gamble (on sth.)
29.	贏	yíng	win
30.	輕鬆	qīngsōng	light; relaxed; free and easy
31.	酒館	jiǔguǎn	a pub; a bar
32.	消消氣	xiāoxiāoqì	to vent one's anger/complaints; let off steam

⑨【破釜沈舟】[1]
　　pò　fǔ　chén zhōu

Part of Speech	Connotation	Example
Noun	+	只有破釜沈舟才能成功

解釋：jiěshì

把 煮飯[2] 的 鍋子[3] 打破，把 渡河[4] 的 船 弄 沈[5]。比喻 斷絕[6]
bǎ zhǔfàn de guōzi dǎpò bǎ dùhé de chuán nòng chén bǐyù duànjué

後路，下定 決心 勇往 直前[7]。
hòulù　xiàdìng juéxīn yǒngwǎngzhíqián

Explanation/Definition: The literal meaning of this idiom is to break the cooking pot and sink the bridge crossing a river. It is a metaphor for cutting off any means of retreat and bravely advancing forward.

例文：lìwén

秦 朝[8] 末年[9]，在 楚 國[10] 有 一個 很 厲害 的 將軍[11]，叫
Qíncháo mònián zài Chǔguó yǒu yíge hěn lìhài de jiāngjūn jiào

做 項 羽[12]。有 一次， 項 羽 帶領 士兵 渡河 去 和 秦軍
zuò Xiàng Yǔ yǒu yícì Xiàng Yǔ dàilǐng shìbīng dùhé qù hàn qínjūn

作戰。 項 羽 發給 士兵們 三天份 的 乾糧[13]，然後 下令[14]
zuòzhàn Xiàng Yǔ fāgěi shìbīngmen sāntiānfèn de gānliáng ránhòu xiàlìng

把 所有 煮飯 的 鍋子 都 打破，再 把 全部 的 船 鑽[15] 洞 弄
bǎ suǒyǒu zhǔfàn de guōzi dōu dǎpò zài bǎ quánbù de chuán zuān dòng nòng

沈 到 河裡 去。 項 羽 向 士兵們 說：「這 次 和 秦軍
chén dào hélǐ qù Xiàng Yǔ xiàng shìbīngmen shuō zhè cì hàn qínjūn

作 戰，我們 只 能
zuòzhàn wǒmen zhǐnéng

前進[16] ，不 能 後退。
qiánjìn bùnéng hòutuì

三 天 之 內 必須 將
sāntiān zhī nèi bìxū jiāng

敵人 打敗，得到 他們
dírén dǎbài dédào tāmen

的 糧食[17] 和 船隻[18] ，
de liángshí hàn chuánzhī

我們 才 能 返回[19]
wǒmen cái néng fǎnhuí

家鄉。」 士兵們 聽
jiāxiāng shìbīngmen tīng

了，都 抱著 奮戰[20]
le dōu bàozhe fènzhàn

到底[21] 的 決心 去
dàodǐ de juéxīn qù

戰鬥[22]，最後 終 於 獲得 勝利，打敗 了 秦軍。
zhàndòu　zuìhòu　zhōngyú　huòdé shènglì　dǎbài　le qínjūn

　　面 對 任何 的 挑戰[23]，都 需要 勇氣 和 毅力[24]。尤其
　　miànduì rènhé de tiǎozhàn dōu xūyào yǒngqì hàn yìlì yóuqí

是 處在 劣勢[25] 時 ，只有 抱著 破 釜 沈 舟 的 決心，
shì chǔzài lièshì shí zhǐyǒu bàozhe pò fǔ chén zhōu de juéxīn

勇 往 直 前，才 有 機會 扭 轉[26] 情勢[27] ，獲得 最後 的
yǒngwǎngzhíqián cái yǒu jīhuì niǔzhuǎn qíngshì huòdé zuìhòu de

成 功 。
chénggōng

生詞
shēngcí
Vocabulary

1.	破釜沈舟	pò fǔ chén zhōu	to break the caldrons and sink the boats; to cut off all means of retreat; to burn one's boats behind oneself
2.	煮飯	zhǔfàn	cooking
3.	鍋子	guōzi	a pot
4.	渡河	dùhé	to cross a river
5.	沈	chén	submerge; sink; to lower; to drop
6.	斷絕	duànjué	to break off; to cut off

7.	勇往直前	yǒngwǎngzhíqián	to march forward courageously; to advance bravely
8.	秦朝	Qíncháo	The Qin Dynasty was the first ruling dynasty of Imperial China from 221 to 206 BC
9.	末年	mònián	the last years of a dynasty or reign
10.	楚國	Chǔguó	The state of Chu.
11.	將軍	jiāngjūn	a general; an admiral
12.	項羽	Xiàng Yǔ	Xiang Yu (232BC-202BC) was a prominent general during the fall of the Qin Dynasty. He was a descendant of Chu nobility.
13.	乾糧	gānliáng	prepared food suitable for a journey, requiring no cooking
14.	下令	xiàlìng	to order; to give orders
15.	鑽洞	zuāndòng	drill holes; drilling
16.	前進	qiánjìn	to advance; to go forward; to make progress
17.	糧食	liángshí	grain; food provisions
18.	船隻	chuánzhī	ships; boats
19.	返回	fǎnhuí	to return; to get back; to go back to
20.	奮戰	fènzhàn	to fight bravely; to make a good fight
21.	到底	dàodǐ	to the end; to the last; finally; after all

22.	戰鬥	zhàndòu	a fight; an action; to fight
23.	挑戰	tiǎozhàn	to challenge to a fight; to give a challenge; a challenge
24.	毅力	yìlì	willpower; stamina
25.	劣勢	lièshì	inferiority; of inferior strength; in an inferior position
26.	扭轉	niǔzhuǎn	to twist; to turn back
27.	情勢	qíngshì	a situation; a position; a trend

⑩【杞人憂天】[1]

qǐ rén yōu tiān

Part of Speech	Connotation	Example
SV (adj.)	+/-	你別杞人憂天了

解釋：jiěshì

比喻 過度[2] 的 擔心，或是 指 沒有 根據 的 煩惱[3]。從前 在
bǐyù guòdù de dānxīn huòshì zhǐ méiyǒu gēnjù de fánnǎo cóngqián zài

杞國[4] 有 一個 人，因為 害怕 天 會 掉下來，擔心得 吃不下飯
Qǐguó yǒu yíge rén yīnwèi hàipà tiān huì diàoxiàlái dānxīnde chībúxiàfàn

也 睡不著覺。後來 有 人 告訴 他，天 是 由 空氣 組成[5]
yě shuìbùzháojiào hòulái yǒu rén gàosù tā tiān shì yóu kōngqì zǔchéng

的，就算 天 掉下來，被 空氣 打到 也 不會 受 傷。這個
de jiùsuàn tiān diàoxiàlái bèi kōngqì dǎdào yě búhuì shòushāng zhège

杞國人 聽 了 之後，終於 鬆 了 一口氣[6]，不再 害怕。
Qǐguórén tīng le zhīhòu zhōngyú sōng le yìkǒuqì bú zài hàipà

Explanation/Definition: This is a metaphor for being overly concerned about something and having no basis for being worried. Once upon a time, a man in Qi was so afraid of the sky falling that he could not eat or sleep. Someone eventually told him that since the sky is made of air, even if it did fall down, it would not be able to hurt anyone. Upon hearing this, the man breathed a sigh of relief and stopped worrying.

例 文：lìwén

阿 明 的 太太 懷孕[7] 了，他們 夫妻 兩人 非 常 高興，
Ā Míng de tàitai huáiyùn le tāmen fūqī liǎngrén fēicháng gāoxìng

一起 到 百貨公司 去 準 備 布置 嬰兒[8] 房 的 用品。他們
yìqǐ dào bǎihuògōngsī qù zhǔnbèi bùzhì yīngér fáng de yòngpǐn tāmen

先 買了 一張 嬰兒床，然後 又 去 買 了 寶寶[9]的 衣服 和
xiān mǎi le yìzhāng yīngérchuáng ránhòu yòu qù mǎi le bǎobao de yīfú hàn

手套。走著 走著，阿 明 夫婦 來到 了 玩具[10] 部門[11]。
shǒutào zǒuzhe zǒuzhe Ā Míng fūfù láidào le wánjù bùmén

阿 明 ：「哇！現在 的 玩具 做得 真 精緻[12]。你 看，這個
Ā Míng wā xiànzài de wánjù zuòde zhēn jīngzhì nǐ kàn zhèige

積木上 印了 英 文 字母，可以 邊 玩 邊 學 英文。」
jīmùshàng yìn le yīngwén zìmǔ kěyǐ biān wán biān xué yīngwén

阿 明 的 太太：「小孩子 玩 遊戲 高興 就 好 了，不
Ā Míng de tàitai xiǎoháizi wán yóuxì gāoxìng jiù hǎo le bù

需 要 給 他 壓力 吧？」
xū yào gěi tā yālì ba

阿 明 ：「英文 很 重要，要是 沒有 早早 把 英 文 學
Ā Míng yīngwén hěn zhòngyào yàoshì méiyǒu zǎozao bǎ yīngwén xué

好，將來 怎麼 找得到 工作 呢？」
hǎo jiānglái zěme zhǎodedào gōngzuò ne

阿 明 的 太太：「寶寶 都 還沒 出 生，你 就 開始
Ā Míng de tàitai bǎobao dōu hái méi chūshēng nǐ jiù kāishǐ

煩惱他找不到工作，會不會太杞人憂天了啊！」
fánnǎo tā zhǎobúdào gōngzuò huìbúhuì tài qǐ rén yōu tiān le a

生詞 shēngcí Vocabulary

1.	杞人憂天	qǐ rén yōu tiān	the man from Qi who worried about the sky falling
2.	過度	guòdù	overly; excessively; to excess
3.	煩惱	fánnǎo	vexation; worry; trouble; care; bother
4.	杞國	Qǐguó	the state of Qi
5.	組成	zǔchéng	to form; to make up
6.	鬆了一口氣	sōngle yìkǒuqì	relieved; released
7.	懷孕	huáiyùn	pregnancy; conception; to become pregnant; to conceive
8.	嬰兒	yīngér	a baby
9.	寶寶	bǎobao	baby; darling
10.	玩具	wánjù	a toy
11.	部門	bùmén	department
12.	精緻	jīngzhì	fine; exquisite; delicate; elaborate; pretty

⑪【臥薪嘗膽】[1]
wò xīn cháng dǎn

Part of Speech	Connotation	Example
SV (adj.)	+	有臥薪嘗膽的精神

解釋： jiěshì

躺在　木柴[2]　上　睡覺，嘴裡　嘗[3]　著　苦膽[4]的味道[5]。比喻
tǎngzài　mùchái　shàng　shuìjiào　zuǐlǐ　cháng zhe　kǔdǎn　de wèidào　bǐyù

不怕辛苦，下定　決心　讓　自己　變　強。
bú pà xīnkǔ　xiàdìng　juéxīn ràng　zìjǐ　biàn qiáng

Explanation/Definition: The literal meaning is to sleep on firewood and taste gall. This is a metaphor for not being afraid of adversity and having the resove to become stronger. To endure self-imposed hardships to accomplish a particular ambition.

例文： lìwén

春秋[6]時期，中國　南方的吳國[7]和越國[8]經常
chūnqiū　shíqí　Zhōngguó　nánfāng de Wúguó　hàn Yuèguó　jīngcháng

發生戰爭。在一次戰爭中，越王句踐[9]被吳王
fāshēng zhànzhēng　zài yícì　zhànzhēng zhōng　Yuèwáng Gōu Jiàn bèi Wúwáng

夫差[10] 打敗，成 為 吳國 的 俘虜[11]，過著 奴隸[12] 般 的 生 活。
Fū Chāi dǎbài chéngwéi Wúguó de fúlǔ guòzhe núlì bān de shēnghuó

後來 句 踐 回到 越 國 之後，便 一心 想 要 報仇[13]。為 了
hòulái Gōu Jiàn huídào Yuèguó zhīhòu biàn yì xīn xiǎng yàobàochóu wèi le

激勵[14] 自己，他 躺 在 粗硬[15] 的 木柴 上 睡覺，還 在 房裡
jīlì zìjǐ tā tǎng zài cūyìng de mùchái shàng shuìjiào hái zài fánglǐ

掛著 一顆 曬乾[16] 的
guàzhe yìkē shàigān de

膽囊[17]，隨時 嘗 一
dǎnnáng suíshí cháng yì

口 那 極苦 的 味道，
kǒu nà jíkǔ de wèidào

提醒 自己 不要 忘 了
tíxǐng zìjǐ bú yào wàng le

曾 經 受到 的 屈辱[18]。
céngjīng shòudào de qūrù

經 過 幾 年 的 努力，
jīngguò jǐ nián de nǔlì

越 國 終 於 變 得
Yuèguó zhōngyú biàn de

強 大，最後 句 踐
qiángdà zuìhòu Gōu Jiàn

起兵[19] 滅[20] 了 吳國，
qǐbīng miè le Wúguó

成 為 南 方 的 霸主[21]。
chéngwéi nánfāng de bàzhǔ

勝 利 或 失 敗，都 只 是 一 時 的 結 果。如果 失 敗 的
shènglì huò shībài dōu zhǐshì yìshí de jiéguǒ rúguǒ shībài de

那 一方，能 夠 記取 教訓[22]，學習 句 踐 臥 薪 嘗 膽 的
nà yìfāng nénggòu jìqǔ jiàoxùn xuéxí Gōu Jiàn wò xīn cháng dǎn de

精 神，設法[23] 增 強[24] 自 己 的 實力[25]，總 有 一天 會 反敗
jīngshén shèfǎ zēngqiáng zìjǐ de shílì zǒng yǒu yìtiān huì fǎn bài

為 勝[26] 的。
wéi shèng de

生詞
shēngcí

Vocabulary

1.	臥薪嘗膽	wò xīn cháng dǎn	sleeping on sticks and tasting gall; to undergo self-imposed hardships; to nurse vengeance
2.	木柴	mùchái	firewood; wood
3.	嘗	cháng	to taste; to try the flavor of
4.	苦膽	kǔdǎn	a gall bladder
5.	味道	wèidào	a flavor; a taste

6.	春秋	chūnqiū	The Spring and Autumn Period corresponds to the first half of the Eastern Zhou dynasty-from the second half of the 8th century BC to the first half of the 5th century BC.
7.	吳國	Wúguó	The State of Wu, also known as Gou Wu (勾吳), was one of the vassal states during the Western Zhou Dynasty and the Spring and Autumn Period. The State of Wu was located at the mouth of the Yangtze River (揚子江, also known as Chang Jiang 長江) east of the State of Chu. Considered a semi-barbarian state by ancient Chinese historians, its capital was at Gusu (姑蘇), also known as Wu (吳), in modern day Suzhou (蘇州).
8.	越國	Yuèguó	Yue was a state in China which existed during the Spring and Autumn Period and the Warring States Period, in the modern province of Zhejiang (浙江). During the Spring and Autumn Period, its capital was in Guiji (會稽), near the modern city of Shaoxing (紹興). After the conquest of Wu, the Yue kings moved their capital north to Wu.

9.	句踐	Gōu Jiàn	King Goujian of Yue 越王句踐 (reigned 496-465 BC) was the king of the Kingdom of Yue (present-day Shanghai 上海, northern Zhejiang 北浙江 and southern Jiangsu 南江蘇) near the end of the Spring and Autumn Period, and named Si Goujian (姒勾踐).
10.	夫差	Fū Chā	King Fuchai of Wu (吳王夫差) (reigned 495-473 BC), was the last king of Wu; he reigned towards the end of the Spring and Autumn Period.
11.	俘虜	fúlǔ	a captive; a prisoner
12.	奴隸	núlì	a slave; a creature; a thrall; a vassal
13.	報仇	bàochóu	vengeance; revenge; to punish sb. because they have made you suffer
14.	激勵	jīlì	to encourage; to urge; to inspire; to stimulate; to invigorate; to prompt; to compel;
15.	粗硬	cūyìng	stubby; thick and hard
16.	曬乾	shàigān	sun-dried; sun-baked; to dry in the sun
17.	膽囊	dǎnnáng	the gall bladder
18.	屈辱	qūrù	humiliation; mortification; disgrace
19.	起兵	qǐbīng	to raise an army
20.	滅	miè	to turn off; to die out; to come to an end

21.	霸主	bàzhǔ	an overlord; someone with hegemony
22.	教訓	jiàoxùn	a lesson; a moral; to teach sb. a lesson
23.	設法	shèfǎ	to think up a method; to arrange for
24.	增強	zēngqiáng	to enhance; to strengthen; to reinforce
25.	實力	shílì	strength; actual strength
26.	反敗為勝	fǎn bài wéi shèng	to turn defeat into victory; to turn the tables

⑫【臨時抱佛腳】[1]
lín shí bào fó jiǎo

Part of Speech	Connotation	Example
Verb	-	考試來了就臨時抱佛腳的人

解釋： jiěshì

完整的句子是「平時不燒香[2]，臨時抱佛腳」，意思
wánzhěng de jùzi shì píngshí bù shāoxiāng línshí bào fójiǎo yìsi

是平常沒有認真供奉[3]神佛[4]，等遇到困難時，
shì píngcháng méiyǒu rènzhēn gòngfèng shénfó děng yùdào kùnnán shí

才趕快求神佛保佑[5]。比喻沒有事先做好準備，等
cái gǎnkuài qiú shénfó bǎoyòu bǐyù méiyǒu shìxiān zuòhǎo zhǔnbèi děng

到情況[6]變得緊急[7]了，才趕快想辦法解決[8]。
dào qíngkuàng biànde jǐnjí le cái gǎnkuài xiǎng bànfǎ jiějué

Explanation/Definition: This proverb comes from the longer phrase, "Normally (one) doesn't burn inscense, but for the occasion hugs Buddha's foot." The meaning is that under normal circumstances, one does not worship a higher force. Only in the event of trouble does one suddently ask for spirtual protection. This is a metaphor for not preparing in advance for things and waiting until the last minute to devise a solution.

例文：liwén

大寶 報名 參加 才藝⁹ 比賽，要 表演 撲克牌¹⁰ 魔術¹¹，
Dà Bǎo bàomíng cānjiā cáiyì bǐsài yào biǎoyǎn pūkèpái móshù

但是 卻 沒有 認真 準備。 等 到比賽的 前 一天 晚 上，
dànshì què méiyǒu rènzhēn zhǔnbèi děng dào bǐsài de qián yìtiān wǎnshàng

大寶 才 拿 出 道具¹² 來 練習，卻 因為 不夠 熟練¹³ 而 一直
Dà Bǎo cái ná chū dàojù lái liànxí què yīnwèi búgòu shúliàn ér yìzhí

出錯¹⁴。
chūcuò

　　寶爸：「明天 就要 表演 了，現在才臨時抱佛腳，
　　Bǎo bà míngtiān jiù yào biǎoyǎn le xiànzài cái línshí bào fó jiǎo

來得及¹⁵ 嗎？」
láidejí ma

　　大寶：「應該 沒 問題吧！咦？可是 為什麼 匆 忙¹⁶ 的
　　Dà Bǎo yīnggāi méi wèntí ba yí kěshì wèishéme cōngmáng de

準備 要 叫做『抱 佛 腳』呢？」
zhǔnbèi yào jiàozuò bào fó jiǎo ne

　　寶爸：「據說古代 在 中 國 南方 有 一個國家，如果
　　Bǎo bà jùshuō gǔdài zài Zhōngguó nánfāng yǒu yíge guójiā rúguǒ

有 人 犯罪¹⁷，只要 在 被 官府¹⁸ 抓 到之前，逃 到 寺廟¹⁹ 裡
yǒu rén fànzuì zhǐyào zài bèi guānfǔ zhuā dào zhīqián táo dào sìmiào lǐ

抱著 佛像 的 腳 懺悔²⁰，就 可以 免除²¹ 刑罰²²。所以 後來
bàozhe fóxiàng de jiǎo chànhuǐ jiù kěyǐ miǎnchú xíngfá suǒyǐ hòulái

我們 就 把 事 到 臨頭[23] 才 想 辦法 的 行為 叫做『臨時 抱
wǒmen jiù bǎ shì dào líntóu cái xiǎng bànfǎ de xíngwéi jiàozuò lín shí bào

佛 腳』。」
fó jiǎo

　　大寶：「喔！原來 如此。爸爸 晚安，我 要 去 睡覺
　　Dà Bǎo　　ō yuánlái rúcǐ bàba wǎnān wǒ yào qù shuìjiào

了。」
le

　　寶 爸：「咦？你 不 再 練習 了 嗎？」
　　Bǎo bà　　yí nǐ bú zài liànxí le ma

　　大寶：「我 想 明天 還是 表演 唱歌 好 了。
　　Dà Bǎo　　wǒ xiǎng míngtiān hái shì biǎoyǎn chànggē hǎo le

撲克牌 魔術 太難，等 我 下次 準備 充足[24] 一點 再 表演
pūkèpái móshù tàinán děng wǒ xiàcì zhǔnbèi chōngzú yìdiǎn zài biǎoyǎn

吧！」
ba

生詞 shēngcí Vocabulary

1. 臨時抱佛腳 lín shí bào fó jiǎo to embrace Buddha's feet in one's hour of need; to seek help at the last moment; cramming

2.	燒香	shāoxiāng	to burn incense
3.	供奉	gòngfèng	to enshrine and worship; to consecrate; to sacrifice
4.	神佛	shénfó	Buddha
5.	保佑	bǎoyòu	a blessing; to bless and protect
6.	情況	qíngkuàng	a situation; a position
7.	緊急	jǐnjí	urgent; emergent; emergency; exigent; pressing; critical
8.	解決	jiějué	to solve; a solution; to settle; to sew up
9.	才藝	cáiyì	accomplishments; talent and skill
10.	撲克牌	pūkèpái	poker; poker cards
11.	魔術	móshù	magic; a magic trick
12.	道具	dàojù	properties; a stage property
13.	熟練	shúliàn	practiced; skilled; proficient
14.	出錯	chūcuò	to make a mistake; error
15.	來得及	láidejí	in time; to be able to make it in time; there in time for
16.	匆忙	cōngmáng	hurriedly; hastily; hurry
17.	犯罪	fànzuì	to commit a crime; to sin; to commit
18.	官府	guānfǔ	a governance; offices of local governance
19.	寺廟	sìmiào	a temple

20.	懺悔	chànhuǐ	to repent; repentance
21.	免除	miǎnchú	to prevent; to avoid; to remit; to dismiss
22.	刑罰	xíngfá	punishment; penalty
23.	事到臨頭	shì dào líntóu	when the situation becomes critical; at the last moment
24.	充足	chōngzú	enough; fill; in plenty; to go far

⑬【成人之美】[1]
chéng rén zhī měi

Part of Speech	Connotation	Example
Noun	+	這也是成人之美

解釋：jiěshì

幫助 他人 完成[2] 美好[3] 的 事情，多 用 在 勸人 助人
bāngzhù tārén wánchéng měihǎo de shìqíng duō yòng zài quànrén zhùrén

或 成 全 別人。《論語》[4] 裡 有 一句 話 說：「君子[5] 成
huò chéngquán biérén Lúnyǔ lǐ yǒu yíjù huà shuō jūnzǐ chéng

人 之 美。」[6] 意思 是 有 品德[7] 的 君子 會 幫助 他人 做 好
rén zhī měi yìsi shì yǒu pǐndé de jūnzǐ huì bāngzhù tārén zuò hǎo

的 事情。
de shìqíng

Explanation/Definition: Helping others to complete worthy matters or urging others to help other people. *Analects* (*of Confucius*) contains the sentence, "A person of noble character helps with the completion of worthy goals." The meaning is thus: moral individuals of integrity help others accomplish things that are good. To help with the completion of worthy goals.

例文：lìwén

阿 明 夫妻 來到 一間 珠寶[8]店，看 上 了 一只 戒指[9]。
Ā Míng fūqī láidào yìjiān zhūbǎodiàn kàn shàng le yìzhǐ jièzhǐ

阿 明 決定 買來 送 給太太，做為 結婚 週年 的禮物。
Ā Míng juédìng mǎi lái sòng gěi tàitai zuòwéi jiéhūn zhōunián de lǐwù

這時 有 另 一位 客人 表示 也 想要 買 這只 戒指。
zhè shí yǒu lìng yíwèi kèrén biǎoshì yě xiǎngyào mǎi zhè zhǐ jièzhǐ

阿 明：「這只 戒指 是 我 先 看到 的，所以 請 你 買
Ā Míng zhè zhǐ jièzhǐ shì wǒ xiān kàndào de suǒyǐ qǐng nǐ mǎi

別 只 吧！」
bié zhǐ ba

客人：「對不起！可是 我 的 母親 非常 喜歡 這只 戒
kèrén duìbùqǐ kěshì wǒ de mǔqīn fēicháng xǐhuān zhè zhǐ jiè

指。先前 她 捨不得 買，來 看了 好 幾次。 明天 是 她 的
zhǐ xiānqián tā shěbùdé mǎi lái kànle hǎo jǐcì míngtiān shì tā de

生日，我 想 買下來 送給 她，拜託 你 讓 給 我 好 嗎？」
shēngrì wǒ xiǎng mǎixiàlái sònggěi tā bàituō nǐ ràng gěi wǒ hǎo ma

阿 明：「可是……」
Ā Míng kěshì

阿 明 的 太太：「老公，你 就 讓 他 買 吧！俗話 說 ：
Ā Míng de tàitai lǎogōng nǐ jiù ràng tā mǎi ba súhuà shuō

『君 子 有 成 人 之 美』，他 也 是 出 自 一片 孝心[10]， 想
jūn zǐ yǒu chéng rén zhī měi tā yě shì chū zì yípiàn xiàoxīn xiǎng

要 孝順[11]他 的 母親 呀！我們 再 看 別 只 就 好 了。」
yào xiàoshùn tā de mǔqīn ya　wǒmen zài kàn bié zhǐ jiù hǎo le

阿 明：「好 吧！就 照 老婆 的 意思 囉！」
Ā Míng　hǎo ba　jiù zhào lǎopó de yìsi luō

客人：「真 是 太 感謝 你們 了！」
kèrén　zhēn shì tài gǎnxiè nǐmen le

生詞 shēngcí　Vocabulary

1.	成人之美	chéng rén zhī měi	to help sb. to fulfill his wish; to help with the completion of a worthy goal
2.	完成	wánchéng	to accomplish; to complete; to finish; to achieve; to fulfill; to get through with sth.; to put sth. through
3.	美好	měihǎo	fine; nice; good; pretty
4.	論語	Lúnyǔ	*The Analects of Confucius*, one of the Four Books
5.	君子	jūnzǐ	a person of noble character and integrity; a gentleman
6.	君子成人之美 jūnzǐ chéng rén zhī měi		a gentleman is always ready to help others attain their aims
7.	品德	pǐndé	moral character; morals; morality

8.	珠寶	zhūbǎo	pearls and jewels; jewelry; treasure
9.	戒指	jièzhǐ	a ring
10.	孝心	xiàoxīn	filial piety
11.	孝順	xiàoshùn	to show filial obedience or devotion for (one's parents) filial piety; filial duty

14 【子虛烏有】[1]
zǐ   xū   wū   yǒu

Part of Speech	Connotation	Example
Noun	+/-	只是子虛烏有

解釋：jiěshì

司馬 相 如[2] 所 寫 的〈子虛賦〉[3] 中 ，利用 子虛 先 生 和
Sīmǎ Xiàngrú suǒ xiě de Zǐxūfù zhōng lìyòng Zǐxū xiānshēng hàn

烏有 先 生 的 對話，來 敘述 君 王 打獵[4] 時 盛大[5] 的
Wūyǒu xiānshēng de duìhuà lái xùshù jūnwáng dǎliè shí shèngdà de

場 面[6]，最後 總結[7] 出 反對[8] 奢侈[9] 浪費[10] 的 結論[11]。因為
chǎngmiàn zuìhòu zǒngjié chū fǎnduì shēchǐ làngfèi de jiélùn yīnwèi

子虛 和 烏有 兩 人 都 是 虛構[12] 的 人物，後來 的 人 就 用
Zǐxū hàn Wūyǒu liǎng rén dōu shì xūgòu de rénwù hòulái de rén jiù yòng

「子虛烏有」來 比喻 不 存在 於 現實[13] 世界 的 虛構 事物。
zǐ xū wū yǒu lái bǐyù bù cúnzài yú xiànshí shìjiè de xūgòu shìwù

Explanation/Definition: In the *Rhapsody of Sir Vacuous* written by Sima Xiangru, the dialog between Mr. Zixu and Mr. Wuyou is used to recount the grand scene of a royal hunt. Sima Xiangru concludes by critizing the waste and extragvance of such an activity. Because Zixu and Wuyou are fictious characters, people later came to use "Zixu Wuyou" as a metaphor for people and things that do not actually exist. No such person and no such thing.

例文：lìwén

麥克是一個從 美國 來的 學生。這一天，他 向
Màikè shì yíge cóng Měiguó lái de xuéshēng zhè yì tiān tā xiàng

臺灣的同學 阿 祥 提起 心 中 的疑問[14]。
Táiwān de tóngxué Ā Xiáng tíqǐ xīnzhōng de yíwèn

麥克：「有件事我覺得 很 奇怪。為什麼 在 臺灣，
Màikè yǒu jiàn shì wǒ juéde hěn qíguài wèishéme zài Táiwān

有 人 會祭拜路 邊 的石頭，並且 流傳[15] 著 許多靈異[16] 的
yǒu rén huì jìbài lù biān de shítóu bìngqiě liúchuán zhe xǔduō língyì de

故事。在 我 看來，這些 沒有 根據 的 傳 聞，都是子虛
gùshì zài wǒ kànlái zhèxiē méiyǒu gēnjù de chuánwén dōu shì zǐ xū

烏有的 幻 想[17] 而已。」
wū yǒu de huànxiǎng éryǐ

阿 祥：「這是因為 我們 尊重[18] 萬物[19]、 崇拜[20]
Ā Xiáng zhè shì yīnwèi wǒmen zūnzhòng wànwù chóngbài

自然， 不像 你們 西方 人 總是 想 要 征服[21] 自然。」
zìrán búxiàng nǐmen xīfāng rén zǒngshì xiǎngyào zhēngfú zìrán

麥克：「還有 啊！我們 去 墓園[22] 懷念[23] 親友的 時候，
Màikè háiyǒu a wǒmen qù mùyuán huáiniàn qīnyǒu de shí hòu

只會 帶著 鮮花 去 致意[24]，你們 卻 帶了 豐 盛[25] 的飯菜 和
zhǐhuì dàizhe xiānhuā qù zhìyì nǐmen què dàile fēngshèng de fàncài hàn

水果 去 祭拜。墳墓[26]裡 的 人 什麼 時候 會 出來 吃 這些
shuǐguǒ qù jìbài fénmù lǐ de rén shéme shíhòu huì chūlái chī zhèxiē

食物 呢？」
shíwù ne

　　阿 祥 ：「等 你們 墳墓裡 的 人 出來 賞 花 的 時候，
　　Ā Xiáng　　 děng nǐmen fénmùlǐ de rén chūlái shǎnghuā de shíhòu

我 們 墳墓裡 的 人 就 會 出來 吃 東西 了。」
wǒmen fénmùlǐ de rén jiù huì chūlái chī dōngxī le

生詞
shēngcí

Vocabulary

1.	子虛烏有	zǐ xū wū yǒu	no such man and nothing like that
2.	司馬相如	Sīmǎ Xiàngrú	Sima Xiangru (179-117 BC) was a Chinese writer and minor official of the Western Han Dynasty
3.	子虛賦	Zǐxūfù	*Rhapsody of Sir Vacuous*
4.	打獵	dǎliè	to go hunting; to hunt
5.	盛大	shèngdà	royal; stately
6.	場面	chǎngmiàn	a scene (in drama, etc) an impressive scene; appearance
7.	總結	zǒngjié	to sum up; a summary

8.	反對	fǎnduì	to oppose; to be against
9.	奢侈	shēchǐ	luxury; extravagance
10.	浪費	làngfèi	to waste; to consume; to squander
11.	結論	jiélùn	a conclusion; an inference; funal result
12.	虛構	xūgòu	fabricate; fabrication; fictitious
13.	現實	xiànshí	reality; fact; actuality; real
14.	疑問	yíwèn	a question; doubt
15.	流傳	liúchuán	to spread; to circulate
16.	靈異	língyì	strange; mysterious; occult
17.	幻想	huànxiǎng	an illusion; fancy; fantasy
18.	尊重	zūnzhòng	to value; to esteem
19.	萬物	wànwù	all things on earth
20.	崇拜	chóngbài	to worship; to adore; to glorify
21.	征服	zhēngfú	to conquer; to subdue
22.	墓園	mùyuán	cemetery
23.	懷念	huáiniàn	to cherish the memory of
24.	致意	zhìyì	to give one's regards to; to remember to
25.	豐盛	fēngshèng	flourishing; luxuriant
26.	墳墓	fénmù	a grave; a resting-place

⑮【黃 粱 一 夢】[1]
huáng liáng yí mèng

Part of Speech	Connotation	Example
Noun	+/-	這些只是黃粱一夢而已

解釋：jiěshì

黃 粱 米[2] 還 沒 煮 熟[3]，一 場 好 夢 就 已經 結束 了。比喻
huángliángmǐ hái méi zhǔshóu yìchǎng hǎo mèng jiù yǐjīng jiéshù le bǐyù

人世間[4] 的 榮華 富貴[5]，就 好 像 是 虛幻[6] 的 夢 境[7] 一樣，
rénshìjiān de rónghuá fùguì jiù hǎoxiàng shì xūhuàn de mèngjìng yíyàng

不 可 能 永 遠 保有[8] 的。
bù kěnéng yǒngyuǎn bǎoyǒu de

Explanation/Definition: Before the rice is done cooking, one awakes from a pleasant dream. This is a metaphor for how wealth and glory in life is only an illusion and not something that can be kept forever.

例文：lìwén

有 一位 姓 盧 的 書生[9]，在 旅店裡 遇到 了 一位 道士[10]。
yǒu yíwèi xìng lú de shūshēng zài lǔdiànlǐ yùdàole yíwèi dàoshì

道士 借給　書生　一個　枕頭[11]，聲　稱[12] 只要　睡在 這個
dàoshì jiègěi　shūshēng　yíge　zhěntóu　shēngchēng zhǐyào shuìzài zhège

枕 頭 上，就 可以 得到 榮華 富貴。書 生　睡 在 枕頭上
zhěntóushàng　jiù kěyǐ dédào rónghuá fùguì　shūshēng shuì zài zhěntóushàng

做 了 一個　夢，夢裡 的 他 考 上 科舉 做 了　大官，得到
zuò le　yíge mèng　mènglǐ de tā kǎoshàng kējǔ zuò le　dàguān dédào

皇帝[13] 的　重用，
huángdì de　zhòngyòng

過著 有 錢 有 勢[14] 的
guòzhe yǒu qián yǒu shì　de

生 活，最後　因為
shēnghuó　zuìhòu　yīnwèi

年老[15]　生 病 而 死
niánlǎo　shēngbìng　ér sǐ

去。書生　醒來 時，
qù　shūshēng　xǐnglái shí

發現 這 一切 都 只是
fāxiàn zhè yíqiè dōu zhǐshì

夢，　旅店裡　爐子[16]
mèng　lǚdiànlǐ　lúzi

上 煮 的　黃 粱
shàng zhǔ de　huángliáng

米飯 都 還 沒 煮 熟，
mǐfàn dōu hái méi zhǔshóu

夢 就 醒 了。這 就 是 唐代 著名 小 說 《枕中記》[17] 的
mèng jiù xǐng le zhè jiù shì Tángdài zhùmíng xiǎoshuō Zhěnzhōngjì de

故事。
gùshì

很多人花了一輩子的時間在追求 金錢 和 權力[18]，
hěnduō rén huā le yí bèizi de shíjiān zài zhuīqiú jīnqián hàn quánlì

但 仔細 想 想，這些 榮華 富貴 不過 只是 黃 粱 一
dàn zǐxì xiǎngxiǎng zhèxiē rónghuá fùguì búguò zhǐshì huáng liáng yí

夢。當 生 命[19] 結束 時，我們 還 能 保有 這 一切 嗎？
mèng dāng shēngmìng jiéshù shí wǒmen hái néng bǎoyǒu zhè yíqiè ma

所以，與其 盲目[20] 的 追逐[21] 名利[22]，不如 設法[23] 讓 自己 的
suǒyǐ yǔqí mángmù de zhuīzhú mínglì bùrú shèfǎ ràng zìjǐ de

人 生 過得 更 有 意義[24] 吧！
rénshēng guòde gèng yǒu yìyì ba

生詞 shēngcí Vocabulary

1.	黃粱一夢	huáng liáng yí mèng	a fond hope that can never materialize
2.	黃粱米	huángliángmǐ	millet
3.	煮熟	zhǔshóu	to cook thoroughly; boil; well-done
4.	人世間	rénshìjiān	in the world; life

5.	榮華富貴	rónghuá fùguì	glory; slendor; wealth and rank
6.	虛幻	xūhuàn	a mirage; vanity; illusory
7.	夢境	mèngjìng	dreamland; a dream
8.	保有	bǎoyǒu	to keep sth; retain; hold
9.	書生	shūshēng	student; scholar
10.	道士	dàoshì	a taoist
11.	枕頭	zhěntóu	a pillow
12.	聲稱	shēngchēng	to profess; to claim; to assert; to make out
13.	皇帝	huángdì	an emperor
14.	有錢有勢	yǒu qián yǒu shì	both rich and influential; a fat cat
15.	年老	niánlǎo	oldest; aged
16.	爐子	lúzi	a stove; a fireplace
17.	枕中記	Zhěnzhōngjì	*Pillow Story*
18.	權力	quánlì	power; authority
19.	生命	shēngmìng	life; being
20.	盲目	mángmù	blind; eyeless
21.	追逐	zhuīzhú	to pursue; to run to catch up; to seek
22.	名利	mínglì	fame and gain; fame and wealth
23.	設法	shèfǎ	to think up a method; to devise a way
24.	意義	yìyì	a meaning; a sense; a construction

16【韋編三絕】¹
wéi biān sān jué

Part of Speech	Connotation	Example
Noun	+	讀書有韋編三絕的精神

解釋： jiěshi

形容 讀書 非常 勤勞² 用 功。孔子³ 老年 的 時候 很
xíngróng dúshū fēicháng qínláo yònggōng Kǒngzǐ lǎonián de shíhòu hěn

喜歡 讀《易經》⁴，因為 一直 翻閱⁵ 的 關係，讓 串 連 竹簡⁶
xǐhuān dú Yìjīng yīnwèi yìzhí fānyuè de guānxì ràng chuànlián zhújiǎn

的 牛皮繩⁷ 磨斷⁸ 了 好 幾次。
de niúpíshéng móduàn le hǎo jǐcì

Explanation/Definition: This idiom describes reading in an extremely
digent way. In his later years, Confucious liked reading *The Book of
Changes*. Because he continuously flipped through the bound bamboo
scroll book, the leather binding wore through many times.

例文： liwén

阿 祥 為了 出國 留學⁹，正 努力 的 準備 托福¹⁰ 考試。
Ā Xiáng wèile chūguó liúxué zhèng nǔlì de zhǔnbèi Tuōfú kǎoshì

他 非 常 的 用 功 ， 整 天 坐 在 書 桌 前 讀 書 ， 就 算
tā fēicháng de yònggōng zhěngtiān zuò zài shūzhuō qián dúshū jiù suàn

吃 飯 的 時 候 ， 也 不 停 的 背 著 單 字 ， 幾 乎 已 經 到 了 韋 編
chīfàn de shíhòu yě bù tíng de bèizhe dānzì jīhū yǐjīng dào le wéi biān

三 絕 的 地 步[11]。 這 一 天 ， 他 因 為 熬 夜[12] 讀 書 太 累 ， 過 馬 路
sān jué de dìbù zhè yìtiān tā yīnwèi áoyè dúshū tài lèi guò mǎlù

的 時 候 不 小 心 ， 被 轉 彎 的 車 子 撞 倒 在 地 上 。 路
de shíhòu bù xiǎoxīn bèi zhuǎnwān de chēzi zhuàngdǎo zài dìshàng lù

旁 的 民 眾 趕 緊 叫 救 護 車[13] 送 他 去 醫 院 。 阿 祥 的
páng de mínzhòng gǎnjǐn jiào jiùhùchē sòng tā qù yīyuàn Ā Xiáng de

父 母 接 到 通 知 趕 到 醫 院 ， 看 見 躺 在 病 床 上 的
fùmǔ jiēdào tōngzhī gǎndào yīyuàn kànjiàn tǎng zài bìngchuáng shàng de

阿 祥 ， 阿 祥 的 母 親 非 常 擔 心 他 的 傷 勢[14]， 緊 張 的
Ā Xiáng Ā Xiáng de mǔqīn fēicháng dānxīn tā de shāngshì jǐnzhāng de

問 ：「 醫 生 怎 麼 說 ？ 」阿 祥 一 時 反 應 不 過 來 ， 竟 然
wèn yīshēng zěme shuō Ā Xiáng yìshí fǎnyìng bú guò lái jìngrán

回 答 ：「 D-o-c-t-o-r, Doctor. 」
huídá

Vocabulary
生詞
shēngcí

1. 韋編三絕　wéi biān sān jué　be diligent in one's studies

2.	勤勞	qínláo	diligent; industrious; hardworking; industrious and courageous
3.	孔子	Kǒngzǐ	Confucius (551-479 BC) was a Chinese thinker and social philosopher
4.	易經	Yìjīng	*I Ching or Book of Changes* contains a divination system comparable to Western geomancy or the West African Ifá system
5.	翻閱	fānyuè	to leaf over; to dip into; to skim through
6.	竹簡	zhújiǎn	a bamboo slip
7.	牛皮繩	niúpíshéng	bovine leather strap
8.	磨斷	móduàn	rub off; wear off/out
9.	留學	liúxué	to study abroad
10.	托福	Tuōfú	TOEFL-Test of English as a Foreign Language
11.	地步	dìbù	a tight or deplorable condition; extent; degree
12.	熬夜	áoyè	to stay up late or all night
13.	救護車	jiùhùchē	an ambulance
14.	傷勢	shāngshì	the condition of an injury (or wound)

【青梅竹馬】¹

qīng méi zhú mǎ

Part of Speech	Connotation	Example
Noun	+	我們是青梅竹馬

解釋：jiěshì

出自 唐 代 詩人 李 白² 的〈長干行〉³ 詩句⁴：「郎 騎 竹 馬⁵
chūzì Tángdài shīrén Lǐ Bái de Chánggānxíng shījù láng qí zhúmǎ

來，遶⁶ 床 弄 青梅。」⁷ 描 寫 小男孩 騎著 竹馬 來 找
lái rào chuáng nòng qīngméi miáoxiě xiǎonánhái qízhe zhúmǎ lái zhǎo

小女孩 玩，他們 繞著 水井⁸ 旁 的 圍欄⁹ 追逐¹⁰ 嬉戲¹¹，
xiǎonǚhái wán tāmen ràozhe shuǐjǐng páng de wéilán zhuīzhú xīxì

天真 地 拿青色的梅子 丟著玩。後來人們就 用 青 梅
tiānzhēn de ná qīngsè de méizi diūzhe wán hòulái rénmen jiù yòng qīng méi

竹 馬 來 比喻 從 小 就 認識，一起 長 大 的 同伴。
zhú mǎ lái bǐyù cóng xiǎo jiù rènshì yìqǐ zhǎngdà de tóngbàn

Explanation/Definition: This idiom comes from a line in Li Bai's Tang Dynasty poem "Chang Gan Xing." "A young man rides in on a bamboo horse, circling the bed to get green plums." This line describes a boy riding a broomstick horse, who comes to play with a girl. They chase each other around the railing of a well, laughing, having fun, and innocently throwing green plums. Later, people came to use "green plums" and "bamboo horse" as a metaphor for a companion one has grown up with and known since childhood.

例文：lìwén

阿仁 的 同事 結婚，在 一家 知名 的 海鮮 餐廳 請 吃
Ā Rén de tóngshì jiéhūn zài yìjiā zhīmíng de hǎixiān cāntīng qǐng chī

喜酒[12]。阿仁 比較 晚到，找 到 空位 就 趕緊 坐 下去。
xǐjiǔ Ā Rén bǐjiào wǎndào zhǎo dào kòngwèi jiù gǎnjǐn zuò xiàqù

阿仁：「聽說 新郎[13] 和 新娘[14] 感情[15] 非常 好。」
Ā Rén tīngshuō xīnláng hàn xīnniáng gǎnqíng fēicháng hǎo

客人甲：「當然 囉！他們 是 鄰居，從 小 青 梅 竹
kèrén jiǎ dāngrán luō tāmen shì línjū cóng xiǎo qīng méi zhú

馬 一起 長 大，感情 當然 好。」
mǎ yìqǐ zhǎngdà gǎnqíng dāngrán hǎo

阿仁 疑惑[16] 的 問：「咦？新娘 也 是 板橋 人 嗎？」
Ā Rén yíhuò de wèn yí xīnniáng yě shì Bǎnqiáo rén ma

客人乙 搖頭：「不是，他們 都 住 在 中和。」
kèrén yǐ yáotóu búshì tāmen dōu zhù zài zhōnghé

阿仁 有 點 緊張 的 東張西望[17]：「怎麼 沒 看見
Ā Rén yǒu diǎn jǐnzhāng de dōngzhāngxīwàng zěme méi kànjiàn

新郎 銀行 的 同事 呢？」
xīnláng yínháng de tóngshì ne

客人 丙：「我 記得 新郎 是 在 學校 教書 的。」
kèrén bǐng　　wǒ jìde xīnláng shì zài xuéxiào jiāoshū de

阿仁 聽了 臉色 大變[18]，馬上 跑 到 收禮臺[19] 拿回 紅
Ā Rén tīngle liǎnsè dàbiàn　　mǎshàng pǎo dào shōulǐtái náhuí hóng

包[20]，頭 也 不 回 的 走 了。原來 他 一時 匆忙[21]，跑錯
bāo　　tóu yě bù huí de zǒu le　　yuánlái tā yìshí cōngmáng　　pǎocuò

餐廳 了。
cāntīng le

生詞 shēngcí　Vocabulary

1.	青梅竹馬	qīng méi zhú mǎ	the period when a boy and a girl grew up together
2.	李白	Lǐ Bái	Li Bai (701-762) is regarded as one of the greatest poets of the Tang period, which is considered China's "golden age" of poetry.
3.	長干行	chánggānxíng	The River-Merchant's－Wife: A letter
4.	詩句	shījù	verse; poetry
5.	竹馬	zhúmǎ	a bamboo hobby-horse
6.	遶	rào	to surround; go around

7.	郎騎竹馬來，遶床弄青梅 láng qí zhúmǎ lái, rào chuáng nòng qīngméi	riding on a bamboo stick as a horse with a green plum twig in one's hand
8.	水井	shuǐjǐng	a well
9.	圍欄	wéilán	railings; a rail; an enclosure
10.	追逐	zhuīzhú	to chase; to run to catch up with; to hunt for; to run after
11.	嬉戲	xīxì	to play; to sport; to frolic; to fool around
12.	喜酒	xǐjiǔ	a wedding banquet; a feast;
13.	新郎	xīnláng	a bridegroom; a groom
14.	新娘	xīnniáng	a bride or newly-wedded woman
15.	感情	gǎnqíng	feelings; emotions; sentiments; sensibility
16.	疑惑	yíhuò	to doubt
17.	東張西望	dōngzhāngxīwàn	to look around; to gaze around; to look about furtively
18.	臉色大變	liǎnsèdàbiàn	black in the face; blue in the face
19.	收禮臺	shōulǐtái	gifts desk
20.	紅包	hóng bāo	a cash gift; redenvelope
21.	匆忙	cōngmáng	in a hurry; in haste; to hurry

18 【弄璋之喜】[1]

nòng zhāng zhī xǐ

Part of Speech	Connotation	Example
Noun	+	張先生有弄璋之喜

解釋：jiěshì

恭喜 人 生 男孩 的 用語。「璋」[2] 是 玉石[3]，象 徵[4]
gōngxǐ rén shēng nánhái de yòngyǔ zhāng shì yùshí xiàngzhēng

美好 的 品德[5]。古時候 的 人 如果 生 了 男孩，就 會 送
měihǎo de pǐndé gǔshíhòu de rén rúguǒ shēng le nánhái jiù huì sòng

給 小 男嬰[6] 一塊 玉，希望 他 長大 能夠 擁有 好的
gěi xiǎo nányīng yíkuài yù xīwàng tā zhǎngdà nénggòu yǒngyǒu hǎo de

品德，可以 做 大官。
pǐndé kěyǐ zuò dàguān

註[7]：如果 生 的 是 女生，就 送 她「瓦」[8]，也 就 是
zhù rúguǒ shēng de shì nǚshēng jiù sòng tā wǎ yě jiù shì

紡錘[9]，希望 女孩 長大 了 可以 擅長[10] 織布[11]。所以 恭喜
fǎngchuí xīwàng nǚhái zhǎngdà le kěyǐ shàncháng zhībù suǒyǐ gōngxǐ

人 生 女孩 叫 弄 瓦 之 喜[12]。
rén shēng nǚhái jiào nòng wǎ zhī xǐ

Explanation/Definition: A phrase used to congragulate someone on the birth of a son. The second character, "zhāng," is a type of jade, which symbolizes high moral quality. In ancient China, if someone gave birth to a son, the custom was to give the infant a piece of jade as a gift in hopes that he would grow up to possess the high morals necessary to serve as a government official.

例文：lìwén

阿 土 伯 的 鄰 居
Ā Tǔ bó de línjū

生 了 一個 可愛 的
shēng le yíge kěài de

男孩，在 滿月[13] 的 這
nánhái zài mǎnyuè de zhè

一天 ， 送來 了 油飯[14]
yìtiān sònglái le yóufàn

禮盒[15]，要 把 弄 璋
lǐhé yào bǎ nòng zhāng

之 喜 的 快樂 和 所有
zhī xǐ de kuàilè hàn suǒyǒu

人 分享[16] 。 阿 土 伯
rén fēnxiǎng Ā Tǔ bó

高興 地 收下 禮盒，
gāoxìng de shōuxià lǐhé

叫 兩個 孫子 趁[17] 熱 吃一吃。裡面 除 了 油飯 之外，還有
jiào liǎngge sūnzi chèn rè chīyìchī lǐmiàn chú le yóufàn zhīwài háiyǒu

一隻 雞腿。這對 兄弟 為了 搶 雞腿，起了 爭執[18]。
yìzhī jītuǐ zhè duì xiōngdì wèile qiǎng jītuǐ qǐ le zhēngzhí

阿土伯：「小 華，做 哥哥 的 要 禮讓[19] 弟弟 呀！你 看
Ā Tǔ bó Xiǎo Huá zuò gēge de yào lǐràng dìdi ya nǐ kàn

我們 院子裡 養 的 母雞，抓 到 小 蟲 都 會 分給 小雞
wǒmen yuànzilǐ yǎng de mǔjī zhuādào xiǎochóng dōu huì fēn gěi xiǎojī

吃。你 也 要 學習 母雞 的 愛心，照顧 弟弟 才 對。」
chī nǐ yě yào xuéxí mǔjī de àixīn zhàogù dìdi cái duì

小 華：「爺爺 你 放心，我 如果 抓 到 小 蟲 的 話，
Xiǎo Huá yéye nǐ fàngxīn wǒ rúguǒ zhuādào xiǎochóng de huà

一定會 分給 弟弟 吃的！」
yídìng huì fēn gěi dìdi chī de

生詞 shēngcí Vocabulary

1.	弄璋之喜	nòng zhāng zhī xǐ	congratulations on a new baby boy
2.	璋	zhāng	a jade tablet
3.	玉石	yùshí	a piece of jade
4.	象徵	xiàngzhēng	to symbolize; to signify

5.	品德	pǐndé	character; morals
6.	嬰	yīng	baby
7.	註	zhù	comments; notes
8.	瓦	wǎ	a roof; watt
9.	紡錘	fǎngchuí	a spindle
10.	擅長	shàncháng	to be good at; to be skilled in; to be dead on
11.	織布	zhībù	to weave cloth
12.	弄瓦之喜	nòng wǎ zhī xǐ	congratulations on a new baby girl
13.	滿月	mǎnyuè	baby's completion of its first month of life
14.	油飯	yóufàn	glutinous oil rice-according to Chinese custom, when a baby turns one month old, a ceremony is held to celebrate his/her first full moon.
15.	禮盒	lǐhé	gift
16.	分享	fēnxiǎng	to share; to go shares
17.	趁	chèn	to make use of; to take advantage
18.	爭執	zhēngzhí	to disagree; to dispute; to stick to one's position
19.	禮讓	lǐràng	to give precedence out of courtesy

⑲【井底之蛙】[1]
jǐng dǐ zhī wā

Part of Speech	Connotation	Example
Noun	-	他像井底之蛙一樣

解釋：jiěshì

《莊子》[2] 一書的〈秋水篇〉[3] 裡提到：「無法和住在
Zhuāngzǐ yì shū de Qiūshuǐ piān lǐ tídào wúfǎ hàn zhù zài

井裡的青蛙[4] 談論[5] 海洋之大，是受到牠居住環境的
jǐnglǐ de qīngwā tánlùn hǎiyáng zhī dà shì shòudào tā jūzhù huánjìng de

限制[6]；無法和夏天的昆蟲[7] 談論冬天的冰雪，是
xiànzhì wúfǎ hàn xiàtiān de kūnchóng tánlùn dōngtiān de bīngxuě shì

受到牠生長時間的限制；無法和見識淺薄[8] 的人
shòudào tā shēngzhǎng shíjiān de xiànzhì wúfǎ hàn jiànshì qiǎnbó de rén

談論大道理[9]，是受到他教育程度[10] 的限制。」後來人
tánlùn dà dàolǐ shì shòudào tā jiàoyù chéngdù de xiànzhì hòulái rén

們就用井底之蛙來比喻見識很少的人。
men jiù yòng jǐng dǐ zhī wā lái bǐyù jiànshì hěnshǎo de rén

Explanation/Definition: In the "autumn Water" chapter of *Zhuangzi*, it is written, "Because of the confines of its environment, there is no way to discuss with a frog that lives in a well the vastness of the ocean. There is no way to discuss the winter snow with a summer insect because of the limitations of growing up in the heat. Because of a lack of education, it follows that there is no way of talking morality with someone of shallow knowledge." Chinese speakers later came to use a frog living in a well as a metaphor for people with limited experience and outlook.

例文：lìwén

日　正　當　中[11]，有　兩隻　老鷹[12]在　樹上　休息。突然
rì　zhèng dāng　zhōng　　yǒu liǎngzhī lǎoyīng zài shùshàng xiūxí　túrán

一架　噴射機[13]　從　天空　快速　飛過，留下 一道　長　長　的
yíjià　pēnshèjī　cóng tiānkōng kuàisù fēiguò liúxià yídào chángcháng de

白煙。
báiyān

　　老鷹 A 疑惑 的 問：「那 是 什麼？」
　　lǎoyīng　　yíhuò de wèn　　nà shì shéme

　　老鷹 B 露出 不屑[14] 的　表情　說：「你 真是　隻 井底
　　lǎoyīng　lùchū búxiè　de biǎoqíng shuō　nǐ zhēnshì zhī jǐng dǐ

之 蛙，那 玩意兒[15] 叫 做 噴射機。」
zhī wā　nà wányìér　jiào zuò pēnshèjī

　　老鷹 A 還 是 很 疑惑 的　問：「噴射『雞』？那 牠
　　lǎoyīng　hái shì hěn yíhuò de wèn　pēnshè jī　nà tā

為什麼 飛得 那麼 急 呢？」
wèishéme fēide nàme jí ne

老鷹 B 冷冷 的 回答：「如果 有 一天 你的 尾巴¹⁶ 著
lǎoyīng　lěnglěng de huídá　　rúguǒ yǒu yìtiān nǐ de wěiba zháo

火¹⁷ 了，看 你 急不急！」
huǒ le kàn nǐ jíbùjí

生詞
shēngcí

Vocabulary

1.	井底之蛙	jǐng dǐ zhī wā	a frog in a well; a person with a very limited outlook and experience
2.	莊子	Zhuāngzǐ	Zhuangzi, an influential Chinese philosopher, lived around the 4th century BCE during the Warring States Period
3.	秋水篇	Qiūshuǐ piān	paragraph of autumn floods
4.	青蛙	qīngwā	a frog
5.	談論	tánlùn	to discuss; to talk about
6.	限制	xiànzhì	to limit; to place (or impose) restrictions on
7.	昆蟲	kūnchóng	an insect
8.	見識淺薄	jiànshì qiǎnbó	shallow knowledge
9.	道理	dàolǐ	reason; logic; a principle
10.	程度	chéngdù	degree; level
11.	日正當中	rì zhèng dāng zhōng	noon; midday; at noon

12.	老鷹	lǎoyīng	an eagle
13.	噴射機	pēnshèjī	a jet airliner; a jetliner
14.	不屑	búxiè	to disdain to do something; dismissively
15.	玩意兒	wányìér	a thing; a toy
16.	尾巴	wěiba	a tail
17.	著火	zháohuǒ	to catch fire; to be ablaze; to be aflame

20【破 鏡 重 圓】[1]
pò jìng chóng yuán

Part of Speech	Connotation	Example
Verb	+/-	希望你們夫妻破鏡重圓

解釋：jiěshì

破 成 兩半 的 鏡子， 重新 合 在 一起。用來 形容 夫
pòchéng liǎngbàn de jìngzi chóngxīn hé zài yìqǐ yònglái xíngróng fū

妻 分離[2] 之後 又 團圓[3]，或者 是 感情 破裂[4] 後 重新 和
qī fēnlí zhīhòu yòu tuányuán huòzhě shì gǎnqíng pòliè hòu chóngxīn hé

好。
hǎo

Explanation/Definition: Putting the two halves of a broken mirrow back together. This idiom is used to describe a couple that has gotten back together after a separation or break up.

例文：lìwén

樂昌 公主[5] 是 南朝 陳國 的 公主， 當 隋朝[6] 大軍
Lèchāng gōngzhǔ shì Náncháo Chénguó de gōngzhǔ dāng Suícháo dàjūn

來 襲[7] 時，她 的 丈夫[8] 徐德言 擔心 兩 人 在 逃難[9] 時 會
lái xí shí tā de zhàngfū Xú Déyán dānxīn liǎng rén zài táonàn shí huì

失散[10]，就 把 一面 銅鏡[11] 切 成 兩半，做為 日後 相認[12] 的
shīsàn jiù bǎ yímiàn tóngjìng qiēchéng liǎngbàn zuòwéi rìhòu xiāngrèn de

信物[13]。陳 國 被 滅 之後，徐德言 流落[14] 到 民間[15]，公主
xìnwù Chénguó bèi miè zhīhòu Xú Déyán liúluò dào mínjiān gōngzhǔ

則 成 了 隋朝 大臣
zé chéng le Suícháo dàchén

楊 素 的 妻子。
Yáng Sù de qīzi

到 了 元宵節[16] 這
dào le Yuánxiāojié zhè

一天，公主 派 僕人[17]
yìtiān gōngzhǔ pài púrén

拿著 半 片 銅鏡 到
názhe bànpiàn tóngjìng dào

市集[18] 去 叫賣，果然
shìjí qù jiàomài guǒrán

找到了 徐德言。 兩
zhǎodàole Xú Déyán liǎng

個 人 雖然 都 還 活
ge rén suīrán dōu hái huó

著，卻 無法 在 一起
zhe què wúfǎ zài yìqǐ

生活。公主 傷心[19]得 整天 哭泣，吃不下飯。楊 素
shēnghuó gōngzhǔ shāngxīn de zhěngtiān kūqì chī bú xià fàn Yáng Sù

知道 了 這件 事情 之後，決定 把 公主 還給 徐德言，
zhīdào le zhè jiàn shìqíng zhīhòu juédìng bǎ gōngzhǔ háigěi Xú Déyán

讓 他們 團圓。經過 許多 的 波折[20]，這 對 恩愛[21] 的 夫妻
ràng tāmen tuányuán jīngguò xǔduō de pōzhé zhè duì ēnài de fūqī

終 於 破 鏡 重 圓，過著 幸福[22] 的 日子。他們 堅定[23] 的
zhōngyú pò jìng chóng yuán guòzhe xìngfú de rìzi tāmen jiāndìng de

愛情 讓 人 羨慕[24]，而 楊 素 成人 之美的 風度[25]，也 讓
àiqíng ràng rén xiànmù ér Yáng Sù chéngrén zhī měi de fēngdù yě ràng

大家 佩服[26]。
dàjiā pèifú

生詞 shēngcí Vocabulary

1.	破鏡重圓	pò jìng chóng yuán	a broken mirror joined together; reunion of husband and wife after a separation
2.	分離	fēnlí	to separate; to isolate; separation
3.	團圓	tuányuán	(of members of a family) a reunion; the act of people coming together
4.	破裂	pòliè	to crack; breakdown
5.	公主	gōngzhǔ	a princess

6.	隋朝	Suícháo	Sui Dynasty
7.	來襲	láixí	incoming
8.	丈夫	zhàngfū	a husband
9.	逃難	táonàn	to become a refugee; to flee from a calamity
10.	失散	shīsàn	separated
11.	銅鏡	tóngjìng	a bronze mirror
12.	相認	xiāngrèn	to recognize
13.	信物	xìnwù	a pledge; a token
14.	流落	liúluò	a wander about destitute; to strand
15.	民間	mínjiān	folk; non-governmental
16.	元宵節	Yuánxiāo jié	Lantern Festival observed on the first full moon in the lunar year
17.	僕人	púrén	a servant; a menial
18.	市集	shìjí	a market; a fair
19.	傷心	shāngxīn	heartbroken, to break one's heart
20.	波折	pōzhé	an obstacle in the way; a setback
21.	恩愛	ēnài	conjugal love
22.	幸福	xìngfú	happiness; bliss; happy
23.	堅定	jiāndìng	to steady; to strengthen; firm
24.	羨慕	xiànmù	to admire; to envy
25.	風度	fēngdù	bearing; poise; presence
26.	佩服	pèifú	to admire; to respect somebody for sth.

【過 河 拆 橋】[1]
guò hé chāi qiáo

Part of Speech	Connotation	Example
Verb	-	千萬不可以過河拆橋

解釋： jiěshì

過 了 河 之 後 就 把 橋 拆掉[2]。比喻 忘記 曾經 接受過
guò le hé zhīhòu jiù bǎ qiáo chāidiào bǐyù wàngjì céngjīng jiēshòuguò

別人 的 幫助，事情 成 功 之後 卻 背叛[3] 對方[4] 或 不 理
biérén de bāngzhù shìqíng chénggōng zhīhòu què bèipàn duìfāng huò bù lǐ

會 對方。
huì duìfāng

Explanation/Definition: To tear down a bridge after crossing it. A metaphor about forgetting the help received from someone-or even forgetting or betraying that person-after his or her help in succeeding with something. Burning a bridge.

例文： lìwén

有 一位 書 生，遇到 一隻 被 獵人[5] 追捕[6] 的 狼[7]。書 生
yǒu yíwèi shūshēng yùdào yìzhī bèi lièrén zhuībǔ de láng shūshēng

把 狼 藏[8] 在 書 袋 中，救 了 牠 一 命。當 書 生 把 狼
bǎ láng cáng zài shūdàizhōng jiù le tā yí mìng dāng shūshēng bǎ láng

放 出來 之後，狼 竟然 說：「我 快 餓死 了，你 既然[9]
fàng chūlái zhīhòu láng jìngrán shuō wǒ kuài èsǐ le nǐ jìrán

要 救我，就 讓 我 吃了 吧!」書 生 說：「我 救了 你 一
yào jiù wǒ jiù ràng wǒ chīle ba shūshēng shuō wǒ jiù le nǐ yí

命，沒 想到 你 卻 過河拆 橋 要 吃掉 我，我 不服氣[10]。
mìng méixiǎngdào nǐ què guò hé chāi qiáo yào chīdiào wǒ wǒ bù fúqì

不如 我們 找 三個人 來 評評理[11]。」狼 同意[12] 了。他們 先
bùrú wǒmen zhǎo sānge rén lái píngpínglǐ láng tóngyì le tāmen xiān

問 了 路邊 的 杏樹[13]，杏樹 說：「從前 人們 採我 的
wèn le lùbiān de xìngshù xìngshù shuō cóngqián rénmen cǎi wǒ de

果實[14] 去 賣錢，現在 我老了，人們 就要 將 我 砍掉[15]。
guǒshí qù màiqián xiànzài wǒ lǎo le rénmen jiù yào jiāng wǒ kǎndiào

人類[16] 都 是 忘 恩負義[17] 的，當然 應該 被 吃掉。」接著[18]
rénlèi dōu shì wàng ēn fù yì de dāngrán yīnggāi bèi chīdiào jiēzhe

他們 又 問 了 田邊 的 老牛，老牛 說：「以前 我 為 主人[19]
tāmen yòu wèn le tiánbiān de lǎoniú lǎoniú shuō yǐqián wǒ wèi zhǔrén

耕田[20] 拉車，現在 我老了，主人 就 打算 把我 殺了 做 成
gēngtián lāchē xiànzài wǒ lǎo le zhǔrén jiù dǎsuàn bǎ wǒ shā le zuò chéng

肉乾[21]。人類 都 是 忘 恩負義 的，當然 應該 被 吃掉。」
ròugān rénlèi dōu shì wàng ēn fù yì de dāngrán yīnggāi bèi chīdiào

最後，狼 和 書生 遇到 了 一位 老人，書生 把 事情
zuìhòu láng hàn shūshēng yùdào le yíwèi lǎorén shūshēng bǎ shìqíng

的 經過 告訴 了 他。老人 說：「這個 書袋 這麼 小，狼 是
de jīngguò gàosù le tā lǎorén shuō zhège shūdài zhème xiǎo láng shì

怎麼 躲 進去 的，可以 再做 一次 給 我 看 嗎？」狼 於是 又
zěnme duǒ jìnqù de kěyǐ zàizuò yícì gěi wǒ kàn ma láng yúshì yòu

爬進了 書袋，老人 趕緊 叫 書 生 把 袋子 綁 起來，終 於
pájìnle shūdài lǎorén gǎnjǐn jiào shūshēng bǎ dàizi bǎng qǐlái zhōngyú

救 了 書 生 一命。
jiù le shūshēng yí mìng

生詞 shēngcí Vocabulary

1.	過河拆橋	guò hé chāi qiáo	abandon one's benefactor once his help is not needed
2.	拆掉	chāidiào	remove
3.	背叛	bèipàn	to betray; to rebel; to defect
4.	對方	duìfāng	the other side; the opposite side
5.	獵人	lièrén	a hunter; a huntsman
6.	追捕	zhuībǔ	to pursue and capture; to hunt down
7.	狼	láng	a wolf
8.	藏	cáng	to hide; to conceal

9.	既然	jìrán	since; as; now that
10.	服氣	fúqì	to submit willing to someone else's view or opinion
11.	評評理	píngpínglǐ	judge by reason
12.	同意	tongyì	to agree; to approve
13.	杏樹	xìngshù	ginkgo tree
14.	果實	guǒshí	fruit
15.	砍掉	kǎndiào	to cut
16.	人類	rénlèi	man; mankind; humanity
17.	忘恩負義	wàng ēn fù yì	bite the hand that feeds you ；be ungrateful
18.	接著	jiēzhe	to follow; to continue
19.	主人	zhǔrén	a host
20.	耕田	gēngtián	to plow
21.	肉乾	ròugān	jerky

【妙手回春】[1]
miào shǒu huí chūn

Part of Speech	Connotation	Example
SV (adj.)	+	張醫師妙手回春

解釋：jiěshì

讚美[2] 醫生 的 醫術[3] 很好。「妙 手」原來 是 指 工 匠
zànměi yīshēng de yīshù hěnhǎo miào shǒu yuánlái shì zhǐ gōngjiàng

巧 妙 的 手藝，後來 則 泛指[4] 技能[5] 高超[6] 的人。「回 春」
qiǎomiào de shǒuyì hòulái zé fànzhǐ jìnéng gāochāo de rén huí chūn

是 指 讓 萬物[7] 回復[8] 到 春天 時，充 滿 生機[9] 的
shì zhǐ ràng wànwù huífù dào chūntiān shí chōngmǎn shēngjī de

狀 態。兩個 詞 合起來 使用，就是 指 醫生 的 醫術
zhuàngtài liǎngge cí héqǐlái shǐyòng jiùshì zhǐ yīshēng de yīshù

高明[10]，能 治好 生 病 的人，讓 他們 重新 獲得
gāomíng néng zhìhǎo shēngbìng de rén ràng tāmen chóngxīn huòdé

健康。
jiànkāng

Explanation/Definition: To praise a doctor for his or her good skill. Originally, "miàoshǒu" meant the expert craftsmanship of a skilled carpenter. Eventually, it came to describe those with good skills in general. "Huí chūn" refers to all things on Earth being revitalized with the coming of spring. Used together, the two word compounds describe a skillful doctor that can return sick people to health. To effect a miraculous cure and bring the dying back to life.

例文：lìwén

華 佗[11] 是 三國 時代 的 名醫，他 擅長[12] 利用 草藥[13]
Huá Tuó shì Sānguó shídài de míngyī tā shàncháng lìyòng cǎoyào

和 外科[14] 手術[15] 替 人 治病。有 一次，華 佗 替 一位 富人
hàn wàikē shǒushù tì rén zhìbìng yǒu yícì Huá Tuó tì yíwèi fùrén

看病。經過 仔細 的 檢查，華 佗 認為 富人 的 病 要 大 發
kànbìng jīngguò zǐxì de jiǎnchá Huá Tuó rènwéi fùrén de bìng yào dà fā

一 頓 脾氣[16] 才 會 好。於是 華 佗 收了 一大筆 的 費用[17]
yí dùn píqì cái huì hǎo yúshì Huá Tuó shōule yídàbǐ de fèiyòng

之後，卻 不 替 富人 治療，只 留下 一封 罵人[18] 的 信 就 走
zhīhòu què bú tì fùrén zhìliáo zhǐ liúxià yìfēng màrén de xìn jiù zǒu

了。富人 果然 非常 生氣，急忙 派人 去 抓 華 佗 回來。
le fùrén guǒrán fēicháng shēngqì jímáng pàirén qù zhuā Huá Tuó huílái

富人 的 家人 知道 華 佗 的 用意[19]，故意[20] 不 去 找 他。富人
fùrén de jiārén zhīdào Huá Tuó de yòngyì gùyì bú qù zhǎo tā fùrén

氣得 不得了，一時 激動[21]，吐 出 幾口 黑血，病 就 好 了。
qìde bùdéliǎo yìshí jīdòng tǔ chū jǐkǒu hēixiě bìng jiù hǎo le

華佗 妙手回
Huá Tuó miào shǒu huí

春 的 醫術，拯救[22] 了
chūn de yīshù zhěngjiù le

許多 寶貴[23] 的 生命，
xǔduō bǎoguì de shēngmìng

因此 得到 了「神醫」
yīncǐ dédào le shényī

的 稱號[24]。後世[25] 的
de chēnghào hòushì de

人 如果 要 稱讚 一位
rén rúguǒ yào chēngzàn yíwèi

醫生 很 厲害，就會
yīshēng hěn lìhài jiù huì

說 他是「華佗 再
shuō tā shì Huá Tuó zài

世」。
shì

生詞
shēngcí

Vocabulary

1. 妙手回春　miào shǒu huí chūn　(of a doctor) the magic hand that

			restores health
2.	讚美	zànměi	to praise and admire
3.	醫術	yīshù	medical skill
4.	泛指	fànzhǐ	speaking without specific reference
5.	技能	jìnéng	a skill; ability
6.	高超	gāochāo	superb; excellent
7.	萬物	wànwù	all things on earth
8.	回復	huífù	to restore
9.	生機	shēngjī	life; vitality
10.	高明	gāomíng	wise; brilliant
11.	華佗	Huá Tuó	Hua Tuo
12.	擅長	shàncháng	to be good at; to be skilled in
13.	草藥	cǎoyào	herb medicine
14.	外科	wàikē	the surgical department
15.	手術	shǒushù	a surgical operation
16.	脾氣	píqì	temperament
17.	費用	fèiyòng	expenses; fees; charge
18.	罵人	màrén	curse
19.	用意	yòngyì	an intention; a motive
20.	故意	gùyì	deliberately; purposely

21.	激動	jīdòng	to be in a lather
22.	拯救	zhěngjiù	to save; to rescue
23.	寶貴	bǎoguì	valuable; precious
24.	稱號	chēnghào	a title; a name
25.	後世	hòushì	posterity

㉓【唇亡齒寒】[1]
chún wáng chǐ hán

Part of Speech	Connotation	Example
Noun	+	A與B有「唇亡齒寒」的關係

解釋： jiěshì

沒有了嘴唇[2]，牙齒就會感到寒冷。比喻雙方的
méiyǒu le zuǐchún yáchǐ jiù huì gǎndào hánlěng bǐyù shuāngfāng de

關係非常密切[3]，就像嘴唇和牙齒一樣，互相依附[4]、
guānxì fēicháng mìqiè jiù xiàng zuǐchún hàn yáchǐ yíyàng hùxiāng yīfù

彼此[5]影響[6]。如果有一方受到傷害，另一方也會被
bǐcǐ yǐngxiǎng rúguǒ yǒu yìfāng shòudào shānghài lìng yìfāng yě huì bèi

牽連[7]。
qiānlián

Explanation/Definition: Without lips, the teeth will feel the cold. A metaphor for very close bilateral relations-like the mutual influence of lips and teeth. If one side is harmed or injured, the other side will be impacted. The interdependence of two parties or states.

春秋 時代，強大 的 晉國[8] 想要 攻打 虢國[9]，但 兩
Chūnqiū shídài　qiángdà de Jìnguó xiǎngyào gōngdǎ Guóguó　dàn liǎng

國 中 間 隔著 虞國[10] 的 土地。晉國 送 了 許多 財寶[11] 給
guó zhōngjiān gézhe Yúguó　de　tǔdì　Jìnguó sòng le xǔduō cáibǎo　gěi

虞國 的 國君[12]，希望 虞國 能 同意 讓 晉軍 通過。虞國 的
Yúguó de guójūn　xīwàng Yúguó néng tóngyì ràng jìnjūn tōngguò　Yúguó de

大臣 宮 之奇 知道 了 這 件 事，就 告訴 虞國 的 國君 說：
dàchéng Kōng Zhīqí zhīdào le zhè jiàn shì　jiù gàosù Yúguó de guójūn shuō

「虢國 和 虞國 的 關係，就 像 嘴唇 和 牙齒 一樣 密切。
Guóguó　hàn Yúguó de guānxì　jiù xiàng zuǐchún hàn yáchǐ yíyàng mìqiè

如果 沒有 了 嘴唇，牙齒 就 會 感到 寒冷。萬一 虢國
rúguǒ méiyǒu le zuǐchún　yáchǐ jiù huì gǎndào hánlěng　wànyī Guóguó

被滅，恐怕[13] 我們 也 難以 生存[14] 了。」虞國 的 國君 不聽，
bèimiè kǒngpà wǒmen yě nányǐ shēngcún le　Yúguó de guójūn bùtīng

收 了 財寶 讓 晉軍 通過。果然，晉國 的 軍隊 消滅 了
shōu le cáibǎo ràng jìnjūn tōngguò　guǒrán　Jìnguó de jūnduì xiāomiè le

虢國 之後，回程[15] 時 就 順便 滅掉 了 虞國。
Guóguó zhīhòu　huíchéng shí jiù shùnbiàn mièdiào le Yúguó

從 古 到 今，國與 國 之間 的 競爭 或 合作，總是
cóng gǔ dào jīn　guó yǔ guó zhījiān de　jìngzhēng huò hézuò　zǒngshì

存在著 微妙[16] 的 平衡[17]。唇 亡 齒 寒 的 道理 大家 都
cúnzàizhe wéimiào de pínghéng　chún wáng chǐ hán de dàolǐ dàjiā dōu

知道，但是 要 怎麼 拒絕 利益[18] 的 誘惑[19]，就 要 靠 過人 的
zhīdào dànshì yào zěme jùjué lìyì de yòuhuò jiù yào kào guòrén de

智慧[20] 和 勇氣 了。
zhìhuì hàn yǒngqì le

生詞
shēngcí

Vocabulary

1.	唇亡齒寒	chún wáng chǐ hán	If the lips are gone, the teeth will be cold. -- share a common lot; If one of two interdependent things falls, the other is in danger.
2.	嘴唇	zuǐchún	lips
3.	密切	mìqiè	closely; intently
4.	依附	yīfù	to attach (oneself) to
5.	彼此	bǐcǐ	each other; one another
6.	影響	yǐngxiǎng	to influence; to affect
7.	牽連	qiānlián	to embroil; to involve
8.	晉國	Jìnguó	The State of Jin
9.	虢國	Guóguó	The State of Guo
10.	虞國	Yúguó	The State of Yu
11.	財寶	cáibǎo	treasure

12.	國君	guójūn	a monarch; a prince
13.	恐怕	kǒngpà	to be afraid of; to fear
14.	生存	shēngcún	existence; subsistence; living
15.	回程	huíchéng	a return trip
16.	微妙	wéimiào	delicate
17.	平衡	pínghéng	balance; equilibrium
18.	利益	lìyì	benefits; interests; advantage
19.	誘惑	yòuhuò	temptation; enticement
20.	智慧	zhìhuì	wisdom; understanding

24【才高八斗】[1]
cái gāo bā dǒu

Part of Speech	Connotation	Example
SV (adj.)	+	真是才高八斗

解釋：jiěshì

比喻 一個 人的 學問 非常 好。謝靈運[2] 是 南宋 的
bǐyù yíge rén de xuéwèn fēicháng hǎo Xiè Língyùn shì Nánsòng de

文學家，他 曾經 說：「世界上 的 學問 如果 有 十斗[3]
wénxuéjiā tā céngjīng shuō shìjièshàng de xuéwèn rúguǒ yǒu shídǒu

那麼 多，曹植[4]（三國 時代 的 文人）一個 人 就 獨占[5] 了
nàme duō Cáo Zhí Sānguó shídài de wénrén yíge rén jiù dúzhàn le

八斗，我 有 一斗，剩下 的 一斗 是 其他 所有 人 的 總和[6]。」
bādǒu wǒ yǒu yìdǒu shèngxià de yìdǒu shì qítā suǒyǒu rén de zǒnghé

後來 的 人 就 用 才 高 八 斗 來 形容 很 有 學問 的 人。
hòulái de rén jiù yòng cái gāo bā dǒu lái xíngróng hěn yǒu xuéwèn de rén

Explanation/Definition: A metaphor for someone who is very erudite. Xie Lingyun was a Southern Song Dyanasty literary figure who wrote, "If the erudition of the world was comprised of ten *dou*, Cao Zhi's (a figure from the Three Kingdoms Period) knowledge would occupy eight *dou*, mine would comprise one *dou*, and the remaining one *dou* would be made up of everyone else's." Eventually, "cáigāobādǒu" came to describe a very learned person. Extremely talented.

例文：lìwén

曹 植 天資[7] 聰穎[8]，十歲 就 能　背誦[9] 數十萬字 的 詩
Cáo Zhí tiānzī　cōngyǐng　shísuì jiù néng bèisòng shùshíwànzì de shī

文，十二歲 就 寫下 了 有 名 的〈銅雀臺賦〉[10]，是 個 才 高
wén　shíèrsuì jiù xiěxià le yǒumíng de　Tóngquètáifù　shì ge cái gāo

八 斗 的 文學家。據說 他 的 哥哥 曹 丕[11] 一直 很 嫉妒[12] 他，
bā dǒu de wénxuéjiā jùshuō tā de gēge Cáo Pī　yìzhí hěn jídù　tā

後來 曹 丕 做 了 皇帝 之後，就 一直 想 辦法 要 殺掉 他。
hòulái Cáo Pī zuò le huángdì zhīhòu　jiù yìzhí xiǎng bànfǎ yào shādiào tā

　　有 一次，曹 丕 對 曹 植 說：「大家 都 說 你 的 才華
　　yǒu yícì　Cáo Pī duì Cáo Zhí shuō　dàjiā dōu shuō nǐ de cáihuá

出 眾[13]，那麼 你 就 用 走 七步 路 的 時間 寫 一首 詩 吧！
chūzhòng　nàme nǐ jiù yòng zǒu qībù lù de shíjiān xiě yìshǒu shī ba

如果 做不到，我 就 要 以 欺 君 之 罪[14] 殺 了 你。」曹 植 聽
rúguǒ zuòbúdào　wǒ jiù yào yǐ qī jūn zhī zuì shā le nǐ　Cáo Zhí tīng

了，慢慢 的 踏 出 步伐[15]，隨口 念 出：「煮 豆 燃 豆 萁，
le　mànmàn de tà chū bùfá　suíkǒu niàn chū　zhǔ dòu rán dòu qí

豆 在 釜 中 泣。本 是 同 根 生，相 煎 何 太 急。」[16]
dòu zài fǔ zhōng qì　běn shì tóng gēn shēng　xiāng jiān hé tài jí

意思 是 煮 豆子 時 把
yìsi shì zhǔ dòu zi shí bǎ

豆枝 燒 來 生火 ,
dòuzhī shāo lái shēnghuǒ

豆子 在 鍋中 悲傷
dòuzi zài guōzhōng bēishāng

的 哭泣[17] ,那 聲音
de kūqì nà shēngyīn

像 是 在 對 豆枝
xiàng shì zài duì dòuzhī

說 :「我們 原本 是
shuō wǒmen yuánběn shì

從 同 一 條 根 上
cóng tóng yì tiáo gēn shàng

生長 出來 的 ,為何
shēngzhǎng chūlái de wèihé

你 要 狠心地[18] 用 火
nǐ yào hěnxīn de yòng huǒ

來 燒烤[19] 我 呢 ?」曹丕 聽 了 之後 ,露出[20] 慚愧[21] 的
lái shāokǎo wǒ ne Cáo Pī tīng le zhīhòu lùchū cánkuì de

表情 ,就 饒[22] 了 曹植 一 命 。
biǎoqíng jiù ráo le Cáo Zhí yí mìng

生詞
shēngcí

Vocabulary

1.	才高八斗	cái gāo bā dǒu	a man of great talent (abilities)
2.	謝靈運	Xiè Língyùn	Xie Lingyun (385-433) poet during Song of the Southern Dynasties.
3.	斗	dǒu	a unit of dry measure equal to 1 decaliter
4.	曹植	Cáo Zhí	Cao Zhi (192-232), son of Cao Cao（曹操）, noted poet and calligrapher.
5.	獨占	dúzhàn	monopolize
6.	總和	zǒnghé	the sum; the total
7.	天資	tiānzī	natural endowments ; talent
8.	聰穎	cōngyǐng	clever and bright
9.	背誦	bèisòng	to recite; to repeat from memory
10.	銅雀臺賦	Tóngquètáifù	The Prose-Poem on the Terrace of Tongque (Bronze Peacock)
11.	曹丕	Cáo Pī	Cao Pi (187-226), second son of Cao Cao (曹操), king then emperor of Cao Wei (曹魏) from 220, ruled as Emperor Wen (魏文帝), also a noted calligrapher.
12.	嫉妒	jídù	to be jealous of; to be envious of

13.	才華出眾	cáihuá chūzhòng	talents and ability above the average; of uncommon brilliance
14.	欺君之罪	qī jūn zhī zuì	the offense of deceit gentleman
15.	步伐	bùfá	steps

16. 煮豆燃豆萁，豆在釜中泣。本是同根生，相煎何太急
zhǔ dòu rán dòu qí dòu zài fǔ zhōng qì, běn shì tóng gēn shēng xiāng jiān hé tài jí
To cook beans the stalks are burnt-- Beans in pot weep bitterly. "We both grow from the same root--Why? you fry me heatedly.

17.	哭泣	kūqì	to cry; to sob; to weep
18.	狠心地	hěnxīn di	heartlessly
19.	燒烤	shāokǎo	barbecue
20.	露出	lùchū	expose
21.	慚愧	cánkuì	to feel ashamed; to feel sorry
22.	饒	ráo	to forgive; to spare

【三從四德】[1]

sān cóng sì dé

Part of Speech	Connotation	Example
Noun	+/-	現代婦女已經擺脫三從四德的觀念

 解釋：jiěshì

古 時候 婦女 必須 遵守 的 道德[2] 規範[3]。「三 從」是 指 在
gǔ shíhòu fùnǚ bìxū zūnshǒu de dàodé guīfàn sān cóng shì zhǐ zài

家 從 父、出嫁[4] 從 夫、夫 死 從 子。意思 是 在 家 時 要
jiā cóng fù chūjià cóng fū fū sǐ cóng zǐ yìsi shì zài jiā shí yào

聽 從[5] 父親 的 教導；結婚 之後 要 順從[6] 丈夫 的 要求；
tīngcóng fùqīn de jiàodǎo jiéhūn zhīhòu yào shùncóng zhàngfū de yāoqiú

丈夫 過世 之後 要 遵從[7] 兒子 的 想法。「四 德」是 指
zhàngfū guòshì zhīhòu yào zūncóng érzi de xiǎngfǎ sì dé shì zhǐ

婦德[8]、婦容[9]、婦言[10]、婦功[11]。也 就 是 女子 的 品德 要
fùdé fùróng fùyán fùgōng yě jiù shì nǚzǐ de pǐndé yào

良 好、儀容[12] 要 整潔[13]、說 話 要 得體[14]、家事 工作 要
liánghǎo yíróng yào zhěngjié shuōhuà yào détǐ jiāshì gōngzuò yào

做 好。
zuò hǎo

Explanation/Definition: Women in ancient China had to abide by moral standards. "Three cóng" refers to a woman's father, the man she marries, and her deceased husband's son. What this means is that a woman should listen to her father's guidance while living at home, comply with her husband's needs after marriage, and, in the event of of her husband's death, follow the input of her son. "Four dé" refer to femine virtue, beauty, speech, and work. In other words, women had to have high moral quality, pure looks, graceful speech, and maintain the household.

例文：lìwén

老 王 和 老李 一邊 看 電視，一邊 聊天。
Lǎo Wáng hàn Lǎo Lǐ yìbiān kàn diànshì yìbiān liáotiān

老 王 ：「你看，這 劇中 的 女主角，長得 漂亮，
Lǎo Wáng nǐkàn zhè jùzhōng de nǚzhǔjiǎo zhǎngde piàoliàng

個 性 又 溫柔[15] 體貼[16]。沒 想到 她的 婆婆 竟然 還 狠心
gè xìng yòu wēnróu tǐtiē méixiǎngdào tā de pópo jìngrán hái hěnxīn

地 虐待[17] 她，實在 太 令人 生氣 了。」
di nüèdài tā shízài tài lìng rén shēngqì le

老李 ：「電視 演 的 都 比較 誇張[18]，你 別 太 激動，
Lǎo Lǐ diànshì yǎn de dōu bǐjiào kuāzhāng nǐ bié tài jīdòng

小心 血壓 升高。」
xiǎoxīn xiěyā shēnggāo

老 王 ：「唉！如果 我 能 娶到 像 她 這樣 賢慧[19]，
Lǎo Wáng āi rúguǒ wǒ néng qǔ dào xiàng tā zhèyàng xiánhuì

具備[20]三從四德的好太太，那該有多好呀！」
jù bèi sān cóng sì dé de hǎo tàitai   nà gāi yǒu duō hǎo ya

老李：「我老婆就有三從。」
Lǎo Lǐ   wǒ lǎopó jiù yǒu sān cóng

老王露出羨慕[21]的表情說：「你真是幸福啊！」
Lǎo Wáng lùchū xiànmù de biǎoqíng shuō   nǐ zhēn shì xìngfú a

老李嘆了口氣接著說：「她是『從』不煮飯，
Lǎo Lǐ tàn le kǒu qì jiēzhe shuō   tā shì cóng bù zhǔfàn

『從』不洗衣，『從』不打掃。」
cóng bù xǐyī   cóng bù dǎsǎo

生詞 shēngcí Vocabulary

1.	三從四德	sān cóng sì dé	the three obediences and four virtues (Confucian ethics) imposed on women
2.	道德	dàodé	morality; an ethic; morals
3.	規範	guīfàn	the standard; the norm
4.	出嫁	chūjià	(of a woman) to get married
5.	聽從	tīngcóng	to obey; to heed; to follow
6.	順從	shùncóng	to be obedient to; to submit to
7.	遵從	zūncóng	to comply with; to defer to

8.	婦德	fùdé	feminine virtue
9.	婦容	fùróng	feminine appearance
10.	婦言	fùyán	feminine speech
11.	婦功	fùgōng	feminine work
12.	儀容	yíróng	looks
13.	整潔	zhěngjié	neat and tidy; neatly clean
14.	得體	détǐ	befitting the occasion
15.	溫柔	wēnróu	gentle and soft; tender
16.	體貼	tǐtiē	considerate; thoughtful
17.	虐待	nüèdài	to maltreat; to crucify; to illtreat
18.	誇張	kuāzhāng	to exaggerate
19.	賢慧	xiánhuì	(of a woman) virtuous and intelligent
20.	具備	jùbèi	to possess; to have
21.	羨慕	xiànmù	to admire; to envy; to covet

【三十六計走為上策】[1]
sān shí liù jì zǒu wéi shàng cè

Part of Speech	Connotation	Example
Phrase	+/-	最好三十六計走為上策

 解釋：jiěshì

中　國　古代　兵法[2]　中　有　三十六種　計謀[3]，其中　第
Zhōngguó gǔdài bīngfǎ zhōng yǒu sānshíliùzhǒng jìmóu qízhōng dì

三十六計就是「走為　上　策」[4]，意思指　情況[5]　危險的
sānshíliù jì jiù shì zǒu wéi shàng cè yìsi zhǐ qíngkuàng wéixiǎn de

時候，趕緊　逃走　才是 最好 的　辦法。
shíhòu gǎnjǐn táozǒu cái shì zuìhǎo de bànfǎ

Explanation/Definition: The ancient art of Chinese warfare comprised thirty-six stratagems. The thirty-sixth was, "walking is the best strategy." The meaning: in the event of danger, the best thing to do is immediately flee.

 例文：lìwén

德國　北部　在　日前　發生　了　一件　離奇[6]　的　爆炸　事件[7]。
Déguó běibù zài rìqián fāshēng le yíjiàn líqí de bàozhà shìjiàn

許多人在睡夢中被巨大的爆炸聲驚醒[8]，出門一
xǔduō rén zài shuìmèngzhōng bèi jùdà de bàozhà shēng jīngxǐng chūmén yí

看，發現有間銀行被炸得幾乎全毀，趕緊報警[9]
kàn fāxiàn yǒujiān yínháng bèi zhàde jīhū quán huǐ gǎnjǐn bàojǐng

處理。
chǔlǐ

警方根據現場的狀況推測[10]，歹徒應該是
jǐngfāng gēnjù xiànchǎng de zhuàngkuàng tuīcè dǎitú yīnggāi shì

想用炸藥[11]炸開提款機偷取[12]現金，卻算錯了炸藥的
xiǎng yòng zhàyào zhàkāi tíkuǎnjī tōuqǔ xiànjīn què suàncuò le zhàyào de

劑量[13]，才會造成如此強大的爆炸。即使爆炸的威力[14]
jìliàng cái huì zàochéng rúcǐ qiángdà de bàozhà jíshǐ bàozhà de wēilì

這麼驚人，銀行的提款機竟然一點也沒有受到
zhème jīng rén yínháng de tíkuǎn jī jìngrán yìdiǎn yě méiyǒu shòudào

破壞，依然[15]完好[16]的立在碎石[17]堆中。什麼都沒偷到
pòhuài yīrán wánhǎo de lì zài suìshí duīzhōng shéme dōu méi tōudào

的歹徒們眼見[18]計畫失敗，只好三十六計走為上策，
de dǎitúmen yǎnjiàn jìhuà shībài zhǐhǎo sān shí liù jì zǒu wéi shàng cè

在警方到達前逃離[19]現場，匆忙[20]中還留下了
zài jǐngfāng dàodá qián táolí xiànchǎng cōngmángzhōng hái liúxià le

作案[21]用的車輛。目前警方正根據可靠[22]的線索，
zuòàn yòng de chēliàng mùqián jǐngfāng zhèng gēnjù kěkào de xiànsuǒ

追查[23]這群歹徒的行蹤。
zhuīchá zhè qún dǎitú de xíngzōng

生詞 shēngcí Vocabulary

1.	三十六計走為上策 sān shí liù jì zǒu wéi shàng cè		of the Thirty-Six Stratagems, running away as the best choice
2.	兵法	bīngfǎ	art of war; warcraft; military strategy and tactics
3.	計謀	jìmóu	a strategy; a trick
4.	走為上策	zǒu wéi shàng cè	running away as the best choice
5.	情況	qíngkuàng	circumstances; a situation; a condition; a case
6.	離奇	líqí	bizarre; extraordinary
7.	事件	shìjiàn	an individual matter; an incident; an event; an affair
8.	驚醒	jīngxǐng	to wake up with a start
9.	報警	bàojǐng	call the police
10.	推測	tuīcè	to guess; to infer; to conjecture
11.	炸藥	zhàyào	explosives; explosive charges
12.	偷取	tōuqǔ	stealing
13.	劑量	jìliàng	dosage; dose
14.	威力	wēilì	might; power; force

15.	依然	yīrán	still; as before; as usual
16.	完好	wánhǎo	fullness; integrity
17.	碎石	suìshí	gravel; macadam; crushed stone
18.	眼見	yǎnjiàn	seeing
19.	逃離	táolí	escape
20.	匆忙	cōngmáng	in a hurry; in haste
21.	作案	zuòàn	to commit a crime or an offense
22.	可靠	kěkào	reliable; dependable
23.	追查	zhuīchá	to investigate (into); to follow up

生字表
Supplement

A

àiqíng 愛情 love(between man and woman)

àixīn 愛心 love

ànbiān 岸邊 shore; seacoast

āndìng 安定 stable; quiet; settled; to stabilize

ànjiàn 案件 a case; a legal case; a police case

ānníng 安寧 peaceful; tranquil; calm; quite

ānwèi 安慰 to comfort; to be comforted

ànzhe 按著 pressing; to press; to press down

áoyè 熬夜 to stay up late or all night (and not liking it)

àozhōu 澳洲 Australia

B

bǎ 把 measure words: for objects that can be held

bà 罷 to finish; to cease

bái fèi lìqì 白費力氣 to waste one's energy

bái fèi 白費 to lose; to waste

bǎi kǒu mò biàn 百口莫辯 be unable to explain even with a hundred mouths; to be unable to make things clear

bǎi sī bù jiě 百思不解 scratch one's head

bǎi wén bù rú yí jiàn 百聞不如一見 seeing is believing

bàifǎng 拜訪 to visit; to call on; to make a visit to sb

bàituō 拜託 to request a favor of ; to entrust something to

bǎixìng 百姓 the common people; the populace; the masses; civilians

bàn fǎ 辦法 a way; a means; measures; a method

bàn jīn bā liǎng 半斤八兩 Tweedledum and Tweedledee; six of one and half a dozen of the other

bān mén nòng fǔ 班門弄斧 display one's slight skill before an expert

bān 般 such; like this; thus

bànshù 半數 half the number; half

bǎnzheliǎn 板著臉 to keep a straight face

bàoàn 報案 to report a case (such as a theft, missing person, etc.) to the police

bàochóu 報仇 vengeance; revenge; to punish sb. because they have made you suffer

bàodǎo 報導 to report (news); to cover; a news report; reported

bàofēngyǔ 暴風雨 a rainstorm; a storm

bàojūn 暴君 a tyrant; a despot; a despotic ruler

bàomíng 報名 to sign up; to enter one's name

bàoqiàn 抱歉 sorry; excuse

bāoróng 包容 to tolerate; to forgive; to hold

bǎoyǒu 保有 to keep sth; tretain; held

bǎoyòu 保佑 a blessing; to bless and protect

bǎoyù 保育 conservation

bàoyuàn 抱怨 to complain; to grumble; to mutter; to murmur at

bàozhà 爆炸 an explosion; a blast; a burst; an outburst

bǎozhèng 保證 to guarantee; to ensure; to promise

bǎwò 把握 to be confident of success; to be sure

bàzhǔ 霸主 an overlord; someone has hegemony

bēi gōng shé yǐng 杯弓蛇影 to be afraid of one's own shadow; false alarm

běijíxióng 北極熊 a polar bear

bēnpǎo 奔跑 to be busy running about; to run

bènzhuó 笨拙 clumsy; maladroit; heavy-handed; lumpish

bǐ 比 to compare; to compete with

bǐjìxíng diànnǎo 筆記型電腦 notebook; laptop

bī 逼 to force, compel (sb. to do sth.); to press for

biànbái 辯白 to justify, verbally or in writing, one's action or statement

biànchéng 變成 to become; to turn into; to change into

biànhuà 變化 a change; a variation

biànjiě 辯解 to try to defend oneself; to explain

biānjù 編劇 a playwright; a dramatist; a screenwriter; a scenarist

biānsài 邊塞 a frontier fortress

biàntōng 變通 to become flexible; to bend the rules

biāochē 飆車 drag racing

biǎodá 表達 to express; to speak; to communicate

biǎomiàn shàng 表面上 on the surface; apparently

biǎoqíng 表情 to express one's feelings; an emotional expression

biǎoshì 表示 to show; to indicate; to express; to mean

biǎoxiàn 表現 to show; to display; to exhibit; to represent; to express

biǎoyǎn 表演 show; to act; to perform; to play

biāoyǔ 標語 a slogan; a poster; a watchword; a catchphrase

bié 別 other; some other

bǐjiào 比較 to compare; to contrast

bìkāi 避開 to avoid; to dodge; to eschew; to evade

bīnfēn 繽紛 in riotous profusion; disorderly; chaotic

bìng 並 and; also; at the same time

bīngyíng 兵營 a military camp; an army barracks; an army camp

bǐsài 比賽 a competition; a race; a contest

bìyè 畢業 to graduate

bǐyù 比喻 figure of speech ; metaphor; for example; such as; expression

bōfàng 播放 to broadcast

bō yún jiàn rì 撥雲見日 dispel the clouds and see the sun

bōli 玻璃 glass

bōlipíng 玻璃瓶 a glass bottle

bú dàn 不但 not only

bú dàn ... hái yǒu 不但…還有 not only ... but also

bú dàn...ér qiě 不但…而且 as well as; not only ... but also

bú dào 不到 a backside; the back of the body or things

bú duàn 不斷 the times; the age; an epoch; an era

bù fáng 不妨 might as well; just as well

bù guǎn 不管 no matter; despite; however; whether ... or

bú guò 不過 but; nevertheless; however

bù jiǔ 不久 soon; before long; directly; presently

bù láo ér huò 不勞而獲 to reap without sowing; something for nothing

bù qǐ yǎn 不起眼 obscure

bù rú 不如 not as good as; inferior to; less than

bù zhī bù jué 不知不覺 unconsciously; unknowingly

bú zì jué de 不自覺地 involuntarily; unconsciously

bù zì liàng lì 不自量力 to overestimate one's strength or oneself; not to know one's own limitations

bǔ 捕 to catch

bùdé 不得 cannot; should not; must not; not be allowed

bùfèn 部分 part of the; parts

búxiè 不屑 to disdain to do something; dismissively

bùzhì 布置 to arrange and decorate; to lay out

bǔzhuō 捕捉 to chase or hunt down; to catch; to capture

C

cái jìn 才盡 at one's wit's end

cǎibǐ 彩筆 color pen; brushes

cāicè 猜測 to guess; to conjecture; to surmise; to speculate

càidāo 菜刀 a kitchen knife

cǎifǎng 採訪 (of a journalist) to cover (some event); to interview

cáihuá 才華 ability; flair; brilliance of mind; genius

cáinéng 才能 ability and talent; endowments; a faculty

cǎiquàn 彩券 lottery

cáiyì 才藝 accomplishments; talent and skill

cāngbái 蒼白 pale; ashen; bloodless; colourless

cángshēn 藏身 to hide oneself; to go into hiding

cānguān 參觀 to visit (installations, places); to look round sth.; to make a visit to; to pay a visit to

cánrěn 殘忍 cruel; ruthless; merciless; brutal

cǎnzhòng 慘重 heavy; disastrous

cǎo cǎo liǎo shì 草草了事 give sth a lick and a promise.

cǎo mù jiē bīng 草木皆兵 a state of extreme nervousness; every bush and tree looks like an enemy

cǎo wū 草屋 thatched cottage

cǎocóng 草叢 a thick growth of grass; a brake; brushwood; a tussock

céngjīng 曾經 ever; once

chà bu duō 差不多 almost; nearly; all but; close on; more or less

chācuò 差錯 mistakes; errors; slips

chāduì 插隊 to cut in a line, a queue

chāé 差額 difference in amount; margin

cháguǎn 茶館 a tea shop; a tea room

cháng hēng bù sǐ 長生不死 live forever

cháng 嘗 to taste; to try the flavor of

chángjǐng 場景 scene

chánglóng 長龍 long queue; to wait in a long line of people, vehicles, etc.

chǎngmiàn 場面 a scene (in drama, etc) an impressive scene; appearance

chànhuǐ 懺悔 to repent; repentance

chǎnliàng 產量 output; a crop; the quantity of output

chǎnshēng 產生 to produce; to bring; to result

chāonénglì 超能力 Super Power

cháoxiào 嘲笑 to ridicule; to deride; to mock at; to jeer at; to scoff at

chē shuǐ mǎ lóng 車水馬龍 long heavy traffic

chèn 趁 to make use of; to take advantage

chènzhe 趁著 while; taking advantage of (an opportunity)

chén zhù qì 沈住氣 to keep calm and steady; to give oneself countenance

chéng rén zhī měi 成人之美 to help sb. to fulfill his wish; to help completion of worthy goal

chéngbǎo 城堡 a castle; a citadel; a fort

chéngdù 程度 degree; level

chénggōng 成功 success; accomplishment

chēnghū 稱呼 to call; to name; a title; an appellation

chéngjī 成績 results (of work or study); achievements

chéngkè 乘客 a passenger; a fare

chénglǐ 城裡 inside the city; in town

chénglóu 城樓 a tower over a city gate; gate tower

chéngwéi 成為 to become; to turn into; to prove to be

chéngxīn 誠心 sincerely; earnestly; wholeheartedness

chēngzàn 稱讚 to praise; to acclaim

chènjī 趁機 to take advantage of the occasion; to take the opportunity to do sth

chènqīng 澄清 clear; to clarify

chēzhǎn　車展　car exhibition; auto show

chí　匙　a spoon

chījīng　吃驚　to be shocked; to be amazed; to be astonished

chōng　沖　to flush; to wash away

chōng　衝　to rush; to forge ahead; to charge against

chóng　蟲　a worm; a bug; a insect

chōngmǎn　充滿　full; to fill sth. up

chōngshí　充實　unceasingly; continuously; forever; constantly

chōngtú　衝突　a conflict; to clash

chǒngwù　寵物　a pet

chóngxīn　重新　again; anew; afresh

chōngzú　充足　enough; fill; in plenty; to go far; sufficient

chōu xiàng pài　抽象派　abstractionism

chǒu　醜　ugly; shameful

chú cǐ zhī wài　除此之外　in addition to; besides

chū cuò　出錯　to make mistake; error

chú le　除了　except (for); besides; in addition to

chū yú　出於　to start from; to stem from; to originate in; to be out of

chuán　傳　to hand down; to pass (on)

chuǎng hóngdēng　闖紅燈　to run the red light

chuàngxīn　創新　to innovate; to create something; originality

chuàngyì　創意　originality; creative

chuàngzuò　創作　to create; to produce; to write; to compose

chuánshuō　傳說　a legend; a tale; a tradition; fable

chuántǒng　傳統　traditions

chuánwén　傳聞　hearsay; a rumour; the grapevine; hearsay information; tales

chuányán　傳言　hearsay; rumors; a whisper; tales

chuányuán　船員　a sailor; a tar; a shipman; a hand; a crew member

chuānzhuó　穿著　clothes; dress; dressing; apparel; to have on; to wear

chūchā　出差　a business travel; a travel on business

chūfā　出發　to set out; to start off; to leave; to head; to move on

chǔfá　處罰　discipline; a penalty; punishment

chūhǎi　出海　to go to sea; to launch forth; to take the sea

chúle...zhīwài...　除了…之外…　except for; besides

chūmíng　出名　famous; well-known

chùmō　觸摸　to touch; to grope for; to finger

chūn qiū　春秋　The Spring and Autumn Period was a period in Chinese history that roughly corresponds to the first half of the Eastern Zhou dynasty (from the second half of the 8th century BC to the first half of the 5th century BC).

chūnlián　春聯　Spring Festival couplets

chūsài　初賽　heat; trial competition; preliminary competition

chúshī　廚師　a chef; a cook

chūxiàn　出現　to appear; to emerge; to figure; appearance

chúzi　櫥子　cabinet

cìjī　刺激　to excite; to stimulate; an impulse

cíjù　詞句　wording; expressions

cōngmáng　匆忙　hurriedly; hastily; hurry

cóngshì　從事　to deal with; to deal in

cúnkuǎn　存款　bank deposit; bank savings; money on deposit

cuòguò　錯過　to miss

cuòwù　錯誤　mistakes; errors; slips; wrong; a mistake; an error; a fault

cūyìng　粗硬　stubby; thick and hard

D

dǎ cǎo jīng shé　打草驚蛇　act rashly and alert the enemy

dà guō zi　大鍋子　a caldron; a cauldron

dà hǎn　大喊　shout; yell

dà hǒu dà jiào　大吼大叫　yelling

dà jiǎng　大獎　award; a grand prix

dǎ kēshuì　打瞌睡　to doze off; to nod; to catnap; to drowse

dà pī　大批　a large number of; large quantities of

Dà zhòng mǎ　大仲馬　Alexandre Dumas

dǎ zhòng　打中　a hit; to hit the mark; to hit the target; to catch

dáàn　答案　answer; the solution; key

dàdǎn　大膽　bold; confident; daring

dádào　達到　to achieve an objective; to get up to; to attain; to reach a figure

dǎfān　打翻　overturn; overthrow

dǎgōng　打工　to work part-time

dāi　待　to stay

dài lì shì　大力士　a man of muscle; a strong man; a man of might

dàibǔ　逮捕　arrested; seize; help catch

dàijià　代價　price; cost; expense

dàilǐng　帶領　to lead; to shepherd; to pilot

dǎitú　歹徒　an evildoer; an outlaw; a bandit; a gangster

dǎliè　打獵　to go hunting; to hunt

dàn chǎo fàn　蛋炒飯　rice fried with eggs

dǎn xiǎo rú shǔ　膽小如鼠　timid as a mouse

dǎnxiǎo　膽小　timid; fearful; chicken-hearted; cowardly

dǎn　膽　gall bladder

dānchē　單車　a bicycle

dānchún　單純　simple; pure; innocent

dǎng　擋　to arrange in order; to pack up for traveling

dāngbīng　當兵　to serve in the armed forces; to soldier

dāngrán　當然　naturally; certainly; of course

dāngzhōng　當中　in public; in the presence of all; in the center

dǎnnáng　膽囊　the gall bladder

dānrèn　擔任　to serve as; to take on

dānxīn　擔心　to worry; to be anxious; to feel concern about ...

dǎobì　倒閉　to go out of business; to go bankrupt; to close sth. down

dàochù　到處　anywhere

dàodǐ　到底　to the end; in the final analysis; after all; finally

dàojù　道具　properties; a stage property

dàolǐ　道理　a principle; a sense; reason; logic; truth

dàoshì　道士　a Taoist

dǎotā　倒塌　to collapse; to topple down; to fall in

dǎoyǎn　導演　a director; a producer

dàoyìng　倒映　reflected upside

dǎoyóu　導遊　a guide; a tour guide; a courier

dǎpái　打牌　to play mahjong; to play cards

dǎrǎo　打擾　to trouble; to disturb; to interrupt; to intervene; to intrude on

dǎsǎo　打掃　to sweep and clean up

dǎsuàn　打算　to intend; to plan; to purpose; to calculate

dé bú dào　得不到　can not get; unavailable

dédào　得到　to get; to receive; to acquire; to earn; to gain

déjiǎng　得獎　to win a prize; to gain a prize

déjiù　得救　saved

dēnglóng　燈籠　a lantern

dézuì　得罪　to offend; to put sb. out

dí　敵　an opponent; to fight

diǎn diǎn dī dī　點點滴滴　little things

diān sān dǎo sì　顛三倒四　confused; disorderly; incoherent

diàn　電　electricity; electric

diāndǎo　顛倒　upside down; to overturn

diànlì　電力　electric power

diànshìtái　電視臺　a television or TV station

diàntī　電梯　an elevator; a lift

diǎnxíng　典型　a typical case; a model case

diànyuán　電源　the power; the main power

diǎnzhuì　點綴　to embellish; to intersperse;

to prettify

diǎnzi 點子 an idea

diàochá 調查 to investigate; to examine; to enquire into sth.

diào hǔ lí shān 調虎離山 lure the enemy away from his base

diào 釣 to angle; to fish

diào 調 to transfer; to move; to change

diàotǒng 吊桶 a bucket; a well bucket

diàoyú 釣魚 fishing

dìbù 地步 a tight or deplorable condition; extent; degree

dǐdǎng 抵擋 arrives file

diébào 諜報 espionage; information obtained through espionage

dīng 叮 (of tiny insect such as mosquito) to sting

dǐng 鼎 a three-legged ancient Chinese vessel

dǐngjiān 頂尖 to tip; top-notch

dīngníng 叮嚀 to urge again and again; to warn

dírén 敵人 an opponent; an enemy

diūdiào 丢掉 to lost; to dispose of; to throw away

diūliǎn 丢臉 to lose face; to be in disgrace

dìwèi 地位 position; place; status; standing; the station of life

dìzhèn 地震 an earthquake

dōng hàn 東漢 Eastern Han Dynasty. During the widespread rebellion against Wang Mang, the Korean state of Goguryeo was free to raid Han's Korean commentaries. Han did not reaffirm its control over the region until 30 CE.

dōng jìn 東晉 Eastern Jìn Dynasty

dōng shī xiào pín 東施效顰 lind imitation with ludicrous effection

dōng zhāng xī wàng 東張西望 to look around

dōng 咚 the sound of impact caused by a falling object

dǒng 懂 to understand; to know

dòngbǐ 動筆 to take up the pen; to begin writing

dònggǎn 動感 dynamic

dòngjiāng 凍僵 to be frozen stiff; to become numb with cold

dòngjìng 動靜 movement; activity

dòngshāng 凍傷 frostbite; frostbitten

dòngwù 動物 an animal; a beast; a creature

dòngxuè 洞穴 a cave; a cavern; a hole; a cavity; a burrow

dù juān huā 杜鵑花 rhododendron

dú wàn juàn shū xíng wàn lǐ lù 讀萬卷書行萬里路 Learn knowledge from thousands of books and accumulate experience by traveling thousands of miles.

dú 毒 poison; narcotics; harsh; cruel

dú 讀 to read

duànliè 斷裂 breakdown; fracture

dǔbó 賭博 gambling; to bet; to take a gamble (on sth.)

dǔchǎng 賭場 a gambling house; casino

dǔchéng 賭城 casino

dúchóng 毒蟲 poisonous insects; worms;

duì fāng 對方 the other side; the opposite side

duì niú tán qín 對牛彈琴 to play the lute to a cow

duìbái 對白 a dialogue

duìwǔ 隊伍 troops in ranks and files; the ranks; a line of people; a procession

duìxíng 隊形 formation; rank

duìyú 對於 as regards; with regard to

dùjià 渡假 holiday; on vacation

duǒ 躲 to avoid; to hide

duǒbì 躲避 to avoid; to shelter

duǒcáng 躲藏 to hide oneself; to conceal oneself

dúshū 讀書 to study; to read; to attend school

duxìng 毒性 toxicity; poisonous; virulence

E

è zuò jù 惡作劇 to play a practical joke on; devilment

èliè 惡劣 very bad; abominable; disgusting; base

ēnài 恩愛 conjugal love

ér yán 而言 in terms of sth

ér yǐ 而已 that is all; nothing more

F

fādá 發達 to prosper; to develop

fādāi 發呆 to be in a daze; to be in a trance

fādǒu 發抖 to shiver; to shake; to shudder

fāhuī 發揮 to develop (an idea, a theme, etc.)

fájīn 罰金 a fine; a forfeit

fājué 發覺 to detect; to discover; to become aware of

fāmíng 發明 to invent; to devise

fǎn bài wéi shèng 反敗為勝 to turn defeat into victory; to turn the tables

fān 翻 to turn over; to go across

fāndǎo 翻倒 upset; overturning

fǎnduì 反對 to oppose; to be against

fǎnér 反而 on the contrary; instead; contrarily

fǎnfù 反覆 repeatedly; over and over; again and again

fángbèi 防備 on the alert

fǎngchuí 紡錘 a spindle

fāngfǎ 方法 a method; a way

fàngqì 放棄 to give up; to back down; to abstain from

fāngshì 方式 a fashion; a way; a manner; a mode

fāngxiāng 芳香 a fragrance; an aroma; balm; balminess; sweetness; redolence; perfume

fàngxīn 放心 to feel relieved; to feel easy in mind

fángzhǐ 防止 to prevent; to avoid; to avert

fánhuá 繁華 bustling and flourishing

fǎnhuǐ 反悔 to regret; to retract; to go back on a promise

fànrén 犯人 a prisoner; an offender; a convict

fānyuè 翻閱 to leaf over; to dip into; to skim through

fànzhōu 泛舟 boating; rafting; to row a boat

fànzuì 犯罪 to commit a crime; to sin; to commit; to offend against

fáqián 罰錢 a fine; a forfeit

fātiáo 發條 to wind; to wind a watch, and machine, etc

fāxiàn 發現 to discover; to come at sth.; to detect

fāxíng 發行 to sell wholesale; to publish; to issue

fǎyóu 髮油 pomade; hair oil

fāzhǎn 發展 to develop; to expand; to go along

Féi shuǐ 淝水 the Fei River in Anhwei Province

fèi 肺 a lung

féi 肥 fat

fēi 飛 to fly

fèijìn 費盡 racking; effort

fēng chuī cǎo dòng 風吹草動 the rustle of leaves in the wind

fēng píng làng jìng 風平浪靜 calm and tranquil; the wind has subsides and the waves have clamed down

fēngbō 風波 disturbances; disputes

fēngdù 風度 bearing; poise; presence

fēngfù 豐富 abundant; plentiful; copious; rich; profuse

fēngjǐng 風景 scenery; scenic sights or views; landscape

fēngjǐngqū 風景區 a scenic spot; a scenic area

fēnglàng 風浪 wind waves; stormy waves

fēngshēng 風聲 rumor; news; spread word

fēngsú xíguàn 風俗習慣 customs

fēngxiǎn 風險 risks; danger; hazards

fēngzi 瘋子 a lunatic; a madman (madwoman)

fēnlí 分離 to separate; to isolate; separation

fènliàng 分量 weight; measure of weight; a quantity of

fènnù 憤怒 anger; indignation; rage

fēnxiǎng 分享 to share; to go shares

fǒurèn 否認 to deny; to negate; to contradict

Fū chā 夫差 King Fuchai of Wu (吳王夫差) (reigned 495 BC - 473 BC), was the last king of Wu, a state in ancient China; he reigned towards the end of the Spring and Autumn Period.

fú wù zhōu dào 服務周到 stewardess thoughtful

fú 浮 to float; to drift

fùbù 腹部 the belly; the abdomen

fùchū 付出 to give ... for; to pay; to devote

fùgǔ 復古 to restore ancient ways; to return to the ancients

Fú Jiān 符堅 Fú Jiān was born in 337, when the family name was still Pu (蒲), to Fu Xiong (符雄) and his wife Lady Gou.

fúlǔ 俘虜 a captive; a prisoner

fúqì 服氣 to submit willing to someone else's view or opinion

fǔtóu 斧頭 an axe; a hatchet; a chopper

fùwēng 富翁 a man of wealth

fúwù 服務 to serve; to give service to; to minister to

fùzá 複雜 complex; complicated

fúzhuāng 服裝 clothing; clothes; dress

G

gài 蓋 to build (a house)

gǎibiàn 改變 to change; a shift

gǎndòng 感動 to touch; to affect; to move;

gāngà 尷尬 awkward; abashed; to be in an awkward situation

gānhàn 乾旱 a drought; aridity

gǎnjǐn 趕緊 to hurry up; to look sharp; to make speed

gānjìng 乾淨 clean; neat; tidy

gǎnjué 感覺 to feel; to sense; feeling

gǎnkuài 趕快 immediately; at once; hurry up

gǎnlù 趕路 to catch up; to hurry on one's way

gǎnqíng 感情 feelings; emotions; sentiments; sensibility

gǎnrén 感人 touching; impressive; heart-stirring

gǎnxiè 感謝 to thank; to be grateful; thankful; appreciation

gānxīn 甘心 willing(ly); to be resigned to

gǎo bù dǒng 搞不懂 don't understand

gǎohuài 搞壞 bungle; break down; to damage; to bumble

gāojí 高級 senior; high-level; high-class

gāomíng 高明 wise; brilliant; superior

gāoxīng wā jiǎo 高薪挖角 high salaries to lure them away

gàozhuàng 告狀 to file a lawsuit against someone; tell on sb

gébì 隔壁 the next door

gēchàng 歌唱 to sing

gēngzhòng 耕種 to plow and sow; to cultivate; to farm;

gēnjù 根據 based on; according to

gēnjù dì 根據地 base; base area

gēqǔ 歌曲 a song; a melody

gēshēng 歌聲 singing; the sound of singing

gōng 弓 a bow

gōngbù 公布 publish; bring out

gōngdǎ 攻打 to attack; to assault; to assail

gōngfēn 公分 a centimeter; cm

gòngfèng 供奉 to enshrine and worship; to consecrate; to sacrifice

gōngjí 攻擊 to attack; to launch out at sb.

gōngjiàng　工匠　a craftsman; an artisan; an artificer; a workman

gōngxǐ　恭喜　congregation

gōngzhǔ　公主　a princess

Gōu Jiàn　句踐　King Goujian of Yue 越王句踐 (reigned 496 BC - 465 BC) was the king of the Kingdom of Yue (present-day Shanghai 上海, northern Zhejiang 北浙江 and southern Jiangsu 南江蘇) near the end of the Spring and Autumn Period, named Si Goujian (姒勾踐)

gōuyǐn　勾引　to entice; to accost; seduction

gǔ shí hòu　古時候　ancient times; far back in history

guàěr　掛餌　link bait

guǎizhàng　柺杖　a walking stick; a rob; a cane

guān yuán　官員　an official; an office holder

guānchá　觀察　an observation; to observe

guānfǔ　官府　a governance; offices of local governance

guàng　逛　go walking; to stroll

guǎnggào　廣告　an advertisement; a commercial

guānguāngkè　觀光客　a tourist; a tourer

guāngxiān　光鮮　dressed; attractive

guǎnjiào　管教　to teach; to discipline; to take sb. in hand

guānmù　棺木　a coffin

guānxì　關係　relationship; relation

guānzhòng　觀眾　audience; spectators

gǔdài　古代　the ancient periods

gǔdiǎn　古典　classical; classic

guǐhún　鬼魂　a ghost; a spirit

guījǔ　規矩　rules; manners; the proprieties

guìtái　櫃檯　counter

guīzé　規則　rules; regulations

gǔlì　鼓勵　to urge; to encourage; to work up

guó jì yǐng zhǎn　國際影展　international film festival

Guō Pú　郭璞　Guo Pu (276-324), courtesy name Jingchun (景純), born in Yuncheng, Shanxi, was a Chinese writer.

guòfèn　過分　over; excess

guójiā　國家　a country

guǒrán　果然　just as expected; as expected

guòshì　過世　dead; to pass away; to die

guōzi　鍋子　a pot; a pan; a boiler

gǔpiào　股票　a stock

gǔshēng　鼓聲　rub-a-dub; a drumbeat

gùshì　故事　a story

gǔtou　骨頭　bone

gùxiāng　故鄉　a birthplace; a hometown; a home

Ⓗ

hài　害　to damage; to injure; to harm; harmful

hǎiàn　海岸　a coast; a seaboard

hàichóng　害蟲　a destructive insect; a pest

hǎilàng　海浪　waves

hǎimiàn　海面　sea; sea surface

hàipà　害怕　to fear; to dread; to be scared; to be afraid

hǎixiào　海嘯　a tsunami

hǎiyáng　海洋　ocean

hǎiyù　海域　sea area; maritime space; waters

hàn cháo　漢朝　the Han Dynasty

hángjiān　行間　between the lines; between the words

hángyè　行業　a trade; a profession; a line of business; an industry

hánlěng　寒冷　cold; frigid; freezing

hǎo lái wū　好萊塢　Hollywood

hào　號　a mark; a sign

hǎochù　好處　good points; benefits; advantages

hé kuàng　何況　furthermore; to say nothing of; much less; let alone

hè lì jī qún　鶴立雞群　to stand head and shoulders above others; to be Preeminent

hè　鶴　a crane

héchén　合成　to compose; to compound

héchuáng　河床　a riverbed; a channel

hēiàn　黑暗　dark

héngxīn　恆心　perseverance; stability

héshì　合適　suitable; applicable; fit; to have a good fit

hēzuì　喝醉　drunk; tipsy

hóng jí yì shí　紅極一時　be well-known for a time; popularity for a time

hóngbāo　紅包　a cash gift; redenvelope

hòu lái　後來　later; later on; then

hóu　猴　a monkey

hòuguǒ　後果　consequence; an aftermath; an outcome

hǔ tóu shé wěi　虎頭蛇尾　fine start and poor finish

hǔ　虎　tiger

huà lóng diǎn jīng　畫龍點睛　to bring the painted dragon to life by putting in the pupils of its eyes

huā qián yuè xià　花前月下　before the flowers and under the moon; ideal setting for a couple in love

huá　划　to paddle or row (a boat)

huābàn　花瓣　petal

huāduǒ　花朵　a flower

huái zhōng　懷中　in the arms; in the mind

huáiyí　懷疑　to have doubts; to mistrust; to suspect; to discredit

huán　還　to do or give something in return

huáng liáng yí mèng　黃粱一夢　a fond hope that can never materialize

huángdì　皇帝　an emperor

huàngdòng　晃動　to shake; to sway; to rock

huàngzhāng　慌張　agitated; nervous in a flurry

huánjìng　環境　an environment; conditions; circusmstances

huánqīng　還清　to pay off a debt

Huántán Gōnglù　環潭公路　central lake road; circular lake road

huāshēngmǐ　花生米　peanuts

huàzhuāng　化妝　mark-up

hūchū　呼出　to breathe out

hùdòng　互動　interaction; to interact

huìchǎng　會場　the site of a conference; a conference hall

huídá　回答　to answer; to reply to; to respond

huítóu　回頭　to turn one's head; to turn round

huīxīn　灰心　to be disheartened; to be discouraged; to lose

huíyì　回憶　memory; recollection; remembrance

húmiàn　湖面　lake; under the surface of lake

hūnàn　昏暗　dim; dusky; twilit

hùnluàn　混亂　disorder; chaos; anarchy; disarray; confused; chaotic

hūnwàiqíng　婚外情　extramarital affairs; a scandal

hūnyīn　婚姻　a marriage; a wedding

huò　禍　disasters; casualty; misfortune

huòdé　獲得　to obtain; to acquire; to attain; to gain

huódòng　活動　activities; actions

huǒguāng　火光　flame; blaze; firelight

huópō　活潑　lively; vigorous; vivacious; vivid; agile

huòxǔ　或許　maybe; perhaps; probably; possibly

hùxiāng　互相　each other; one another

 J

jì ... yòu ...　既…又…　both ... it ...; as well as

jī dū shān ēn chóu jì　基督山恩仇記　*The Count of Monte Cristo*

jī quǎn bù níng　雞犬不寧　to bring the painted dragon

jī quǎn shēng tiān　雞犬升天　All chick and dogs go to Heaven. The mean that when a man get win, even his pets ascend to heaven.

jiābān　加班　to work overtime; to take on an additional shift

jiǎbàn　假扮　to dress up as; to masquerade; to pretend

jiāfēng　加分　plus; a bonus point

jiǎmào　假冒　to pass oneself off as; to assume the identity of somebody else; to impersonate

jiǎn jié yǒu lì　簡潔有力　terse and vigorous style

jiàn shì qiǎn bó　見識淺薄　shallow knowledge

jiān　間　a unit of room or space

jiàn　箭　an arrow

jiǎn　撿　to pick up; to collect; to gather

jiǎnchá　檢查　to check; to inspect; to examine; to look over

jiānchí　堅持　firm; resolute; determined; resolved

jiǎndān　簡單　simple; easy; brief; commonplace

jiāndìng　堅定　to steady; to strengthen; steadu; firm

jiǎnduǎn　簡短　brief; short; concise; terse

jiǎnféi　減肥　to reduce weight; to slim; to lose weight

jiǎng　講　to tell; to speak; to explain

jiāng láng cái jìn　江郎才盡　to have used up one's literary talent or energy; a writer whose creative powers are exhausted

jiāng tài gōng diào yú yuàn zhě shàng gōu　姜太公釣魚願者上鉤　the fish rising to Jiang Taigong's hookless and baitless line

Jiāng tài gōng　姜太公　姜子牙, Jiāng Zǐyá (dates of birth and death unknown) was a Chinese historical and legendary figure who resided next to the Weishui River about 3,000 years ago. The region was the feudal estate of King Wen of Zhou.

Jiāng Yān　江淹　He is a poet and cifu writer in the Southern Dynasty of China, who occupies an important position in the history of the Southern Dynasty literature.

jiàngdī　降低　drawdown; to lower; to reduce; to drop

jiànjiàn　漸漸　gradually; by degrees; little by little; bit by bit

jiànlì　建立　to build up; to establish; to set up; to found

jiǎnlòu　簡陋　simple and crude; humble

jiànmiàn　見面　to see; to meet

jiànshè　建設　to construct; to build up

jiànshì　見識　to experience; to widen one's knowledge

jiānyù　監獄　a prison; a jail

jiǎnzhí　簡直　simply; virtually; almost; fairly; at all

jiǎo tù sān kū　狡兔三窟　A wily hare has three burrows; A crafty person has more than one hideout.

jiào xǐng　叫醒　awake up

jiǎo　狡　crafty; foxy; cunning; sly; wily

jiāodài　交代　to tell; to explain

jiàodǎo　教導　to instruct; to teach; to give guidance; teaching; guidance; instruction

jiǎodù　角度　a point of view

jiǎohuá　狡猾　crafty; foxy; cunning; sly; tricky; artful; wily

jiāolóng　蛟龍　dragon

jiàoshī jié　教師節　Teacher's Day

jiāotōng　交通　traffic; communications

jiāowài　郊外　the countryside; the suburbs

jiàoxùn　教訓　a lesson; a moral; to teach sb. a lesson for mistake

jiàoyù　教育　education; to educate; to teach

jiàqián　價錢　the price; the cost

jiàshǐ　駕駛　to navigate; to pilot; to operate a vehicle

jiāxiāng　家鄉　a hometown; a homeland

jiāzhǎng　家長　the parent or guardian of a child

jiǎzhuāng　假裝　to disguise; to feint; to affect; to pretend

jìbài　祭拜　to worship

jíbìng　疾病　disease; illness; sickness

jīdòng　激動　excited; flushed; agitated; worked up

jiē lián　接連　continue; running; and

jiè shào suǒ　介紹所　agencies

jiē　接　to connect; to take over; to put a

call through to

jiébái 潔白 spotless white; white

jiēchù 接觸 to contact; to touch; to get in touch with

jiècǐ 藉此 take this opportunity to

jiéguǒ 結果 a result; an outcome; an effect

jiēhuò 接獲 received; get some news

jiéjiǎn 節儉 frugal; economical; provident; thrifty; to economize; to scrimp and save

jiějué 解決 to solve; a solution; to settle; to sew up

jiélùn 結論 a conclusion; an inference; funal result

jiémù 節目 a program; a show

jiérì 節日 holiday

jièrù 介入 to intervene; to step in; to get between

jiěshì 解釋 explanation; construction; exposition

jiéshù 結束 the end; to finish; to conclude; to close

jiéshuāng 結霜 frosting; frosted

jiěshuōyuán 解說員 a narrator; a commentator

jiētóu 街頭 a street; a street corner

jiéwěi 結尾 the ending; the conclusion

jiézhàng 結帳 to balance the books; to settle accounts

jièzhǐ 戒指 a ring

jìfàng 寄放 to leave with; to leave in the care of; to place in custody

jīhuì 機會 a chance; opportunity

jījí 積極 active; positive; enthusiastic

jīlì 激勵 to encourage; to urge; to inspire; to stimulate; to invigorate; to prompt; to impel; to set spurs to sb

jīliè 激烈 violent; intense; drastic; furious; acute

jìlù 記錄 record

jìlùpiàn 紀錄片 a documentary film

jímáng 急忙 hurriedly; hastily; quickly and eagerly

jīmì 機密 secret; classified; confidential

jìmóu 計謀 a plan; a stratagem; a strategy; a trick

jīmù 積木 a building block; a brick

Jìn cháo 晉朝 The Jìn Dynasty (265-420), one of the Six Dynasties, following the Three Kingdoms period and followed by the Southern and Northern Dynasties in China.

jìn dài 晉代 Jin Dynasty

jìn jǐ suǒ néng 盡己所能 do my best to; be own you can be

jǐn shàng tiān huā 錦上添花 to add flower to the brocade; to give some additional splendor

jìn tuì liǎng nán 進退兩難 stuck in a cleft of wood

jīn 斤 catty; a unit of weight equal to half kilogram

jìn 近 near

jìnbù 進步 progress; advancement; to make progress

jǐng dǐ zhī wā 井底之蛙 a frog in a well; a person with a very limited outlook and experience

jǐng 儆 to warn; to admonish

jīng 驚 to startle; to shock

jǐngdiǎn 景點 scenic spots

jǐngfāng 警方 police

jǐnggào 警告 a warning; a caution; to give a warning

jīngjì shàng 經濟上 economically; economic; financially

jīnglì 經歷 an experience; a lesson

jīnglì 精力 energy; vigor; stamina; vitality

jìngpiàn 鏡片 lenses; a lens

jìngrán 竟然 unexpectedly; actually

jǐngsè 景色 scenery; a landscape

jìngshàng 敬上 regards; yours truly

jīngshén bǎibèi 精神百倍 spirit of the times; light up

jīngshén 精神 spirit; mind; consciousness; the essence of

jìngtóu 鏡頭 a camera lens

jīngǔ 筋骨 the physique

jǐngwù 景物 scenery ; sight

jīngxià 驚嚇 to frighten; to scare; to shock; to terrify

jīngxiǎn 驚險 alarmingly dangerous; thrilling

jǐngxiàng 景象 scenes; sights; vision; appearances

jīngyàn 經驗 a experience; a lesson

jīngyíng 經營 to run; to operate; to manage

jìngzhēng 競爭 competition; contention; to compete

jìniànpǐn 紀念品 a souvenir

jǐnjí 緊急 urgent; emergent; emergency; exigent; pressing; critical

jīnqián 金錢 money

jǐnshēn 緊身 tight; close-fitting; tight-fitting; skin-tight

jìntóu 盡頭 the end (of the road); the limit; the extremity

jǐnzhāng 緊張 nervous; edgy; jumpy; tense; intense; strained

jīnzhēnhuā 金針花 lily flower

jìqiǎo 技巧 a skill; an art; a knack; a trick; technique

jíshǐ 即使 even; even if; even though

jiǔ hàn féng gān lín 久旱逢甘霖 to have a welcome rain after a long drought; to have a long-felt need satisfied

jiù lián... yě 就連…也 even also

jiǔ niú èr hǔ zhī lì 九牛二虎之力 the strength of nine bulls and two tigers; tremendous efforts

jiǔbēi 酒杯 a wineglass; a wine cup; a wine bowl

jiǔguǎn 酒館 a pub; a bar

jiùhùchē 救護車 an ambulance

jiùyuán 救援 to rescue; to come to one's rescue

jíxiáng 吉祥 lucky; auspicious; propitious; favorable; heaven-sent

jìxù 繼續 to continue; to carry on (with sth.); to hold on; to keep doing; to get on with sth

jìzhě 記者 journalist; reporter

jǔbàn 舉辦 to hold (an action, an exhibition, and contest,etc.)

jùběn 劇本 of literature a play; a drama; a script

juéde 覺得 feel

juédìng 決定 to decide; to resolve; to make up one's mind

juéduì 絕對 absolute; absolutely

juéwàng 絕望 hopelessness; despair

juéxīn 決心 determination; a decision; to make up one's mind

jùhuà 句話 a sentence

jùjué 拒絕 to refuse; to reject; to turn down

júmiàn 局面 an aspect; a situation; prospects; the state of affairs

jùn 俊 handsome; pretty; good-looking

jūnduì 軍隊 troops; the army; the military

jūnwáng 君王 king

jūnzǐ chéng rén zhī měi 君子成人之美 A gentleman is always ready to help others attain their aims

jūnzǐ 君子 a person of noble character and integrity; a gentleman

jùqíng 劇情 the story or plot of a play

jǔsàng 沮喪 to depress; to dispirit; to dishearten

júxiàn 局限 limitation; constraint

júzhǎng 局長 secretary; chief

jūzhù 居住 to live; to reside

K

kāishǐ 開始 to begin; to start

kāixīn 開心 to be joyful; to have fun; to feel happy

kàn qǐ lái 看起來 looks; seem; look at

kàn rènào 看熱鬧 to watch the scene of bustle; to be a looker-on

kāndēng 刊登 to print in a publication; to publish;

kàngyì 抗議 to protest; to object; to remonstrate

kànjiàn 看見 to see; to catch sight of

kànlái 看來 it seems; it appears; it looks as if; apparently

kǎo shì 考試 an examination; a test; a exam; a quiz

kào zhe 靠著 relying; lean on

kào 靠 to rely; to lean against; to depend on; near; by

kǎpiàn 卡片 a card

kǎzhài 卡債 credit card debt

kē 顆 a numerary adjunct for (bombs, bullets, etc.)

kě xiào 可笑 laughable; humorous; comic; funny

kě 渴 thirst

kējǔ 科舉 imperial examination

kěndìng 肯定 affirmative; positive; definite; sure

kèqì 客氣 polite; courteous; modest

kēxué 科學 science

kēxuéjiā 科學家 scientist

kōng dàng 空盪 empty

kōng xuè lái fēng 空穴來風 An empty hole invites the wind;groundless and baseless

kǒngbù 恐怖 terror; horror; fright

kǒngdòng 孔洞 a hold; an opening; a hole in a utensil

kōngdòng 空洞 vacuous; a cavity; a void

kǒngjù 恐懼 to fear; to be scared; to be afraid of; to be frightened; to be terrified; to be in terror of

Kǒngzǐ 孔子 Confucius (Chinese: 孔子; pinyin: Kǒng zǐ; Wade-Giles: K'ung-tzu, or Chinese: 孔夫子; pinyin: Kǒng Fūzǐ; Wade-Giles: K'ung-fu-tzu), literally "Master Kong,"[1] (traditionally September 28, 551 BC-479 BC)[2][3] was a Chinese thinker and social philosopher.

kǒucái 口才 a tongue; eloquence

kǒudài 口袋 a pocket; a bag

kǔ dǎn 苦膽 a gall bladder

kū 窟 a hole; a cave; a den; a burrow

kuài sù de 快速地 quickly

kuàigǎn 快感 a pleasant sensation/feeling

kuàimén 快門 shutter; a camera shutter

kuángbiāo 狂飆 a hurricane; a wild whirlwind

kūnchóng 昆蟲 an insect

kùnkǔ 困苦 hard; hardship; deep distress

kùnnán 困難 difficult; hard; perplexity

kùnrǎo 困擾 to perplex; to persecute; persecution; obsession

kūqì 哭泣 to cry; to be in tears

Lā sī wéi jiā sī 拉斯維加斯 Las Vegas, Nevada, a major resort city in the United States. Las Vegas is the most populous city in Nevada, the seat of Clark County, and an internationally renowned major resort city for gambling, shopping and fine dining.

lā 拉 to pull

lái de jí 來得及 in time; to be able to make it in time; there in time for

láixí 來襲 incoming

lán 攔 to block; to bar

láng qí zhú mǎ lái, rào chuáng nòng qīng méi 郎騎竹馬來，遶床弄青梅 Riding on a bamboo stick as a horse with a green plum twig on my hand.

làng 浪 waves; billows

làngfèi 浪費 to waste; to consume; to squander

làngmàn 浪漫 romantic

lǎo wēng 老翁 old man

lǎoshǔ 老鼠 a mouse; a rat

lǎoyīng 老鷹 an eagle

léiyǔ 雷雨 thunderstorm

léizhènyǔ 雷陣雨 a thunder shower

Lǐ ān 李安 Ang Lee is a Taiwanese American film director. Lee has directed a diverse set of films such as Eat Drink Man Woman (1994), Sense and Sensibility (1995), Crouching Tiger, Hidden Dragon

(2000), Hulk (2003), and Brokeback Mountain (2005) for which he won an Academy Award for Best Director.

liàng rù wéi chū　量入為出　keep expenditures within the limits of income; live within one's means

Lǐ bái　李白　Li Bai (701-762) was a Chinese poet. He is regarded as one of the greatest poets in China's Tang period, which is often considered China's "golden age" of poetry.

lǐ yú tán　鯉魚潭　Liyu Lake is located at the foot of Liyu

lì　立　to stand

lí　離　to leave; to be away from

lián mián bù jué　連綿不絕　endless; continuous; constant

lián...dōu...　連…都…　even...all...; even then

liànài　戀愛　to love; to be in love

liánbāng diàochájú　聯邦調查局　Federal Bureau of Investigation (FBI)

liǎng　兩　a unit of weight equal to 50 grams

liánghǎo　良好　good; fine

liànglì　亮麗　bright; brilliant; shiny

liànqǔ　戀曲　love story; lover

liǎnsè dàbiàn　臉色大變　black in the face; blue in the face

liǎnsè fābái　臉色發白　to look pale; to blanch; pasty-faced

liànxí　練習　to practice; a drill

liánxù　連續　continuous; successive; running

liǎojiě　了解　understand; come to understand

liáotiān　聊天　to chat

lìdào　力道　power; the strength

lìhài　厲害　formidable; fierce

lǐhé　禮盒　gift; present box

lǐjiě　理解　to understand; to comprehend; to catch on

líkāi　離開　to leave; to depart from; to go away

lìkè　立刻　immediately; at once; right now

lǐlùn　理論　theory

lín shí bào fó jiǎo　臨時抱佛腳　to embrace Buddha's feet in one's hour of need; to seek help at the last moment; the hasty cramming

ling　另　another; other

líng　靈　to work out

lìngwài　另外　besides; separately; else; another; on the side

lìqì　力氣　great effort; force; strength

lǐràng　禮讓　to give precedence out of courtesy

lìrú　例如　for example; such as

liǔ àn huā míng　柳暗花明　vista; take a turn for the better; to start to improve

Liú Bèi　劉備　Liu Bei (161-21 June 223), styled Xuándé (玄德), was a general, warlord, and later the founding emperor of Shu Han during the Three Kingdoms era of China

liù shén wú zhǔ　六神無主　in a state of utter stupefaction; all six vital organs failing to function

liù shén　六神　six gods; here means six vital organs ruled by six Daoist deities: heart 心, lungs 肺, liver 肝, kidneys 腎, spleen 脾 and gall 膽

Liùshíshí Shān　六十石山　60stones mountain in Huali country Mountain, in Shoufeng Township's Chihnan Village. Lake is about 1.6 kilometers in length, and 930 meters in width, making it the largest inland lake in Hualien County.

liúdòng　流動　to flow; to run; to circulate

liúluò　流落　a wander about destitute; to strand

liúqíng　留情　to show consideration; to show mercy for

liǔshù　柳樹　a willow (tree)

liúshuǐ　流水　running water; flowing water

liúxià　留下　to keep; to remain; to reserve

liúxíng 流行 popular; fashionable; prevailing; current

liúxué 留學 to study abroad

lìwén 例文 for example

lǐxiǎng 理想 a dream; an ideal; perfection; perfect

lìyòng 利用 used

lìzi 例子 an example; an instance; for example; such as

lóng 龍 a dragon

Lǔ Bān 魯班 he was a Chinese carpenter, engineer, philosopher, inventor, military thinker, statesman and contemporary of Mozi, born in the State of Lu, and is the patron Saint of Chinese builders and contractors

lù chū mǎ jiǎo 露出馬腳 give the show away

Lù Yóu 陸游 Lu You was a Chinese poet of the southern Song

luàn 亂 confused; mess

lújù 爐具 stoves

lún yǔ 論語 The Analects of Confucius, one of the Four Books

luósīqǐzi 螺絲起子 a screwdriver

lǚrén 旅人 traveler; voyager; passenger

lǚxíngtuán 旅行團 tour

lúzi 爐子 a stove; a fireplace

mà 罵 to reprove; to use abusive language at

máfán 麻煩 to trouble; troublesome; inconvenient

màiguāng 賣光 sold out

màilì 賣力 to exert oneself; to do all one can

mángcǎo 芒草 Miscanthus sinensis; Chinese silver grass

mángmù 盲目 blind; eyeless; blindly

mǎnliǎn tōnghóng 滿臉通紅 flushed; red face

mǎnyì 滿意 satisfied; pleased; content; satisfactory

mǎnyuè 滿月 baby's completion of its first month of life

máobǐ 毛筆 a Chinese writing brush; a brush

màochū 冒出 bubbling; emitting

máojīn 毛巾 a towel

màomì 茂密 dense; thick; thickset; gross; bushy

mǎpī 馬匹 horses

méi xiǎng dào 沒想到 unexpectedly; not to think; never thought

měihǎo 美好 fine; nice; good; pretty

měijīn 美金 US dollars

měijǐng 美景 beautiful scenery (or landscapes); fine views

měishùguǎn 美術館 art gallery

méitóu 眉頭 brow

mèng mǔ sān qiān 孟母三遷 The mother of Mencius changed her abode three times (to avoid bad influence on her son).

Mèng zǐ 孟子 Mencius was a Chinese philosopher who was arguably the most famous Confucian after Confucius himself.

měng 猛 fierce; headlong; vigorous

mèngjìng 夢境 dreamland; a dream

mèngxiǎng 夢想 to dream of; to have vision of

miàn 面 a quantifier for flat and smooth objects (mirrors, flags)

miǎnchú 免除 to prevent; to avoid; to remit; to dismiss

miànduì 面對 to confront; to front; in the face of

miǎnfèi 免費 free of charge; for nothing; for free

miǎnqiǎng 勉強 to do with difficulty; reluctantly; grudgingly

miáoxiě 描寫 to describe; to depict; to portray

miè 滅 to turn off; to die out; to come to an end

míliàn 迷戀 to be infatuated with

mílù 迷路 to lose one's way; to go astray;

to stray

míngbái 明白 to understand; to know; to catch on

míngchēng 名稱 a name ; an appellation; designation

mínglì 名利 fame and gain; fame and wealth

míngliàng 明亮 light; bright

mìnglìng 命令 an order; a command; to order; to command

míngqì 名氣 fame; reputation; repute

míngsù 民宿 hostel; B&B

mínjiān 民間 folk; non-governmental

mínzhòng 民眾 the people; the common people

mírén 迷人 charming; fascinating; glamorous

míshàng 迷上 hooked; fall for; stick for

móduàn 磨斷 rubbing off; wear off

mófǎng 模仿 to imitate; to copy; to ape; to mimic

mòmò 默默 quietly; silently

mònián 末年 the last years of a dynasty or reign

mópò 磨破 frazzle

mòshēng 陌生 strange; unfamiliar

móshù 魔術 magic; a magic trick

mǒu 某 something; someone

mùchái 木柴 firewood; wood

mùdì 目的 a purpose; an objective; a goal; an aim

mùdì 墓地 a graveyard; a cemetery

mùdìdì 目的地 a destination (point); a goal

mùgùn 木棍 a stick; a wood rod

N

nàixīn 耐心 patience; patient

nàmèn 納悶 to feel baffled; to wonder if...

nán cháo Liáng 南朝梁 The Liang Dynasty (502-557), also known as Southern Liang Dynasty (南梁), was the third of Southern dynasties in China, followed by the Chen Dynasty.

nán 難 difficult

nándào 難道 no wonder; Is it possible that.

nándé 難得 hard to come by; rare; scarce; seldom

nánguò 難過 sad; unhappy

nánwàng 難忘 unforgettable; indelible; impressive

nǎojīn 腦筋 brains; to consider

náshǒu 拿手 a forte; what one is specially good at

nèiróng 內容 contents; the matter; meat; subject matter

nénglì 能力 ability; capability; might; the power

nián huā rě cǎo 拈花惹草 to have many love affairs

niánlǎo 年老 oldest; aged

niánqīng 年輕 young

niáo yǔ huā xiāng 鳥語花香 birds sing and flowers radiate their fragrance; a joyous scene in spring

níng 寧 tranquil; peaceful

nìshuǐ 溺水 drowning

niú 牛 cattle; cows

niúpí shéng 牛皮繩 bovine leather chain

niǔshāng 扭傷 a sprain; a strain; a twist

nòng wǎ zhī xǐ 弄瓦之喜 congratulations on a new baby girl

nòng zhāng zhī xǐ 弄璋之喜 congratulations on a new baby boy

nóng zuò wù 農作物 a crop; a cropper

nòng 弄 to do, make, or handle (something)

nóngcūn 農村 the countryside; the rural area; a rural village

nóngfū 農夫 a framer; a planter

nónglì 農曆 the lunar calendar; a Chinese calendar

nóngmì 濃密 dense; heavy; bushy; luxuriant

nóngyào 農藥 agricultural chemical; insecticides; pesticides

nuǎnhuo 暖和 warm; sunny; to warm up

núlì 奴隸 a slave; a creature; a thrall; a vassal

nǔlì 努力 effort; exertion

nǔxìng 女性 womanhood; woman; the feminine

O

ǒu rán 偶然 by chance; by accident; fortuitous

Ōuyáng Xiū 歐陽修 Ouyang Xiu (1007 - September 22, 1072), was a Chinese statesman, historian, essayist and poet of the Song Dynasty.

ǒuxiàngjù 偶像劇 Idol Drama

P

pái shān dǎo hǎi 排山倒海 avalanche; remove mountains

páichū 排出 expulsion; discharge

pāidǎ 拍打 to pat; to beat; to flap

páiduì 排隊 to line up; to stand in a queue or line

páiliàn 排練 to rehearse

pāishè 拍攝 to take a picture; to shoot; to film

pán 盤 a tray of; a plate of

pànwàng 盼望 to expect; to hope for; to look forward to

pàochá 泡茶 to make tea; to brew up tea

pǎochē 跑車 a roadster; a sports car

pāomáo 拋錨 to drop or cast; to anchor; to lower an anchor

péi 陪 to accompany; go out with

pèifú 佩服 to admire; to respect somebody for sth

pèihé 配合 to operate in coordination; to harmony with

péiqián 賠錢 lose money

pèishàng 配上 to go with; to match

pèng 碰 hit; to touch

pēngrèn 烹飪 cooking; a culinary

pèngshàng 碰上 hit; meet; come on

pēnshèjī 噴射機 a jet airliner; a jetliner

pī 匹 a word used to quantify the number of pack animals such as horses

pī 披 to drape over; to split

pí 脾 a spleen

piàn 遍 all over; everywhere

piān 篇 a piece of writing; a chapter

piàn 騙 to cheat; to deceive

piànrén 騙人 to deceive people; to cheat others

piànshù 騙術 a deceitful trick; a ruse; a stratagem

piànzi 騙子 a deceiver; a fraud

piàofáng 票房 a box office; a ticket window (or booth)

pǐncháng 品嘗 to taste; to savor

pǐndé 品德 moral character; morals; morality

píngān 平安 safe and well; peaceful

píngjià 評價 evaluation; appreciation; appraisal

píngjìng 平靜 quiet; smooth; peaceful; peace; calmness

píngjǐng 瓶頸 the neck of a bottle; a bottleneck; a choke point

píngkōng 憑空 out of the void; out of thin air; without foundation

pínglùn 評論 to comment on; a review; an appreciation

píngshěn 評審 evaluator; judgment

píngxí 平息 to calm down; to put down

pínkǔ 貧苦 poor; impoverished; destitute

pīnmìng 拼命 to do something desperately

pínqióng 貧窮 poor; needy; impoverished; destitute

pī xīng dài yuè 披星戴月 to get up by starlight and not put tools down until the moon rises; to work from before dawn until after dark

pìyù 譬喻 figure of speech; for example

pò jìng chóng yuán 破鏡重圓 a broken mirror joined together; reunion of husband and wife after an enforced separation or rupture pòyú qíngshì　迫於情勢　are forced by circumstance

pǒ　頗　quite; fairly; rather

pòàn　破案　to clear up a criminal case; to solve a criminal case

pòjiù　破舊　old and shabby; worn-out; dilapidated

pòliè　破裂　to crack; breakdown

pōzhé　波折　an obstacle in th way; a setback

pǔ　譜　to set to music

pūkèpái　撲克牌　poker; poker cards

púrén　僕人　a servant; a menial

Q

qí hǔ nán xià　騎虎難下　in a position from which there is no easy retreat

qī qiào shēng yān　七竅生煙　to fume with anger; to foam with rage; to fumigate with anger

qī shàng bā xià　七上八下　an unsettled state of mind; to be agitated

qí zi　旗子　a flag

qí　騎　to ride; to mount

qiàn　欠　to owe

qián Qíng　前秦　The Former Qin (351-394) was a state of the Sixteen Kingdoms in China.

qián shuǐ　潛水　diving; skin diving

qiān xīn wàn kǔ　千辛萬苦　to suffer all conceivable hardships; pains

qiān yán wàn yǔ　千言萬語　thousands and thousands of words

qiǎngàn　搶案　robbery; pillage; plunder

qiángdiào　強調　to emphasize; to accentuate

qiángjìng　強勁　powerful; forceful; strong

qiāngshēng　槍聲　a shot; crack or bark of a gun

qiǎngyǎn　搶眼　eye-catching

qiángzhuàng　強壯　strong

qiānwàn　千萬　to be sure to do so

qiào　竅　an aperture

qiáoliáng　橋梁　a bridge

qiǎomiào　巧妙　ingenious; clever; skillful; artful; masterly

qǐbīng　起兵　raise an army

qídǎo　祈禱　to pray; to supplicate; to perform a prayer

qiē　切　to cut; to slice

qìfēn　氣氛　an atmosphere; a mood; an ambience

qíguài　奇怪　odd; strange; unusual

qìguān　器官　an apparatus; (of the body)an organ

qín　琴　a zither-like plucked instrument

qīnài　親愛　dear; darling; loving

qǐng duō duō zhǐ jiào　請多多指教　please do give me guidance; please provide your valuable comments

qīng méi zhú mǎ　青梅竹馬　the period when a boy and a girl grew up together

qīngchè　清澈　extremely clear; limpid; clear; pellucid

qīngchǔ　清楚　to be clear about; clear; lucid

qīnghán　清寒　poor but clean and honest

qíngjié　情節　(of a book, a movie etc.) the plot; the action

qíngkuàng　情況　a situation; a position

qíngláng　情郎　a boyfriend; a husband

qínglǚ　情侶　couple; lovers

qǐngqiú　請求　to ask; to request; to apply

qīngshì　輕視　to belittle; to depreciate; to disdain; to look down on

qīngsōng　輕鬆　light; relaxed; airy; free and easy; to take one's ease

qīngtóng　青銅　bronze; gun metal

qīngwā　青蛙　a frog

qíngxíng　情形　circumstances; a situation; a condition; a case

qínláo　勤勞　diligent; industrious; hardworking; industrious and courageous

qīnyǎn　親眼　with one's own eyes; personally

qīnzì　親自　personally; direct; in person

qípáo　旗袍　a cheongsam; a close-fitting Chinese dress with side vents qīpiàn 欺騙 to deceive; to cheat; to dupe; to swindle; to defraud

qìsè 氣色 a complexion; color

qíshí 其實 in fact; at bottom; as a matter of fact; actually

qìshì 氣勢 momentum; imposing manner; vigor

qítā 其他 other; else

qǐtóu 起頭 the beginning; make a beginning

qiū shuǐ piān 秋水篇 paragraph of autumn floods

qiú xīn qiú biàn 求新求變 innovation and change

qiúfàn 囚犯 a prisoner; a convict

qiújiù 求救 to ask somebody to come to the rescue

qiúqíng 求情 to ask a favor of; to intercede for

qìxiàng 氣象 meteorological phenomena

qìyèjiā 企業家 an entrepreneur; an enterpriser

qízhōng 其中 among (which, them, etc)

quán lì 權力 the power; authority

quǎn 犬 a dog

quàn 勸 to persuade; to advise

què 卻 but; to decline; to refuse

quēdiǎn 缺點 a defect; a drawback; a flaw; a fault

quēkǒu 缺口 a breach; a gap

quèrèn 確認 to affirm; to confirm; to prove

qún 群 a crowd; a group; in a group

qūrǔ 屈辱 humiliation; mortification; disgrace

qūshì 趨勢 a trend; a tendency

Ⓡ

ràng 讓 to cause or to make sb do sth; to allow

ránshāo 燃燒 to burn; to kindle; to fire; to flame out/up

rào 遶 to surround; go around

rě 惹 to provoke; to rouse; to induce; to offend

rèdù 熱度 temperature; fever

rèn hé 任何 any; all; whatever

rén lái rén wǎng 人來人往 crowded

rén pà chū míng zhū pà féi 人怕出名豬怕肥 fame portends trouble for men just as fattening does for pigs

rén suàn bù rú tiān suàn 人算不如天算 Man proposes but God disposes

rěn xīn 忍心 to be hardhearted enough to; to have the heart

rén xīng huáng huáng 人心惶惶 anxious; apprehensive; alarmed for everyone

rènào 熱鬧 noisy; clamorous;

rěnbúzhù 忍不住 can not help

réncháo 人潮 stream of people; a lot of people

réngrán 仍然 still

rénjiān 人間 the world of mortals

rénshìjiān 人世間 in the world; life

rěnshòu 忍受 to bear; to endure; to tolerate; to put up with

rénwù 人物 a personage; a character; a figure

rènwù 任務 an assignment; a mission; a task

rènzhēn 認真 take a seriously; conscientious; earnest

rènzuì 認罪 to admit one's guilt; confess

rèqì 熱氣 heat; hot

rì zhèng dāng zhōng 日正當中 noon; midday; at noon

rónghuá fùguì 榮華富貴 glory; slendor; wealth and rank

ruǎnhuà 軟化 to become more amenable; to melt

rúguǒ 如果 if; supposing that; in case of ; in the event of

ruì shì guī mó 芮氏規模 Richter magnitude; Richter magnitude scale

ruìsuì 瑞穗 Ruisui, Hualien, is a township located in southern Hualien, Taiwan, and has a population of 13,000 inhabitants and 11 villages. The Tropic of

Cancer passes through here.

S

sǎ 灑 to sprinkle (liquids); to spray; to spill

sài chē nǚ láng 賽車女郎 racing girl

sài wēng shī mǎ yān zhī fēi fú 塞翁失馬，馬知非福 loss may turn out to be a gain; Misfortune may be an actual blessing

sài wēng shī mǎ 塞翁失馬 blessing in disguise

sài wēng 塞翁 wisdom man; old man

sānfēnzhōng rèdù 三分鐘熱度 not perseverant; to give up halfway;

sān gù máo lú 三顧茅廬 to have visited the cottage thrice in succession

Sānguó shídài 三國時代 The Three Kingdoms period is a period in the history of China, part of an era of disunity called the Six Dynasties following immediately the loss of de facto power of the Han Dynasty emperors. In a strict academic sense it refers to the period between the foundation of the Wei in 220 and the conquest of the Wu by the Jin Dynasty in 280. However, many Chinese historians and laymen extend the starting point of this period back to the uprising of the Yellow Turbans in 184Impatient

sānjiànkè 三劍客 The three muskteers

sāo 艘 a quantifier for boats and ships

sè jiè 色戒 Lust Caution. It is a 2007 Chinese espionage thriller film directed by Taiwanese American director Ang Lee, based on the short story of the same name published in 1979 by Chinese author Eileen Chang.

sècǎi 色彩 colors

shā jī jǐng hóu 殺雞儆猴 to kill the chicken to frighten the monkey

shā 殺 to kill; to slaughter; to fight

shàigān 曬乾 sun-dried; sun-baked; to dry in the sun

shān míng shuǐ xiù 山明水秀 green hills and clear water

shān tóu 山頭 mountain; top of mountain; mountain top

shān zhēn hǎi wèi 山珍海味 wèi delicacies from land and sea

shàn 扇 (of doors or freestanding screens) a leaf

shàncháng 擅長 to be good at; to be skilled in; to be dead on

shàng bèi zi 上輩子 past life

Shāng dài 商代 Shang Dynasty

shàngdàng 上當 to be taken in; to be fooled; to be duped; to fall for

shànggōu 上鈎 to rise to the bait; to swallow the bait; to get hooked; to bite at a hook

shānghài 傷害 to injure; to harm; to hurt; to do injury to

shǎnghuā 賞花 looking at flowers; flowers

shàngjìn 上進 to go forward; to make progress; to progress

shāngpǐn 商品 commodities; goods; merchandise

shāngshì 傷勢 the condition of an injury (or wound)

shàngtiān 上天 God; Heaven; to go up to the sky

shàngwǎng 上網 to get on the internet; online

shāngxīn 傷心 heartbroken, to break one's heart

ShāngZhòu 商紂 Di Xin, or Emperor Xin of Shang (帝辛), born Zi Shou or Shoude (子受 / 受德) was the last king of the Shang Dynasty. He was later given the pejorative nickname Zhòu (紂). He is also called Zhòu Xīn (紂辛) or King Zhou (紂王). He may also be referred to by adding "Shāng" (商) in front of any of his names. Note that Zhou (紂) is a completely different word than the Zhou (周) of the succeeding Zhou Dynasty.

shānlín 山林 forest; mountain and forest

shānshuǐ 山水 mountains and waters; landscape painting

shànyú 善於 to be good at; to be apt at; to be adept in

shāo 燒 burn

shāobǐng 燒餅 Chinese style baked roll

shāodiào 燒掉 burned; to produce flames and heat; burn sth

shāoxiāng 燒香 to burn joss sticks; burn incense

shātān 沙灘 beach

shě bù dé 捨不得 reluctant to give up; reluctant to let go

shè 射 to send out; to allude to sth. or sb.

shé 蛇 a snake

shèbèi 設備 facilities; equipment; an apparatus; plant

shēchǐ 奢侈 luxury; extravagance

shèfǎ 設法 to think up a method; to arrange for; to devise a way

shēn shēn 深深 deep; in one's heart of hearts

shèn 腎 the kidney

shěn 審 to examine; careful

shēncái 身材 a figure; stature

shénfó 神佛 Buddha; GOD

shēng lóng huó hǔ 生龍活虎 a lively dragon and an active tiger

shēng 升 to rise; to hoist; to raise; to promote; to elevate

shēngāo 身高 to watch out for; to be careful of

shēngchēng 聲稱 to profess; to claim; to assert; to make out

shèngdà 盛大 royal; stately

shēngdòng 生動 lively; lifelike; living

shēnghuó 生活 life; to live

shèngkāi 盛開 bloom; flourishing

shènglì 勝利 a victory; success; win

shēngmìng 生命 life; being;

shēngqì 生氣 to angry

shēngqiān 升遷 promotion

shěngqù 省去 to save; leave out

shēngwù 生物 an organism; biological

shèngxià 剩下 to be left over; to remain

shēngyì 生意 a business; a trade

shēngyīn 聲音 sound; voice

shēngyìrén 生意人 businessmen; merchant

shénhuà 神話 a fairy tale; (a) myth; mythology; fable

shēnkè 深刻 profound; intense

shénmì 神祕 mystery; secret; mystique

shénmíng 神明 gods

shěnpàn 審判 to bring to trial; to administer justice

shénqí 神奇 magical; mystical

shēntǐ 身體 the body

shénxiān 神仙 a celestial; a supernatural being; God

shēnyè 深夜 midnight; deep in night

shèqū 社區 community

shì dào lín tóu 事到臨頭 when the situation becomes critical; at the last moment

shí nián hán chuāng 十年寒窗 a person's long years of academic studies

shí quán shí měi 十全十美 to be perfect in every way

shì shì kàn 試試看 try

shì tú lǎo mǎ 識途老馬 a person of rich experience; a wise old bird

shì wài táo yuán 世外桃源 Arcadia; a place for taking refuge

shībài 失敗 to fail; to lose; to crash; failure; defeat; breakdown

shídài 時代 the times; the age; an epoch

shídì 實地 on the spot; live

shìfàng 釋放 to set free; to fee; to release

shìjì 世紀 a century

shìjí 市集 a market; a fair

shìjiè 世界 the world; the globe

shījù 詩句 verse; poetry

shílì 實力 strength; actual strength

shíliàng 食量 food consumption; intake

shīrén 詩人 a poet

shīsàn 失散 separated

shíshàng　時尚　a trend; the fashion

shìshí　事實　in fact; actuality; a truth

shítou　石頭　stone

shīwàngde　失望地　disappointed; disappointedly

shīwén　詩文　poem; article

shīwù　失誤　a fault; a error

shìwù　事物　things; stuff

shíwù　食物　food

shíxiàn　實現　to realize; to achieve; to come true

shíxíng　實行　to practice; to implement; to execute

shíyóu wéijī　石油危機　oil crisis

shízài　實在　really; truly; certainly; in fact

shīzhōng　失蹤　to be missing; to disappear; disappearance

shòu bù liǎo　受不了　can not stand

shōu lǐ tái　收禮臺　gifts desk

shǒu zhǐ tou　手指頭　a finger

shǒu zhū dài tù　守株待兔　to stand by a tree stump waiting for a hare;one who sticks to his folly and does nothing

shǒu　守　to keep watch; to wait; to guard; to defend

shòu　瘦　thin

shòudào　受到　receive; exposure to

shǒugōng　手工　by hand; handiwork; manual; handmade

shōují　收集　to collect; to gather; to get together

shòupiàn　受騙　to be deceived; to be taken in; get stuck; to be fooled

shǒuqì　手氣　luck at gambling

shòushāng　受傷　injured; wounded; hurt

shōushí　收拾　to put things in order; to clear away; to clean up

shǒuyì　手藝　craftsmanship; workmanship; handicraft; craft

shǒuzhǐ　手指　a finger

shǔ hàn　蜀漢　Shu Han, sometimes known as the Kingdom of Shu (蜀 shǔ) was one of the Three Kingdoms competing for control of China after the fall of the Han Dynasty, based on areas around Sichuan which was then known as Shu.

shū　梳　to comb

shǔ　鼠　a mouse; a rat

shū　輸　lost; lose

shuāiduàn　摔斷　break; broke one's leg

shuāituì　衰退　to fail; to decline; to turn down

shuākǎ　刷卡　swipe a credit card

shuāngshǒu　雙手　hands; both hands

shuǎnòng　耍弄　to make a fool of; to make fun of; to deceive

shuāxīn　刷新　to refresh; to break through the old and make a new

shūdiào　輸掉　lost; lose

shūfǎ　書法　handwriting; calligraphy

shuǐ luò shí chū　水落石出　when the water ebbs stones will appear; The truth has at last been revealed.

shuǐjǐng　水井　a well

shuìmèng　睡夢　dream; sleep

shuǐmǔ　水母　jellyfish (an invertebrate sea animal that, in its reproductive stage, has a nearly transparent body shaped like an umbrella with trailing tentacles bearing stinging cells)

shuǐpén　水盆　basin

shuǐwèi　水位　water level; watermark

shūjià　書架　a bookshelf; stacks

shǔjià　暑假　summer vacation

shúliàn　熟練　practiced; skilled; proficient

shùnlì　順利　smooth going; without a hitch

shùn shǒu qiān yáng　順手牽羊　to pick up sth.; to walk off with sth.

shùnxù　順序　order; sequence; in turn

shuōlǐ　說理　to argue; to reason things out; to be reasonable

shuōmíng　說明　to explain; to make a description of

shūróng　殊榮　award

shūshēng　書生　student; scholar

shúxī　熟悉　to know sth. or sb. well; to be familiar with

shùyìn 樹蔭 shade; the shade of a tree; a leafy shade

shūzi 梳子 comb

sǐ 死 death; to die

sīchóu 絲綢 silk

sǐdiào 死掉 dead

sīdǐxià 私底下 private; under the table

sìhū 似乎 it seems that; it appears that; it seems as if

sījī 司機 a driver; a driver of vehicles or bu

sīkǎo 思考 to think over; thought; to ponder on

sìliào 飼料 feed; fodder; forage

Sīmǎ Xiàngrú 司馬相如 Sima Xiangru (179-117 BC) was a Chinese writer. He was a minor official of the Western Han Dynasty

sìmiào 寺廟 a temple

sīniàn 思念 to miss; to think of; to long for;

sīrén 私人 private

sǐwáng 死亡 death; doom; the last sleep

sìyǎng 飼養 to raise; to rear; to breed

sōng yì kǒu qì 鬆一口氣 breathing a bit easier; relieved

Sòngdài 宋代 The Song Dynasty was a ruling dynasty in China between 960 and 1279

suàn 算 to calculate; to count; to figure; to reckon

suànmìng 算命 fortune-telling

súhuà 俗話 colloquialism; as the story say; saying

Suí cháo 隋朝 Sui Dynasty

suí kǒu 隨口 to speak thoughtlessly or casually

suìdào 隧道 a tunnel

suīrán...kěshì 雖然…可是 while...but; however

sùjiāo 塑膠 plastics

sǔnhài 損害 to damage; to harm; to cause damage to

sǔnshī 損失 the loss; the cost; damage

sūnzi 孫子 a grandson; a grandchild

suǒwèi 所謂 so-called; professed

tán 彈 to pluck or play a string instrument

tānfàn 攤販 a vendor; a street vendor; a stallman

tǎng 躺 to lie down

tánlùn 談論 to discuss; to talk about

táo huā lín 桃花林 peach blossom forest

táo huā yuán jì 桃花源記 *The Story of the Peach Blossom Valley*

Táo Yuānmíng 陶淵明 He was born in modern Jiujiang, Jiangxi. He was one of the most influential pre-Tang Dynasty Chinese poets

táo 逃 to run away; to escape; to evade

táobì 逃避 to evade; to shirk; to flee; to refuge; to elude

táonàn 逃難 to become a refugee; to flee from a calamity

táoqì 淘氣 playful; mischievous

táotài 淘汰 to eliminate through competition

táozuì 陶醉 to be intoxicated with success; to be carried away by ...

tèbié 特別 unusual; specially; especially; particularly

tèchǎn 特產 a specialty or special product of the place

téngtòng 疼痛 a pain; an ache; an irritation; soreness

tián qíng shuō ài 談情說愛 to be courting; to talk love

tiānliàng 天亮 dawn; daybreak; daytime

tiānrán 天然 naturally; native; nature

tiānsè 天色 time of the day as shown by the color of the sky; weather

tiáo wèi liào 調味料 condiment; seasoning; flavoring

tiào 跳 to jump; to skip over; to twitch

tiáolǐ 條理 orderliness; methody

tiáopí 調皮 elfish; mischievous (for child)

tiāoxuě　挑選　to choose; to select; to pick out

tígāo　提高　to lift; to raise; to enhance; to increase

tígōng　提供　to provide; to supply; to put sth. up

tíngyuán　庭園　a courtyard; a yard; a garden; grounds

tíxǐng　提醒　to remind

tǐxíng　體型　the type of build; type of body

tōngcháng　通常　general; normal; usual

tōngguò　通過　to pass through; to come through

tónghuà　童話　fairy tales; stories for children

tóngjìng　銅鏡　a bronze mirror

tóngqián　銅錢　copper coin; money

tóngshí　同時　at the same time; in the meantime

tōngshùn　通順　of speech or writing smooth; fluent

tōngzhī　通知　to notify; to give sb. notice; to send word; a notice

tōu　偷　to steal

tóudǐng　頭頂　the top of the head

tóujiǎng　頭獎　the first prize

tōutōu　偷偷　stealthily; secretly; covertly; in secret

tóuzī　投資　to invest; to put money into; investment

tù　兔　a rabbit

tuānjí　湍急　rapid; rushing

tuányuán　團圓　(of members of a faily) a reunion; the act of people coming together

tuī　推　to push; to push forward

tuīchū　推出　release; introduction

tuīkāi　推開　push; push away

tuìxiū　退休　to retire; retirement

tuōfú　托福　TOEFL, Test of English as a Foreign Language

tuōxié　拖鞋　slippers; mules

túrán　突然　suddenly; all of a sudden

tǔshí　土石　terram

túxiǎn　突顯　make something prominent; point up

wǎ　瓦　a roof; watt

wàibiǎo　外表　appearance; exterior; outside; surface; mien; outward

wǎlì　瓦礫　debris; rubble

wàn wú yì shī　萬無一失　no danger of anything going wrong; no risk at all

wánchéng　完成　to accomplish; to complete; to finish; to achieve; to fulfill; to get through with sth.; to put sth. through

wáng yáng bǔ láo　亡羊補牢　to mend the sheepfold after a sheep is lost; to take precaution after suffering a loss

wángcháo　王朝　a dynasty

wǎngshì　往事　a past event; the past; bygones

wǎngzhàn　網站　website

wánměi　完美　perfect; flawless; ideal

wānqū　彎曲　curved; winding; crooked

wánquán　完全　complete; absolute; entire; full; perfect

wànyī　萬一　an eventuality; in case of

wányìr　玩意兒　a thing; a toy

wánzhěng　完整　complete; intact; full; integrated; whole

wěi ba　尾巴　a tail

wéichí　維持　to keep; to hold; to preserve

wèi le　為了　in order to

wěi　尾　the tail; the rear

wěidà　偉大　great; grand; magnificent; stately; mighty

wèidào　味道　a flavor; a taste

wéifǎn　違反　to violate; to transgress; to go against

wéiguān　圍觀　onlookers

wéiguī　違規　violation

wéijī　危機　crisis; a crunch; a clutch; a juncture

wèikuìyáng　胃潰瘍　a gastric ulcer; an ulcer of the stomach

wéilán　圍欄　railings; a rail; an enclosure

wéiqiáng　圍牆　a wall; an enclosing

wéixiǎn　危險　dangerous; danger; hazard; risk

wéixiǎo　微小　a little; tiny; slight

wéngcǎi　文采　literary grace and talent

wénhuà　文化　a culture

wénjù　文具　stationery; writing materials

wēnnuǎn　溫暖　warm

wénrén　文人　a man of letters; literati; a man of civilian background

wēnshùn　溫順　docile; gentle; gentleness

wénxuéjiā　文學家　literary authors; a write; litterateur

wénzhāng　文章　an article; an essay; a theme

wò xīn cháng dǎn　臥薪嘗膽　sleeping on sticks and tasting gall; to undergo self-imposed hardships; to nurse vengeance

wǔ huā bā mén　五花八門　multifarious; rich in variety

wǔ huā　五花　element array

wú jiā kě guī　無家可歸　to wander about without a home to go back

wù měi jià lián　物美價廉　goods with high quality and low price; cheap and Fine

wú yì jiān　無意間　unintentionally

wúbǐ　無比　peerless; incomparable

wǔbù　舞步　a dance step

wǔdào　舞蹈　a dance

wúfǎ　無法　can not to do sth; unable; to have no way

wúgū　無辜　innocent; guiltless; sinless; harmless

Wúguó　吳國　The State of Wu also known as Gou Wu (勾吳). It was one of the vassal states during the Western Zhou Dynasty and the Spring and Autumn Period. The State of Wu was located at the mouth of the Yangtze River (揚子江, also is Chang Jiang 長江) east of the State of Chu. Considered a semi-barbarian state by ancient Chinese historians, its capital was at Gusu (姑蘇), also known as Wu (吳), in modern day Suzhou (蘇州).

wūrǎn　污染　pollution; contamination

wúréndǎo　無人島　desert island; uninhabited island

 X

xià yí tiào　嚇一跳　get a scare

xǐài　喜愛　to love; to be fond of; to like

xiān yàn bīn fēn　鮮豔繽紛　colorful; bright colorful

xiànchǎng　現場　a locale; a locality; on-the-spot; the scene of; a site; live; live show

xiǎnde　顯得　to look; to seem; to appear

xiǎng xiàng　想像　to imagine; to fancy

xiàng　向　to face; to turn towards; the direction

xiàng　項　an item, type, kind, etc.

xiǎng　響　a sound; a noise; to make a sound

xiǎngfǎ　想法　ideas; opinion; theory; a thought

xiāngguān　相關　to be related to; to be interrelated

xiánghé　祥和　harmony; happy and pease

xiàngqián　向前　onward; ahead; forward

xiāngrèn　相認　to recognize

xiànguān　縣官　magistrate; an official who acts as a judge

xiǎngshòu　享受　to enjoy; to have the use of

xiāngxìn　相信　believe

xiāngzào　香皂　soap; a scented soap; a toilet soap

xiàngzhēng　象徵　to symbolize; to signify

xiǎnlù　顯露　to manifest; to show; to display

xiànmù　羨慕　to admire; to envy

xiànshí　現實　reality; fact; actuality; real

xiànsuǒ　線索　a clue; a hint; a lead

xiānyàn　鮮豔　colorful; brightly colored

xiānyào　仙藥　God's medicine

xiànzhì　限制　to limit; to place (or impose) restrictions on

xiāo xiāo qì　消消氣　to vent one's anger/

complaints; let off steam

xiǎo xīn yì yì　小心翼翼　deliberate; very carefully

xiǎofàn　小販　a street vendor; a hawker

xiāofèi zhě　消費者　a consumer

xiāoguǒ　效果　effect; result; impression

xiāomiè　消滅　to wipe out; to eliminate

xiàoshùn　孝順　to show filial obedience or devotion for (one's parents) filial piety; filial duty

xiǎoshuō　小說　a novel; fiction

xiǎotōu　小偷　a thief

xiǎoxīn　小心　be carefully; to look up; caution

xiàoxīn　孝心　filial piety

xiàpǎo　嚇跑　scare away

xīcān　西餐　Western meal; Western-style food

xièlù　洩露　to let out; to leak information, etc.

xiěyā　血壓　blood pressure

xiézhù　協助　to assist; to help; to provide help

xiězuò　寫作　writing; to write

xǐhào　喜好　to be fond of; to like; to love

xǐjiǔ　喜酒　a wedding banquet; a feast; ceremonial drinking at wedding

xìng chōng chōng　興沖沖　joyously; delightedly; bursting with enthusiasm; in spirits

xíngdòng　行動　to take action; to act; to go; to move; to walk

xíngfá　刑罰　punishment; penalty

xīngfèn　興奮　to be excited; to warm up; exciting

xìngfú　幸福　happiness; bliss; happy

xīngguāng　星光　starlight; starshine

xíngróng　形容　to describe

xíngwéi　行為　behavior; conduct; bearing; comportment

xíngxiàng　形象　image; appearance; figure

xìngyùn　幸運　lucky; fortunate; happy

xíngzōng　行蹤　tracks; whereabouts

xìnhǎo　幸好　fortunately; luckily; happily; just as well

xīnkǔ　辛苦　hard; to work hard; toilsome

xīnláng　新郎　a bridegroom; a groom

xīnlǐxuéjiā　心理學家　a psychologist

xīnniáng　新娘　a bride or newly-wedded woman

xīnqí　新奇　novelty; newness; strange

xīnrèn　新任　new appointment; an officer newly appointed

xīnshǎng　欣賞　to admire; to enjoy; to appreciate

xīnténg　心疼　to love dearly; to feel sorry

xīntòng　心痛　to feel the pangs of heart

xīnwén　新聞　NEWS

xìnwù　信物　a pledge; a token

xìnxīn　信心　confidence; faith; reliance; assurance

xìnyòng　信用　credit; credibility; honor

xiōngměng　兇猛　violent; terrible; ferocity

Xīshī　西施　Xi Shi (506 BC - ?) was one of the renowned Four Beauties of ancient China. She was said to have lived during the end of Spring and Autumn Period in Zhuji, the capital of the ancient State of Yue.

Xiùgūluán Xī　秀姑巒溪　Siouguluan River is located in Hualien County (22km in length from Rueisuei Bridge to Changhong Bridge)

xiū xián　休閒　leisure time

xiù　繡　to embroider

xiūbǔ　修補　to mend; to patch (up); to repair; to piece up; to revamp

xīwàng　希望　to hope; to wish

xīxì　嬉戲　to play; to sport; to frolic; to fool around

xìxiǎo　細小　very small; tiny

xīyáng　西洋　the West; the Western world

xīzhuāngtóu　西裝頭　crew cut

xū jīng yì chǎng　虛驚一場　a false alarm

xǔ xǔ rú shēng　栩栩如生　true to life; true to nature; as vivid as life xuǎn　選　to choose; to elect

xuānbù　宣布　to announce; to declare; to proclaim

xuānchēng　宣稱　claim; declare

xuāngào　宣告　to declare; to announce; to proclaim

xuányí　懸疑　suspense; tension

xuǎnzé　選擇　to choose; to select; to opt; to pick

xuě shàng jiā shuāng　雪上加霜　snow plus frost; one disaster after another

xuědì　雪地　snow; snow field

xuéwèn　學問　knowledge; learning; wisdom

xūgòu　虛構　fabricate; fabrication; fictitious

xūhuàn　虛幻　a mirage; vanity; illusory

xúnluó　巡邏　to patrol

xúnzhǎo　尋找　to look for; to be after

xùshù　敘述　to narrate; to describe

Y

yādào　壓到　overwhelming; overmastering

yǎnchū　演出　a performance; a presentation; a rendition

yǎng　養　to raise; to keep; to grow

yángé　嚴格　strict; severe; exacting; rigid; stern; stringent

yàngmào　樣貌　appearance; image; impression

yángtái　陽臺　a balcony; a veranda

yàngzi　樣子　an appearance; a shape; a form; a model

yánhǎi　沿海　along the coast; seaboard

yǎnjìng　眼鏡　glasses

yánjiù　研究　to study; to research; to consider

yǎnkàn　眼看　very soon; in a moment

yánlù　沿路　on the way; along the road; on the roadside

yānmò　淹沒　to submerge; to drown; to overwhelm

yǎnshén　眼神　expression in one's eyes; eyesight

yántú　沿途　along the way

yànyì　願意　to be willing; to be read; to wish; to want

yánzhèng　癌症　cancer

yánzhòng　嚴重　a general turmoil; a great disturbance

yǎo　咬　to bite

yáodòng　搖動　to wave; to shake

yáohuàng　搖晃　to sway; to waver; to shake

yāoqǐng　邀請　to invite; to call on

yāoqiú　要求　requests; demands; needs; requisition; to ask

yàoshi　鑰匙　a key

yáoyán　謠言　a rumor; a gossip; hearsay; a groundless talk

yǎzhì　雅緻　elegant

yèdiàn　夜店　pub; nightclub

yì fāng miàn... yì fāng miàn...　一方面…一方面…　on (the) one side... (and) on the other (hard); one

yí huā jiē mù　移花接木　to graft one twig on another; to graft

yí jiàn rú gù　一見如故　to feel like old friends at the first meeting

yí jiàn shuāng diāo　一箭雙鵰　to win the affection of two beauties at the same time; killing two eagles with one arrow

yí jiàn zhōng qíng　一見鍾情　to fall in love at first sight

yì rén dé dào jī quǎn shēng tiān　一人得道，雞犬升天　When a man attains the Tao, even his pets ascend to heaven.

yì shí zhī jiān　一時之間　all of a sudden; suddenly; all at once

yī xì zhī jiān　一夕之間　overnight

yì xiǎng bú dào　意想不到　unexpected

yī yán jiǔ dǐng　一言九鼎　kept their promises

yī...jiù...　一…就…　as soon as; hardly/scarcely ... when/before

yībān　一般　generally; in general; ordinary; usual; average

yídòng　移動　to move; to shift; to change

yíhuò　疑惑　doubt; to doubt

Yìjīng　易經　Classic of Changes, Also known as I Ching or Book of Changes. The book contains a divination system comparable to Western geomancy or the West African Ifá system. In Western cultures and modern East Asia, it is still widely used for this purpose.

yíkāi　移開　move away; remove

Yīlǔkāngjí　伊魯康吉　Irukandji

yǐncáng　隱藏　to hide; to conceal; to disguise; to dissimulate

yǐnfā　引發　cause

yíng　贏　win

yǐng　影　a shadow

yīng　嬰　baby

yīnghuā　櫻花　Sakurai; cherry blossoms

yínghuǒchóng　螢火蟲　a firefly

yíngjiē　迎接　to meet and greet; to welcome

yīngjùn　英俊　handsome and sharp; smart; brilliant

yǐngpiàn　影片　a film; a movie

yíngyè　營業　operation; business; to open

yíngyùn　營運　operation

yǐngzi　影子　a shadow

yǐnjū　隱居　to withdraw from society and live in obscurity; to live in privacy

yǐnkāi　引開　to draw away

yìnxiàng　印象　impressions; effects; feelings

yǐnyòu　引誘　to entice; to attract; to draw in

yīnyuè huì　音樂會　a concert

yīnyuè　音樂　music

yírén　宜人　pleasant; delightful; agreeable; nice

yìshùjia　藝術家　an artist

yìsi　意思　meaning; idea; concept

yìwài　意外　unexpected; abrupt; accidental; an accident

yì wǎng dǎ jìn　一網打盡　to round up (the whole lot)

yǐwéi　以為　to take someone or something to be

yìxiāng　異鄉　a foreign land; a foreign country

yíyàng　一樣　the same; equally; alike; in the same manner

yìyì　意義　a meaning; a sense; a construction

yízhènzi　一陣子　a short time

yìzhí　一直　at all times; all the way; always

yòngcān lǐyí　用餐禮儀　dining etiquette; having good table manners

yòngjìng　用盡　to exhaust; to use up; consumption

yǒngměng　勇猛　brave and fierce; bold and powerful

yòngpǐn　用品　articles; appliances

yǒngqì　勇氣　courage; bravery; daring

yòngxīn　用心　at pains; attentively; a motive; care

yōngyǒu　擁有　to have; to possess; to own; to keep; possession of

yōngzhǒng　臃腫　to swollen up

yǒu gǎn ér fā　有感而發　to make a comment out of personal feeling

yǒu qián yǒu shì　有錢有勢　both rich and influential; a fat cat

yǒu shǐ wú zhōng　有始無終　to give up halfway

yòu　誘　to lead; to induce; to lure

yóufàn　油飯　glutinous oil rice; According to Chinese custom, when a baby turns one month old, a ceremony is held to celebrate her first full moon.

yǒujī　有機　organic

yǒukòng　有空　free time; available; be free

yōuměi　優美　graceful; fine; exquisite; elegant; gracious

yǒuqù　有趣　interesting; funny; fascinating

yóutiáo　油條　fried bread stick; a Chinese specialty usually for breakfast

yóuwán　遊玩　to do sightseeing; to travel

yǒuxiàn　有限　to a limited extent; within limits

yōuxián　悠閒　easy; leisurely and carefree

yǒuxiào　有效　effective; operative; in effect; in force

yóuxué　遊學　study tour

yú gōng yí shān　愚公移山　The foolish old man who removed the mountains

yù shǐ dài fū　御史大夫　the Imperial Secretary

yú　愚　foolish; stupid; to make a fool of; to fool

yuán běn　原本　originally; formerly

yuándì　原地　in place; on site; on the spot

yuǎnlí　遠離　to be distant from; far away

yuánxiāo jié　元宵節　Lanter Festival observed on the first full moon in a lunar year

yuányīn　原因　season; cause

yuánzé　原則　principles; a theorem; a rule

yuánzhùmín　原住民　aborigine; an original inhabitant

yúchǔn　愚蠢　stupid; foolish; silly; absurd

Yuè guó　越國　Yue was a state in China which existed during the Spring and Autumn Period and the Warring States Period, in the modern province of Zhejiang (浙江). During the Spring and Autumn Period, its capital was in Guiji (會稽), near the modern city of Shaoxing (紹興). After the conquest of Wu, the kings of Yue moved their capital north, to Wu.

yuè...yuè...　越⋯越⋯　more and more

yuēdìng　約定　to agree on; to make an appointment

yuèguāng　月光　moonlight; a moonbeam; moonshine

yùěr　悦耳　pleasant to the ear; sweet-sounding; musical

yúfū　漁夫　fisherman

yúgōu　魚鈎　a fishhook

yùndòngyuán　運動員　a sportsman; an athlete

yùnqì　運氣　a fortune; luck; chance; luckiness

yùshí　玉石　a jadet

yúshì　於是　thus; consequently; accordingly; as a result

yùsuàn　預算　budget

zácǎo　雜草　field weed; weed

zāihuò　災禍　a disaster; a calamity; a misfortune

zāimín　災民　victims of a natural disaster

zāinàn　災難　a catastrophe; a calamity; a disaster

zāiqíng　災情　the condition or effect of a disaster

zāizhòng　栽種　plant; grow

zǎo chū wǎn guī　早出晚歸　to get up early and stay out late

záo qǐ de niǎo ér yǒu chóng chī　早起的鳥兒有蟲吃　Early bird gets the worm

zàochéng　造成　to cause; to form; to make; to bring about

zāogāo　糟糕　too bad; extremely awful; oops

zàojǐng　造景　landscaping; scenery

zàoxíng　造型　modeling; molding; to model

zēngjìn　增進　to further; to promote; to forward

zēngqiáng　增強　to enhance; to strengthen; to reinforce

zérèn　責任　duty; responsibility

zhāiqǔ　摘取　to pick; to take off; extracting

zhàiwù　債務　a debt; an amount due

Zhànguó shídài　戰國時代　The Warring States Period also known as the Era of Warring States, covers the period from 475 BC to the unification of China under the Qin Dynasty in 221 BC.

zhān　沾　to touch; to wet

zhǎnchū　展出　to display; to be on show; to exhibit

zhāng　璋　a jade tablet

zhàngfū 丈夫 a husband

zhǎngguǎn 掌管 to be in change of; to administer; to keep

zhāngkāi 張開 open

zhàngpéng 帳篷 tent

zhànkuàng 戰況 progress of a battle; situation on the battlefield

zhànzhǎng 站長 the head of a station, center, etc.; a stationmaster; a station agent

zhào X guāng 照X光 to take an X-ray

zhāodài 招待 to receive, entertain, or take care of guests and visitors

zháohuǒ 著火 to catch fire; to be ablaze; to be aflame

zhāojí 著急 to be anxious; to be worried

zhàoxiàngjī 照相機 a camera

zhè xià zi 這下子 erupted in

zhēnxīn chéngyì 真心誠意 sincere

zhènfǎ 陣法 tactical formation; order

zhèngfǔ 政府 the government; the administration

zhēngqǔ 爭取 to strive for; to fight for

zhēngwén 徵文 to solicit articles; to solicit essays

zhēngzhí 爭執 to disagree; to dispute; to stick to one's position

zhèngzhì 政治 politic

zhēnshí 真實 true; real; authentic; actual; factual

zhěntóu 枕頭 a pillow

zhēnxiàng 真相 truth

zhēnxiōng 真兇 murderer; killer ; the real murderer

zhēshāng 螫傷 sting

zhī 隻 a numeracy adjunct for a chicken , bird, etc.

zhībù 織布 to weave cloth

zhǐdǎo 指導 to guide; to direct; guidance; direction

zhījiān 之間 between; among

Zhìlì 智利 Chile

zhìliáo 治療 to treat; to cure; to remedy

zhǐlìng 指令 to instruct; to order; to direct; to command

zhīmíng 知名 well-known; noted; celebrated; eminent; famous

zhíshēngjī 直升機 helicopter

zhǐshì 只是 just; merely; simply; however

zhīshì 知識 knowledge; science

zhīyè 枝葉 branches and leaves

zhìzào zhě 製造者 a producer; a maker; a manufacturer

zhìzhě 智者 a sage; a wise man

zhìzuò 製作 to make; to manufacture; to fabricate

zhōng yuán jié 中元節 a festival on the seventh full moon in a lunar year, observed variously as a summer lantern festival and (or) for the commemoration of the dead

zhòngchá 種茶 to grow tea; to plant tea

zhòngduō 眾多 many; numerous; multitudinous

zhōngjiù 終究 eventually; ultimately; in the end; after all

zhòngliàng 重量 weight; gravity; heft

zhōngnián 中年 middle age

zhòngshì 重視 to value; to respect; to attach importance to

zhòngyào 重要 important

zhòngyòng 重用 to put somebody in an important position; to trust sb. with an important position

zhòu méi tóu 皺眉頭 to bend one's brows; to lower (or lour) at; to frown

Zhòu wáng 紂王 the last emperor of the Yin Dynasty, whose name stands for tyranny

zhōu wǔ wáng 周武王 Wu of Zhou or King Wu of Chou was the first sovereign, or ruler of the Chinese Zhou Dynasty. Various sources quoted that he died at the age of 93, 54 or 43. He was considered a just and able leader.

zhòu 皺 wrinkles; lines

zhōuzāo 周遭 around

zhōuzhuǎn 周轉 turnover

Zhūgě Liàng 諸葛亮 Three Kingdoms period of China. He is often recognised as the greatest and most accomplished strategist of his era.

zhǔ jué(zhǔ jiǎo) 主角 a leading role; a protagonist; an important Person

zhù Zhòu wéi nüè 助紂為虐 aid King Zhou in his tyrannical rule-aid and abet the evil-doer

zhū 株 a trunk; a stem; a plant

zhǔ 煮 to cook; to boil

zhù 註 comments; notes

zhuā 抓 to catch; to grab; to seize

Zhuāng zǐ 莊子 ZhuangZi was an influential Chinese philosopher. He lived around the 4th century BC during the Warring States Peri

zhuāng 裝 to install; to pack; to load

zhuàng 撞 to collide with; to strike with force

zhuāngbèi 裝備 equipment; accoutrements; hardware

zhuàngguān 壯觀 spectacular; imposing; an impressive grand

zhuàngkuàng 狀況 status; a condition; a case; a situation

zhuāngshì 裝飾 to adorn; to decorate; to dress up; to deck out

zhuàngtài 狀態 a condition; a situation; status

zhuāngzuò 裝作 to affect; to pretend

zhuǎnjī 轉機 improve, take a turn for the better dynasty

zhuānxīn 專心 to be absorbed in; to concentrate one's attention

zhuāzhù 抓住 to catch ; seize

zhǔbàn dānwèi 主辦單位 host organization; sponsor

zhūbǎo 珠寶 pearls and jewels; jewelry; treasure

zhǔdòng 主動 active; to be on the initiative; actively

zhùhù 住戶 a householder; an inhabitant; a resident family

zhuīchá 追查 to investigate (into); to follow up; tracing

zhuīzhú 追逐 to chase; to run to catch up; to hunt for; to run after; to seek

zhújiǎn 竹簡 a bamboo slip

zhúmǎ 竹馬 a bamboo hobby-horse

zhùmíng 著名 famous

zhǔnbèi 準備 to prepare; to fix for; to arrange

zhuōmō 捉摸 to guess; to ascertain

zhǔshóu 煮熟 to cook thoroughly; boil; well-done

zhǔyì 主意 an idea; a mind

zhùyì 注意 to pay attention to; to keep an eye on; to take notice of

zhǔzhǐ 主旨 a keynote; a message; a drift; substance

zǐ sūn 子孫 children and grandchildren; descendants

zǐ xū fù 子虛賦 *Rhapsody of Sir Vacuous*

zǐ xū wū yǒu 子虛烏有 no such man and nothing like that

zìjǐ 自己 oneself; self; one's own

zījīn 資金 a fund; a capital; a finance

zǐxì 仔細 detailed; to think over; narrowly

zìyuàn 自願 voluntarily; of one's own (free) will; to volunteer

zǒngjié 總結 to sum up; a summary

zǒngjīnglǐ 總經理 a general manager; a managing director

zǒngkāiguān 總開關 a master switch

zǒngsuàn 總算 finally; eventually; considering everything

zǒu mǎ kàn huā 走馬看花 to look at flowers while riding on horseback; to give only a passing glance at things; to get a superficial understanding through quick and casual observation

zǒu xiù 走秀 catwalks

zǒushī 走失 to wander away; to be lost; to be missing

zōushòu 遭受 to be subjected to; to incur

zǒuyàng 走樣 to lose the original or

desired shape; out of shop

zuànqián　賺錢　to make money; to gain money

zǔdǎng　阻擋　to stop; to stem; to resist; to obstruct; to block

zúgòu　足夠　enough

zuì wēng zhī yì bú zài jiǔ zài hū shān shuǐ zhī jiān yě　醉翁之意不在酒，在乎山水之間也　the drinker's heart is not in the cup, because he have ulterior motive ; have an axetogrind

zuì wēng zhī yì bú zài jiǔ　醉翁之意不在酒　The drinker's heart is not in the cup

zuì　最　the most

zuì　醉　drunk; intoxicated; tipsy; liquor-saturated

zuǐbā　嘴巴　a mouth

zuìwēng　醉翁　tippler; drinker; alcoholics

zūnjìng　尊敬　to respect; to honor; to esteem; to look up to

zūnshǒu　遵守　to observe; to abide by; to comply with

zuò rén zuò shì　做人做事　doing things

zuòfǎ　做法　a way of doing or marking a thing; behavior

zuòjiā　作家　a writer; an author

zuòláo　坐牢　to be imprisoned; to lie in prison

zuòpǐn　作品　compositions; creations; productions

zuòyòng　作用　to act on; to affect; a motive

zuòzhàn　作戰　to fight; to conduct a military operation

zǔzhǐ　阻止　to stop from; to prevent from; to keep from

國家圖書館出版品預行編目資料

華語趣味成語／楊琇惠著. — 初版. — 臺
北市：五南圖書出版股份有限公司, 2011.07
面；　　公分.--

ISBN 978-957-11-6261-4（平裝）

1.漢語　2.讀本

802.86　　　　　　　　　100005203

1X8C　　華語系列

華語趣味成語

編 著 者 ─ 楊琇惠(317.1)

編輯助理 ─ 林惠美、鄒蕙安、Brian Greene

發 行 人 ─ 楊榮川

總 經 理 ─ 楊士清

總 編 輯 ─ 楊秀麗

副總編輯 ─ 黃惠娟

責任編輯 ─ 陳巧慈

封面設計 ─ 黃聖文

版式設計 ─ 董子瑈

插　　畫 ─ 俞家燕

出 版 者 ─ 五南圖書出版股份有限公司

地　　址：106台北市大安區和平東路二段339號4樓

電　　話：(02)2705-5066　　傳　　真：(02)2706-6100

網　　址：https://www.wunan.com.tw

電子郵件：wunan@wunan.com.tw

劃撥帳號：01068953

戶　　名：五南圖書出版股份有限公司

法律顧問　林勝安律師

出版日期　2011年7月初版一刷
　　　　　2023年3月初版六刷

定　　價　新臺幣380元